D0942817

LA SOCIEDAD LITERARIA DEL PASTEL DE PIEL DE PATATA DE GUERNSEY

Mary Ann Shaffer y Annie Barrows

LA SOCIEDAD LITERARIA DEL PASTEL DE PIEL DE PATATA DE GUERNSEY

Traducción del inglés de
Cristina Martín Sanz

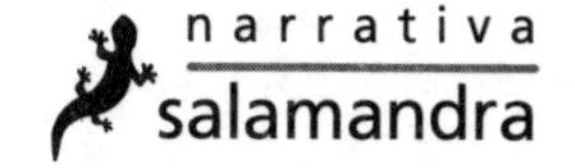

Título original: *The Guernsey Literary and Potato Peel Pie Society*

Ilustración de la cubierta: Mary Wethey / Arcángel Imágenes

Publicaciones y Ediciones Salamandra, S.A.
Almogàvers, 56, 7º 2ª - 08018 Barcelona - Tel. 93 215 11 99
www.salamandra.info

ISBN: 978-84-9838-877-0
Depósito legal: B-7.944-2018

1ª edición, mayo de 2018
Printed in Spain

Impresión: Liberdúplex, S.L. Sant Llorenç d'Hortons

Dedicada con cariño a mi madre, Edna Fiery Morgan,
y a mi querida amiga Julia Poppy

M.A.S.

Y a mi madre, Cynthia Fiery Barrows

A.B.

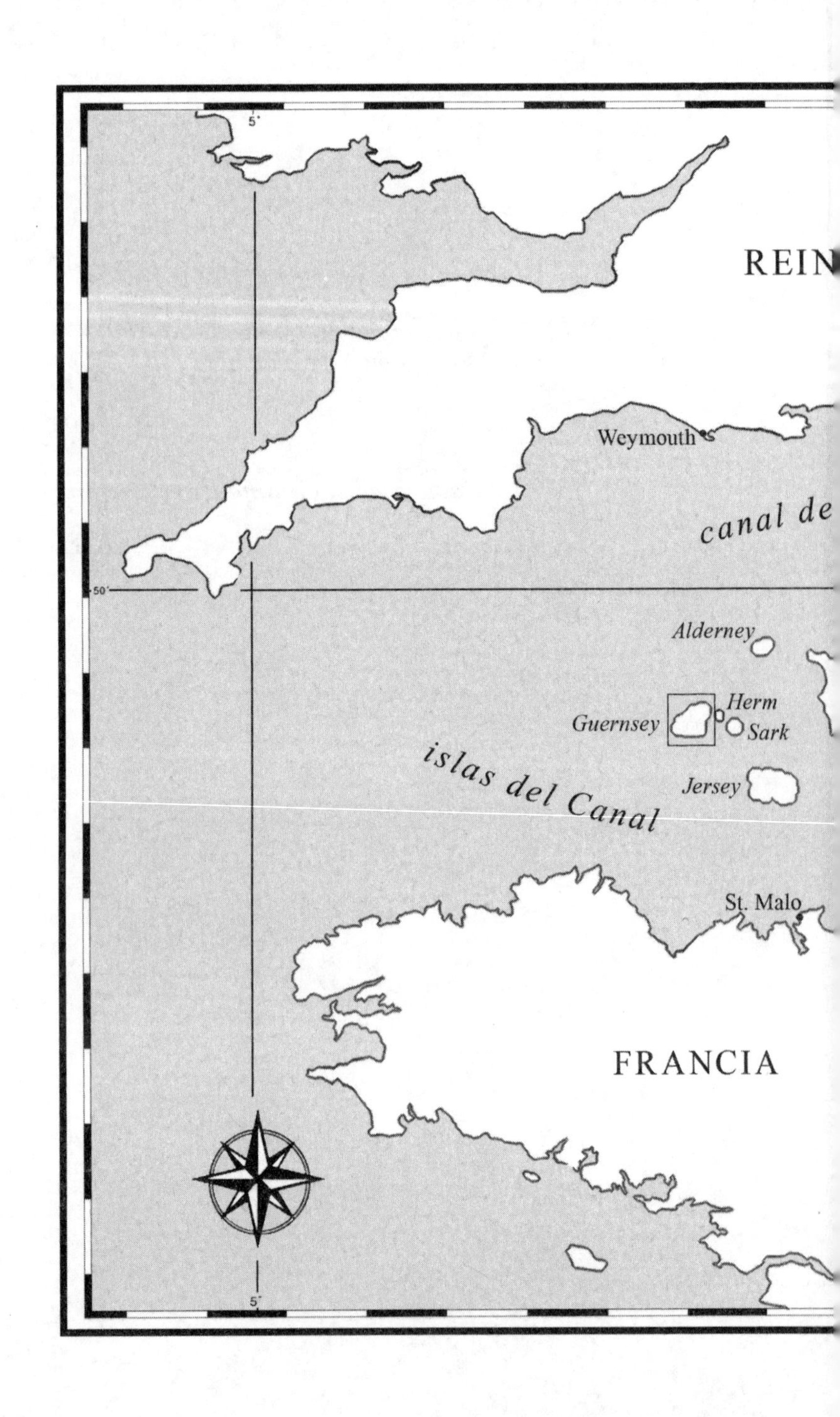
5°
REIN
Weymouth
canal de
50°
Alderney
Herm
Guernsey
Sark
islas del Canal
Jersey
St. Malo
FRANCIA
5°

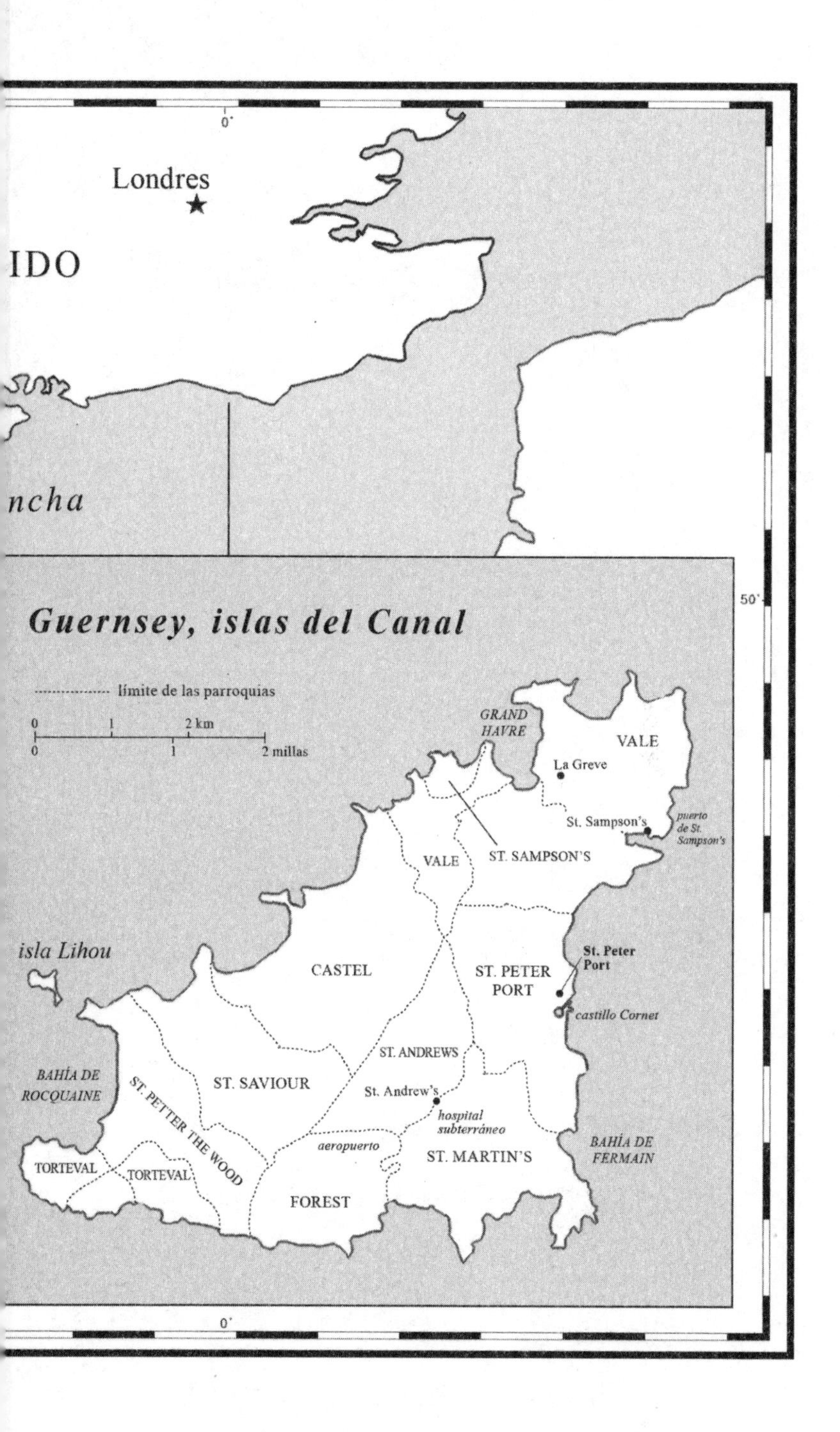
0°
Londres
IDO
ncha
50°
Guernsey, islas del Canal
límite de las parroquias
0
1
2 km
0
1
2 millas
GRAND HAVRE
VALE
La Greve
St. Sampson's
puerto de St. Sampson's
VALE
ST. SAMPSON'S
isla Lihou
CASTEL
ST. PETER PORT
St. Peter Port
castillo Cornet
ST. ANDREWS
BAHÍA DE ROCQUAINE
ST. SAVIOUR
St. Andrew's
ST. PETTER THE WOOD
hospital subterráneo
aeropuerto
ST. MARTIN'S
BAHÍA DE FERMAIN
TORTEVAL
TORTEVAL
FOREST
0°

PRIMERA PARTE

Sr. Sidney Stark, editor
Stephens & Stark Ltd.
21 St. James's Place
Londres S.W. 1
Inglaterra

8 de enero de 1946

Querido Sidney:

Susan Scott es maravillosa. Hemos vendido más de cuarenta ejemplares del libro, lo cual me resulta muy grato, pero mucho más emocionante desde mi punto de vista ha sido la comida. Susan se las arregló para hacerse con unos cupones de racionamiento y conseguir así azúcar glas y huevos de verdad para el merengue. Si todos sus almuerzos literarios van a alcanzar cotas tan altas, no me importaría ir de gira por todo el país. ¿Tú crees que una bonificación generosa haría que nos consiguiera mantequilla? Intentémoslo: el dinero lo puedes deducir de mis derechos de autor.

Y ahora viene la mala noticia. Me preguntaste qué tal iba mi nuevo libro. Simplemente no va, Sidney.

Flaquezas inglesas parecía muy prometedor al principio. Al fin y al cabo, deberían poder escribirse páginas y páginas acerca de la Asociación contra la Glorificación del Conejito Inglés. Encontré una fotografía del Gremio de Exterminadores de Alimañas en la que se los ve desfilando por una calle de Oxford con una pancarta que dice: «¡ABAJO BEATRIX POTTER!» Pero ¿qué se puede escribir bajo ese título? Nada, claro está.

Ya no quiero escribir ese libro, no tengo la cabeza ni el corazón en ello. Por más que adore a Izzy Bickerstaff —y la he adorado de verdad—, no quiero escribir nada más con ese pseudónimo. No quiero que me sigan considerando una periodista poco seria. Reconozco que hacer reír a los lectores durante la guerra, o por lo menos arrancarles una sonrisa, no fue poca cosa, pero ya no quiero seguir haciéndolo. Últimamente no encuentro dentro de mí ni el sentido de la medida ni el equilibrio, y bien sabe Dios que sin ambas cosas resulta imposible escribir humor.

Entretanto, me alegra mucho que Stephens & Stark esté ganando dinero con *Izzy Bickerstaff se va a la guerra*. Alivia los remordimientos de conciencia que tengo por el desastre de mi biografía de Anne Brontë.

Gracias por todo. Con cariño,

JULIET

P. D.: Estoy leyendo la correspondencia completa de la señora Montagu. ¿Sabes lo que le escribió esa triste mujer a Jane Carlyle? «Mi querida Jane, todos nacemos con una vocación, y la tuya es escribir notitas encantadoras.» Espero que Jane le escupiera a la cara.

De Sidney a Juliet

Srta. Juliet Ashton
23 Glebe Place
Chelsea
Londres S.W. 3

10 de enero de 1946

Querida Juliet:

¡Enhorabuena! Susan Scott me ha dicho que en el almuerzo te diste al público como un borracho se da a la botella de ron, y viceversa, así que, por favor, deja de preocuparte por la gira de la semana que viene. No me cabe la menor duda de que va a ser un éxito. Tras presenciar la emocionante interpretación que hiciste hace dieciocho años del poema «El joven pastor canta en el valle de la Humillación», sé que en cuestión de segundos tendrás a todos los oyentes metidos en el bolsillo. Un consejo: quizá en este caso, cuando termines, deberías abstenerte de arrojar el libro al público.

Susan está deseando llevarte por todas las librerías que hay desde Bath hasta Yorkshire. Y, por supuesto, Sophie está haciendo campaña a favor de que la gira se amplíe para que incluyamos también Escocia. Yo le he dicho, haciendo uso de mis exasperantes modales de hermano mayor, que eso aún está por ver. Te echa muchísimo de menos, lo sé, pero Stephens & Stark debe mostrarse impasible ante esos sentimientos.

Acabo de recibir las cifras de ventas de *Izzy* correspondientes a Londres y a los condados limítrofes, y son excelentes. ¡Enhorabuena otra vez!

No te preocupes por *Flaquezas inglesas*; es mejor que tu entusiasmo muera ahora que después de pasar seis meses escribiendo sobre conejitos. Las posibilidades comerciales de la idea eran atractivas, pero estoy de acuerdo en que el tema no hubiera tardado en volverse demasiado fantasioso. Ya se te ocurrirá otro, uno que te guste.

¿Cenamos algún día antes de que te vayas? Dime cuándo.

Un abrazo,

SIDNEY

P. D.: Escribes notitas encantadoras.

De Juliet a Sidney

11 de enero de 1946

Querido Sidney:

Sí, me encantaría. ¿Puede ser en algún sitio que esté junto al río? Quiero ostras, champán y rosbif, si es posible, y si no, valdrá con un pollo. Me alegro mucho de que las ventas de *Izzy* sean buenas. Pero ¿son lo bastante buenas como para que no tenga que hacer la maleta y marcharme de Londres?

Ya que S&S y tú me habéis convertido en una autora de éxito moderado, a la cena debo invitar yo.

Un abrazo,

JULIET

P. D.: No arrojé al público «El joven pastor canta en el valle de la Humillación». Se lo lancé a la profesora de oratoria. Mi intención era que le cayese a los pies, pero fallé.

De Juliet a Sophie Strachan

Sra. de Alexander Strachan
Feochan Farm
junto a Oban
Argyll

12 de enero de 1946

Querida Sophie:

Claro que me encantaría verte, pero soy una autómata que carece de alma y de voluntad propias. Sidney quiere que vaya a Bath, Colchester, Leeds y otros lugares paradisíacos que en este momento no recuerdo, y no puedo escaparme sin más para irme a Escocia. Sidney frunciría el ceño, entornaría los ojos y se marcharía ofendido. Y ya sabes lo angustioso que es que Sidney se ofenda.

Ojalá pudiera escabullirme para ir a tu granja y dejar que me mimaras. Me dejarías poner los pies en el sofá, ¿a que sí? Y luego me arroparías con una manta y me traerías un té. ¿Le importaría a Alexander tener una inquilina permanente en el sofá? Ya me has dicho que es un hombre con mucha paciencia, pero tal vez eso le resultara molesto.

¿Por qué me siento tan melancólica? Debería estar contenta ante la perspectiva de leer *Izzy* a un público cautivado. Ya sabes lo mucho que me gusta hablar de libros, y también lo mucho que me gusta recibir elogios. Debería estar ilusionada. Pero lo cierto es que estoy triste, más de lo que estaba durante la guerra. Todo está destrozado, Sophie: las calles, los edificios, la gente. Sobre todo la gente.

Lo más probable es que esto sea un efecto secundario de la horrible cena a la que asistí anoche. La comida fue espantosa, pero era de esperar. Lo que me puso nerviosa fueron los invitados: el grupo de personas más desmoralizante que he conocido en mi vida. La conversación giró en torno a las bombas y el hambre. ¿Te acuerdas de Sarah Morecroft? Pues estaba allí, un saco de huesos, con la carne de gallina y los labios pintados de rojo. ¿Verdad que antes era guapa? ¿No estaba loca por aquel jinete que había estudiado en Cambridge? A él no lo vi por ninguna parte; Sarah se ha casado con un médico de piel grisácea que chasquea la lengua antes de hablar. Y era la viva imagen del romance desenfrenado en comparación con mi compañero de mesa, que resultó ser un tipo soltero, supuestamente el último que debe de quedar en el mundo. ¡Dios, qué forma tan triste y mezquina de hablar la mía!

Sophie, te lo juro, creo que hay algo en mí que no funciona. Todos los hombres que conozco me resultan insoportables. A lo mejor debería bajar un poco el listón, no tanto como para quedarme con ese médico gris que hace ruido con la lengua, pero un poco sí. Ni siquiera puedo echarle la culpa a la guerra... Nunca se me han dado bien los hombres, ¿verdad?

¿Tú crees que el encargado de la caldera de St. Swithin fue mi gran amor? Dado que nunca hablé con él, parece poco probable, pero por lo menos fue una pasión que no se vio mermada por la decepción. Y qué pelo tan bonito tenía, tan negro... Después de aquello, como recordarás, vino el «Año de los poetas». Sidney se mostró bastante mordaz con ellos, aunque no entiendo por qué, dado que me los presentó él. Luego llegó el pobre Adrian. Ay, a ti no hace falta que te recite todos mis temores, pero, Sophie, ¿qué me pasa? ¿Soy demasiado especial? Yo no quiero casarme sólo por casarme. No se me ocurre una soledad más grande que pasar el resto de mi vida con una persona con la que no pueda hablar, o, peor todavía, con la que no pueda estar en silencio.

Qué carta tan triste y quejosa... ¿Lo ves? He conseguido que te sientas aliviada de que no vaya a hacer un alto en Escocia. Pero, claro, también podría ser que sí; mi destino está en manos de Sidney.

Dale un beso a Dominic de mi parte y dile que el otro día vi una rata del tamaño de un terrier.

Un abrazo para Alexander y otro más grande para ti,

JULIET

De Dawsey Adams, Guernsey, islas del Canal, a Juliet

Srta. Juliet Ashton
81 Oakley Street
Chelsea
Londres S.W. 3

12 de enero de 1946

Apreciada señorita Ashton:

Me llamo Dawsey Adams y vivo en una granja situada en la parroquia de St. Martin's, en la isla de Guernsey. Sé de usted porque tengo un libro que en cierta época fue de su propiedad: *Ensayos escogidos de Elia*, de un autor cuyo nombre real era Charles Lamb. Su nombre y dirección, señorita Ashton, aparecían escritos en el interior de la cubierta.

Voy a hablarle claro: me encanta Charles Lamb. Y ya que el libro dice «escogidos», he pensado que quizá eso signifique que el autor ha escrito otras cosas entre las que escoger. Son obras que deseo leer, y aunque los alemanes ya se han marchado, en Guernsey no quedan librerías.

Quisiera pedirle un favor. ¿Podría mandarme el nombre y la dirección de alguna librería de Londres? Me gustaría pedir por correo alguna obra más de Charles Lamb. También quisiera preguntar si alguien ha escrito su biografía y, en tal caso, si podrían enviarme un ejemplar. A pesar de que tenía una mente brillante e incansable, me da la sensación de que dicho autor debió de sufrir una gran aflicción en su vida.

Charles Lamb me hizo reír durante la ocupación alemana, sobre todo cuando escribió sobre el cerdo asado. La Sociedad Literaria del Pastel de Piel de Patata de Guernsey nació a consecuencia de un cerdo asado que tuvimos que ocultar a los soldados alemanes, así que me siento muy cercano al señor Lamb.

Siento molestarla, pero aún lo sentiría más si no supiera nada de él, ya que su obra me ha convertido en amigo suyo.

Espero no haberla importunado,

DAWSEY ADAMS

P. D.: Mi amiga la señora Maugery compró un panfleto que también fue propiedad de usted. Se titulaba «¿Existió la zarza ardiente? Defensa de Moisés y los diez mandamientos». Le gustó mucho la anotación que escribió en el margen: «¿Palabra de Dios o control de masas?» ¿Llegó a decidirse?

De Juliet a Dawsey

Sr. Dawsey Adams
Les Vauxlarens
La Bouvée
St. Martin's, Guernsey

15 de enero de 1946

Apreciado señor Adams:

Ya no vivo en Oakley Street, pero me alegro mucho de que su carta haya llegado hasta mí y mi libro hasta usted. Me causó mucha tristeza desprenderme de los *Ensayos escogidos de Elia*. Tenía dos ejemplares y la apremiante necesidad de hacer hueco en la estantería, pero al venderlos me sentí como una traidora. Usted ha aliviado mis remordimientos de conciencia.

¿Cómo debió de llegar el libro a Guernsey? A lo mejor los libros tienen una especie de instinto secreto para acabar en el hogar de los lectores que resultan perfectos para ellos. Sería maravilloso que así fuera.

Como no hay nada que me guste más que rebuscar en las librerías, en cuanto recibí su carta fui de inmediato a

Hastings & Sons. Llevo años yendo allí y siempre encuentro el libro que busco... y otros tres que no sabía que estaba buscando. Le dije al señor Hastings que deseaba un ejemplar que estuviera en buenas condiciones (y no una edición especial) de *Más ensayos de Elia*. Se lo enviará por correo, con la factura incluida. Se quedó encantado cuando le comenté que también era admirador de Charles Lamb. Me dijo que la mejor biografía de Lamb es la de E. V. Lucas y que le buscará un ejemplar, aunque quizá tarde un poco en encontrárselo.

Entretanto, tenga la amabilidad de aceptar un pequeño obsequio de mi parte. Se trata de sus *Cartas escogidas*. Creo que a través de ellas podrá conocerlo mejor que con ninguna biografía. E. V. Lucas posee un estilo demasiado grave y formal para incluir en su libro el que es mi pasaje favorito de Lamb: «Zzz, zzz, zzz, pum, pum, pum, fiu, fiu, fiu, tilín, tilín, tilín, ¡craaac! Estoy seguro de que al final seré condenado. Llevo dos días seguidos bebiendo demasiado. Mi sentido de la moralidad está ya en las últimas, y mi religión se desdibuja.» Encontrará dicho pasaje en las *Cartas* (en la página 244). Fue lo primero que leí de Lamb y, me da vergüenza admitirlo, sólo compré el libro porque había leído por ahí que un tal Lamb había ido a la cárcel a ver a su amigo Leigh Hunt, que estaba encerrado por haber escrito un libelo contra el Príncipe de Gales.

Mientras estuvo allí, Lamb ayudó a Hunt a pintar el techo de la celda de color azul cielo con nubes blancas. A continuación, pintaron un rosal que trepaba por una de las paredes. Después, según descubrí, Lamb ofreció dinero a la familia de Hunt, y eso que él mismo era más pobre que una rata. También enseñó a la hija pequeña de Hunt a recitar el «Padrenuestro» al revés. Es normal que uno quiera saberlo todo de un hombre así.

Eso es lo que me encanta de la lectura: uno encuentra en un libro un detalle que le despierta interés, y ese detalle lo lleva a otro libro, y allí encuentra otro detalle que lo lleva a un tercer libro. Es una progresión geométrica: sin un final a la vista y sin otro motivo que no sea el simple goce.

La mancha roja de la cubierta que parece sangre... en fin, es sangre. No tuve cuidado con el abrecartas. La postal que va dentro es una reproducción de un retrato de Lamb con su amigo William Hazlitt.

Si dispone de tiempo para cartearse conmigo, ¿le importaría responderme a unas preguntas? A tres en concreto. ¿Por qué tuvieron que ocultar un cerdo asado? ¿Cómo es posible que un cerdo diese lugar al nacimiento de una sociedad literaria? Y, lo más urgente de todo, ¿qué es un pastel de piel de patata y por qué está incluido en el nombre de esa sociedad?

He alquilado un piso en el número 23 de Glebe Place, Chelsea, Londres S.W. 3. Mi apartamento de Oakley Street fue bombardeado el año pasado y todavía lo echo de menos. Era precioso, veía el Támesis desde tres de sus ventanas. Sé que soy afortunada por tener un sitio en el que vivir en Londres, pero prefiero quejarme en lugar de dar gracias. Me alegra que haya pensado en mí para que lo ayude a buscar *Elia*.

Atentamente,

JULIET ASHTON

P. D.: No llegué a decidirme respecto a lo de Moisés, todavía me tiene preocupada.

De Juliet a Sidney

18 de enero de 1946

Querido Sidney:

Ésta no es una carta normal, sino que es para pedirte disculpas. Te ruego que perdones mis quejas sobre los tés y los almuerzos que organizaste para promocionar *Izzy*. Si te llamé «tirano», lo retiro. Adoro Stephens & Stark por haberme sacado de Londres.

Bath es una ciudad preciosa, con sus encantadoras calles en forma de herradura bordeadas de casitas de color blanco, en vez de los edificios renegridos y tristes de Londres o, peor todavía, los montones de escombros que antes eran edificios. Es una maravilla respirar aire limpio y fresco, libre de humo de carbón y de polvo. Hace frío, pero sin la humedad que hay en la capital. Incluso la gente que se ve por la calle parece distinta: caminan erguidos, igual que sus casas, y no encorvados y con los rostros cenicientos de los londinenses.

Susan me ha dicho que los invitados al té del libro de Abbot disfrutaron muchísimo, y yo también. Pasados dos minutos, logré despegar la lengua del paladar y empezar a sentirme a gusto.

Susan y yo partimos mañana para visitar librerías de Colchester, Norwich, King's Lynn, Bradford y Leeds.

Un abrazo y gracias,

JULIET

De Juliet a Sidney

21 de enero de 1946

Querido Sidney:

¡Viajar de noche en tren vuelve a ser maravilloso! Ya no hay que estarse horas de pie en los pasillos, ni cambiar de vía para dejar pasar un tren militar, y lo mejor de todo es que ya no hay cortinas opacas. Todas las ventanas por las que pasamos estaban iluminadas, y una vez más pude fisgonear. Lo eché muchísimo de menos durante la guerra, era como si todos nos hubiéramos convertido en topos que correteáramos cada uno por nuestro túnel particular. No me considero una auténtica mirona, puesto que los mirones de verdad se interesan por los dormitorios, mientras que lo que me emociona a mí es ver a las familias en los salones y las cocinas. Imagino su vida entera con sólo vislumbrar por un momento una estantería, un escritorio, una vela encendida o un cojín de colores vivos en el sofá.

Hoy, en la librería Tillman, me he encontrado con un tipo desagradable y condescendiente. Después de hablar sobre *Izzy*, he preguntado si alguien tenía alguna duda, y él, literalmente, ha saltado de la silla para ponerse frente a mí y me ha dicho que cómo era posible que yo, siendo mujer, me hubiera atrevido a deshonrar el apellido de Isaac Bickerstaff. «El auténtico Isaac Bickerstaff, un periodista célebre, diría más, el alma y el corazón de la literatura del siglo XVIII, ya difunto, y ahora usted profana su nombre.»

Antes de que yo pudiera articular palabra, se ha levantado una mujer que estaba en la última fila y ha exclamado: «¡Oh, por favor, siéntese! ¡No se puede profanar el nombre de una persona que no ha existido! ¡No está muerto, porque nunca ha estado vivo! ¡Isaac Bickerstaff era el pseudónimo que utilizaba Joseph Addison para escribir su columna en el *Spectator*! La señorita Ashton es muy libre de adoptar el nombre falso que quiera, ¡de modo que cierre el pico!» El valiente defensor se ha marchado a toda prisa de la librería.

Por cierto, Sidney, ¿conoces a un tal Markham V. Reynolds, hijo? Si no lo conoces, ¿te importaría buscarlo por mí en el *Quién es Quién*, en el registro catastral o en Scotland Yard? Si no lo encuentras en ninguno de esos sitios, puede que simplemente figure en el listín telefónico. Me envió un ramo precioso de flores de primavera al hotel de Bath, una docena de rosas blancas al tren y un montón de rosas rojas a Norwich, todas sin mensaje, acompañadas tan sólo de una tarjeta con su nombre.

A todo esto, ¿cómo sabe ese individuo dónde nos alojamos Susan y yo y qué trenes tomamos? En los tres casos me he encontrado las flores esperándome, nada más llegar. No sé si sentirme halagada o acosada.

Un abrazo,

JULIET

De Juliet a Sidney

23 de enero de 1946

Querido Sidney:

Susan acaba de pasarme las cifras de ventas de *Izzy*, y me cuesta trabajo creerlas. Si te soy sincera, pensaba que todo el mundo estaría tan cansado de la guerra que a nadie le apetecería recordarla, y menos aún en un libro. Por suerte, y una vez más, tú tenías razón y yo estaba equivocada (aunque me fastidia reconocerlo).

Viajar, hablar ante un público cautivado, firmar libros y conocer gente nueva es muy estimulante. Las mujeres que he conocido me han contado tantas anécdotas de la guerra que casi desearía continuar escribiendo la columna. Ayer mantuve una charla muy agradable con una mujer de Norwich. Tiene cuatro hijas ya adolescentes y justo la semana pasada a la mayor de ellas la invitaron a merendar en la escuela de cadetes que hay allí. Ataviada con su mejor vestido y unos guantes de un blanco inmaculado, la chica fue hasta la escuela, cruzó la puerta, recorrió con la mirada el mar de rostros resplandecientes que tenía ante sí... ¡y se desmayó! La pobrecilla nunca había visto tantos hombres juntos en un mismo sitio. Imagínate, hay una generación entera que ha crecido sin bailes, meriendas ni coqueteos.

Me encanta ir a las librerías y conocer a los libreros; están hechos de una pasta especial. Nadie en su sano juicio aceptaría trabajar de dependiente en una librería con el sueldo que se cobra, y nadie en su sano juicio querría ser el propietario de una de ellas, porque el margen de beneficios es demasiado pequeño. Así que tiene que ser el amor por los lectores y por la lectura lo que los empuja a hacerlo, junto con la posibilidad de ser los primeros en ojear las novedades.

¿Te acuerdas del primer empleo que tuvimos tu hermana y yo en Londres, en la librería de segunda mano de aquel tipo tan cascarrabias, el señor Hawke? Yo lo adoraba. Abría una caja de libros, nos pasaba uno o dos y nos decía: «Nada de ceniza de cigarrillos, las manos limpias y, por el amor de Dios, Juliet, ¡no se te ocurra escribir notas en los márgenes! Sophie, cariño, no le permitas que tome café mientras lee.» Y así nos íbamos nosotras con libros nuevos para leer.

Ya me asombraba entonces, y sigue asombrándome ahora, que muchas de las personas que entran en una librería en realidad no sepan lo que andan buscando y que simplemente quieran echar un vistazo con la esperanza de encontrar algo que les llame la atención. Y luego, como son lo bastante inteligentes como para no fiarse de lo que dice el texto de la contracubierta, le hacen tres preguntas al dependiente: 1) ¿De qué trata? 2) ¿Lo ha leído? 3) ¿Vale la pena?

Los libreros de verdad, los que lo llevamos en la sangre —como Sophie y yo—, no sabemos mentir. Siempre nos delata la expresión de la cara. Un gesto como elevar una ceja o torcer el labio revela que el libro dista mucho de ser bueno, y los clientes listos piden que les recomendemos otra cosa, tras lo cual casi los arrastramos hasta un volumen en concreto y les aconsejamos que lo lean. Si lo hacen y no les gusta, no volverán, pero si les gusta, serán clientes de por vida.

¿Estás tomando nota? Deberías, porque un editor no debería enviar a las librerías un solo ejemplar, sino varios, para que también puedan leerlo todos los empleados.

El señor Seton me ha dicho hoy que *Izzy Bickerstaff* es el regalo ideal tanto para alguien que te cae bien como para alguien que te cae mal pero a quien le tienes que regalar algo de todas formas. También me ha asegurado que el treinta por ciento de todos los libros que se compran son para regalo. ¿¿¿El treinta por ciento??? ¿Será verdad?

¿Te ha dicho Susan que, además de dirigir la gira, me dirige a mí? A la media hora de conocernos ya me dijo que el maquillaje, la ropa, el pelo y el calzado que llevo son de lo más aburrido. Que si no me he enterado de que ya se ha terminado la guerra.

Me llevó a Madame Helena a que me cortaran el pelo; ahora lo llevo corto y rizado en vez de largo y liso. También me hicieron reflejos de un tono algo más claro; tanto Susan como madame Helena dijeron que realzarían el color dorado de mis «preciosos rizos castaños». Pero sé que no es por eso, sino para cubrir las canas (cuatro, he contado) que han empezado a salirme. Compré también una crema para la cara, una crema de manos que olía muy bien, un lápiz de labios y un rizador de pestañas que me hace bizquear cada vez que lo uso.

A continuación, Susan me sugirió que me comprase un vestido. Le recordé que la reina iba la mar de contenta con su vestuario de 1939, y que por lo tanto yo también. Me replicó que la reina no necesitaba impresionar a los desconocidos, mientras que yo sí. Sentí que estaba traicionando a la Corona y a mi país; ninguna mujer decente tiene ropa nueva. Pero se me olvidó todo en cuanto me vi en el espejo. El primer vestido que estrenaba en cuatro años, ¡y qué vestido! Tiene exactamente el color de un melocotón maduro y una caída divina cuando me muevo. La dependienta dijo que tenía un estilo «chic francés» y que también lo tendría yo si me lo compraba. Así que me lo compré. Los zapatos, sin embargo, van a tener que esperar, porque me he gastado en el vestido casi el equivalente a un año de cupones de racionamiento para ropa.

Entre Susan, el pelo, el maquillaje y el vestido, ya no parezco una persona de treinta y dos años apática y desaliñada; ahora soy una mujer de treinta, llena de vida, elegante y «*haute-couturée*» (si esto no es una palabra francesa, debería serlo).

A propósito de mi vestido nuevo y mis zapatos viejos: ¿no es raro que suframos un racionamiento más estricto después de la guerra que durante la misma? Soy consciente de que por toda Europa hay cientos de miles de personas a las que es necesario procurar alimentos, vivienda y ropa, pero, entre tú y yo, me molesta que muchos de ellos sean alemanes.

Sigo sin ideas para el libro que quiero escribir, y eso está empezando a deprimirme. ¿Tienes alguna sugerencia?

Dado que estoy en lo que yo considero el norte, esta noche llamaré a Sophie a Escocia. ¿Algún mensaje para tu hermana, tu cuñado o tu sobrino?

Ésta es la carta más larga que he escrito en mi vida, no es necesario que respondas con otra igual.

Un abrazo,

JULIET

De Susan Scott a Sidney

25 de enero de 1946

Querido Sidney:

No te creas lo que dicen los periódicos. No detuvieron a Juliet ni se la llevaron esposada. Simplemente la amonestó un agente de policía de Bradford que a duras penas se aguantaba la risa.

Sí que le arrojó una tetera a Gilly Gilbert a la cabeza, pero no le creas cuando afirma que lo escaldó: el té estaba frío. Además, fue más bien un roce que un impacto directo. Incluso el director del hotel rechazó que lo indemnizáramos por la tetera, que sólo quedó un poco abollada. Sin embargo, debido al griterío que armó Gilly, el hombre se vio obligado a llamar a la comisaría.

Hasta aquí la historia, de la cual me responsabilizo por completo. Debería haber rechazado la petición de Gilly de entrevistar a Juliet. Sé que es una persona aborrecible, uno de esos gusanos empalagosos que trabajan para el *London Hue and Cry*. También sé que Gilly y dicho periódico están celosos del éxito que ha conseguido el *Spectator* con la columna de Izzy Bickerstaff, y también de Juliet.

Acabábamos de regresar al hotel, una vez terminada la fiesta que habían organizado los de Brady's Booksmith en honor a Juliet. Las dos estábamos cansadas —y muy contentas y satisfechas— cuando de pronto se levantó Gilly de un sillón del salón y nos pidió que tomásemos un té con él. Nos rogó que le concediéramos una breve entrevista con «la maravillosa señorita Ashton, ¿o debería más bien decir "la Izzy Bickerstaff de Inglaterra"?». Ya sólo esas zalamerías deberían haberme puesto sobre aviso, pero no fue así; quería sentarme, alardear del éxito de Juliet y tomarme un té con pastas.

Y eso fue lo que hicimos. La conversación transcurría bastante bien, y yo estaba perdida en mis pensamientos cuando de pronto oí que Gilly decía: «Usted también es viuda de guerra, ¿no es cierto? O, mejor dicho, casi viuda de guerra. Iba a casarse con el teniente Rob Dartry, ¿no es así? Ya había hecho algunos preparativos para la ceremonia, ¿verdad?» «Perdón, ¿cómo dice, señor Gilbert?», respondió Juliet. Ya sabes lo educada que es.

«No estoy equivocado, ¿no? Usted y el teniente Dartry solicitaron una licencia de matrimonio. Les dieron cita para contraer matrimonio en el Registro Civil de Chelsea el 13 de diciembre de 1942, a las once de la mañana. Reservaron una mesa para almorzar en el Ritz, sólo que usted no llegó a presentarse a ninguno de esos actos. Es obvio que dejó al teniente Dartry plantado en el altar, pobre hombre, tras lo cual tuvo que regresar a su barco, solo y humillado, y llevarse su corazón destrozado a Birmania, donde halló la muerte apenas tres meses más tarde.» Me incorporé en el asiento, boquiabierta, y me quedé mirando la escena, impotente, mientras Juliet intentaba ser cortés: «No lo dejé plantado en el altar, sino el día anterior. Y no se sintió humillado, sino aliviado. Simplemente le dije que, después de todo, no quería casarme. Créame, señor Gilbert, se marchó muy feliz, contento de haberse librado de mí. No se refugió en su barco solo y traicionado, sino que se fue directo al Club CCB y se pasó toda la noche bailando con Belinda Twining.»

Pues bien, Sidney, a pesar de lo sorprendido que estaba, Gilly no se acobardó. Los pequeños roedores como él nunca lo hacen, ¿a que no? Enseguida adivinó que estaba a punto de destapar una historia todavía más jugosa para su periódico.

«¡Vaya, vaya! —soltó con una sonrisita—. ¿Qué fue entonces? ¿El alcohol? ¿Otras mujeres? ¿Un toque del bueno de Oscar Wilde?»

Ahí fue cuando Juliet le lanzó la tetera. No te imaginas el alboroto que se armó a continuación. El salón estaba lleno de gente que también tomaba té; por eso, no me cabe la menor duda, la historia llegó a oídos de los periódicos.

En mi opinión, el titular «¡IZZY BICKERSTAFF SE VA A LA GUERRA DE NUEVO! Reportero resulta herido en una reyerta con pastas de té en un hotel» sonaba un tanto duro, pero no demasiado. En cambio «EL ROMEO FALLIDO DE JULIETA: UN HÉROE CAÍDO EN BIRMANIA» me pareció escandaloso, incluso para Gilly Gilbert y el *Hue and Cry*.

A Juliet la preocupa que esto pueda haber dejado en mal lugar a Stephens & Stark, pero es que está harta de que vapuleen de ese modo el nombre de Rob Dartry. Lo único que conseguí que me dijera es que Dartry era buena persona, muy buena persona, que nada de aquello había sido culpa de él y que no se merecía lo que estaba pasando.

¿Tú sabías lo de Rob Dartry? Está claro que lo del alcohol y Oscar Wilde son tonterías, pero ¿por qué anuló Juliet la boda? ¿Sabes el motivo? ¿Me lo dirías si lo supieras? Claro que no; no sé ni por qué te lo pregunto.

Los chismorreos irán atenuándose, sin duda, pero ¿tendría que estar Juliet en Londres mientras se encuentran en todo su apogeo? ¿Convendría que ampliásemos la gira hasta Escocia? Reconozco que no sé qué hacer; allí las ventas han sido espectaculares, pero Juliet ha trabajado mucho en todos esos encuentros para tomar el té y almorzar, no es fácil ponerse frente a una sala repleta de desconocidos y empezar a elogiar tu libro y tu persona. Ella no está acostumbrada a este ajetreo como yo, y la veo muy cansada.

El domingo estaremos en Leeds, así que para entonces dime algo sobre lo de Escocia.

Gilly Gilbert es un ser despreciable y vil, y espero que acabe mal, pero ha situado *Izzy Bickerstaff se va a la guerra* en la lista de los más vendidos. Me siento tentada de escribirle una nota de agradecimiento.

Apresuradamente tuya,

SUSAN

P. D.: ¿Has averiguado ya quién es Markham V. Reynolds? Hoy le ha enviado a Juliet un ramo enorme de camelias.

Telegrama de Juliet a Sidney

SIENTO MUCHÍSIMO HABEROS DEJADO EN MAL LUGAR A TI Y A STEPHENS & STARK. ABRAZO. JULIET.

De Sidney a Juliet

Srta. Juliet Ashton
The Queens Hotel
City Square
Leeds

26 de enero de 1946

Querida Juliet:

No te preocupes por lo de Gilly, no has dejado en mal lugar a S&S. Sólo lamento que el té no estuviera más caliente y que no apuntaras más abajo. La prensa me está persiguiendo para que haga una declaración acerca de lo que pasó, y voy a hacerla. No te preocupes, hablaré del periodismo en estos tiempos de depravación, no de ti o de Rob Dartry.

Acabo de comentar con Susan lo de ir a Escocia y, aunque sé que Sophie nunca me lo perdonará, he decidido que es mejor que no vayáis. Las cifras de ventas de *Izzy* están subiendo, y mucho, y creo que deberíais volver a casa.

El *Times* quiere que escribas un artículo largo para el suplemento, una primera parte de una serie de tres que tienen pensado publicar en próximos números. Dejaré que sean ellos quienes te sorprendan con el tema, pero te puedo adelantar tres cosas: quieren que lo escriba Juliet Ashton, no Izzy Bickerstaff; el tema es serio, y con la suma de dinero de la que han hablado podrás llenar el piso de flores frescas todos los días durante un año entero, comprarte un edredón de satén (lord Woolton dice que ya no tendrás que esperar a un bombardeo para comprar colchas nuevas) y un par de zapatos de piel auténtica, si es que logras encontrarlos. Puedes quedarte con mis cupones.

El *Times* no necesita el artículo hasta final de la primavera, así que tendremos más tiempo para pensar en un posible libro nuevo para ti. Buenas razones para que te des prisa en volver, pero la más importante es que te echo de menos.

Bien, pasemos ahora al tema de Markham V. Reynolds, hijo. Sé quién es, y el registro catastral no va a servirnos de nada, porque resulta que es estadounidense. Es el hijo y heredero de Markham V. Reynolds, padre, que antes tenía el monopolio de las fábricas de papel en Estados Unidos y ahora «sólo» es propietario de la mayor parte de ellas. Reynolds hijo tiene una vena artística y no se ensucia las manos fabricando papel, se limita a imprimir en él. Es editor. El *New York Journal*, el *Word*, el *View*... son todas publicaciones suyas, y también es el dueño de varias revistas de menor tirada. Me he enterado de que está en Londres. Oficialmente ha venido para inaugurar la oficina del *View*, pero corre el rumor de que ha tomado la decisión de empezar a publicar libros y que intentará seducir a los mejores autores de Inglaterra con promesas de abundancia y prosperidad en Estados Unidos. Desconocía que entre sus tácticas se incluyera la de enviar rosas y camelias, pero tampoco me sorprende. Siempre ha estado muy sobrado de lo que nosotros llamamos «descaro» y los estadounidenses denominan «seguridad en uno mismo». Espera a conocerlo en persona: ha sido la perdición de mujeres más fuertes que tú, entre ellas mi secretaria. Lamento decir que ella fue la que le facilitó tu itinerario y tu dirección. A la muy tonta le pareció profundamente romántico, con «ese traje tan elegante y esos zapatos hechos a mano». ¡Por Dios! Por lo visto no había entendido el concepto de «confidencialidad», así que he tenido que despedirla.

Ese hombre va detrás de ti, Juliet, no me cabe la menor duda. ¿Quieres que lo desafíe a un duelo? Seguro que acabaría conmigo, de modo que mejor que no lo haga. Querida, yo no puedo prometerte ni abundancia ni prosperidad, ni siquiera mantequilla, pero ya sabes que eres la autora más querida de Stephens & Stark, sobre todo de Stark. Lo sabes, ¿verdad?

¿Cenamos la primera noche que estés de vuelta?

Un abrazo,

SIDNEY

De Juliet a Sidney

28 de enero de 1946

Querido Sidney:

Sí, será un placer cenar contigo. Me pondré el vestido nuevo y me daré un atracón.

Me alegro mucho de no haber dejado en mal lugar a S&S con lo de Gilly y la tetera, estaba preocupada. Susan me sugirió que hiciera una «declaración oficial» a la prensa para explicar lo ocurrido con Rob Dartry y el motivo por el que no nos casamos. Pero no puedo. De verdad que no me importaría quedar como una idiota si con ello impidiera que Rob pareciese un idiota mayor. Pero no lo impediría y, desde luego, Rob no era ningún idiota. Sin embargo daría la impresión de que sí. De modo que prefiero no decir nada y quedar como una arpía irresponsable, frívola e insensible.

No obstante, sí me gustaría que tú supieras qué ocurrió. Te lo habría contado antes, pero en 1942 estabas fuera, en la Marina, y no llegaste a conocer a Rob. Ni siquiera lo conoció Sophie, que aquel otoño estaba en Bedford, y después le hice jurar que no diría nada. Cuanto más tiempo dejaba pasar sin contártelo, menos importante me parecía que lo supieras, sobre todo teniendo en cuenta la imagen que ese asunto daba de mí: de entrada, la de una persona atolondrada y tonta por haberme prometido en matrimonio.

Creía que estaba enamorada (eso es lo patético, mi idea de lo que es estar enamorado). Como parte de los preparativos para compartir la casa con un esposo, le hice hueco para que no tuviera la sensación de ser un familiar que está de visita. Vacié la mitad de los cajones de la cómoda, la mitad del armario, la mitad del mueble del baño y la mitad del escritorio. Regalé las perchas acolchadas y compré otras más fuertes, de madera. Quité la muñeca de trapo de la cama y la guardé en el desván. Mi piso quedó listo para dos en lugar de para uno.

La tarde anterior a nuestra boda, Rob estuvo trasladando lo último que le quedaba de su ropa y sus pertenencias, mientras yo iba al *Spectator* a entregar mi artículo de Izzy. Cuando terminé, regresé corriendo a casa, subí la escalera volando y al abrir la puerta me lo encontré sentado en una banqueta delante de la estantería, rodeado de cajas de cartón. Estaba cerrando la última con un cordel y cinta adhesiva. Había ocho cajas, ¡ocho cajas llenas de libros míos, cerradas y preparadas para llevarlas al sótano!

Levantó la vista y me dijo: «Hola, cielo. No te preocupes por este desorden, el portero me ha dicho que me ayudará a bajarlo todo.» Luego señaló la estantería y añadió: «¿A que quedan estupendamente?»

¡No me salieron las palabras! Estaba demasiado consternada para hablar. Sidney, cada uno de los estantes en los que había libros míos estaba lleno de trofeos deportivos: copas de plata, de oro, escarapelas azules, cintas rojas... Había premios de todos los deportes que se puedan practicar con un objeto de madera: bates de críquet, raquetas de squash, de tenis, remos, palos de golf, palas de tenis de mesa, arcos y flechas, tacos de billar, palos de lacrosse, de hockey y mazas de polo. También había estatuillas de todo aquello que un hombre puede saltar, ya sea por sí mismo o bien a lomos de un caballo. Luego estaban los diplomas enmarcados: por haber disparado al mayor número de aves en tal y tal fecha, por haber quedado el primero en una carrera o el último en aguantar de pie en uno de esos mugrientos concursos de tira y afloja con una cuerda, teniendo como contrincante a Escocia.

Lo único que acerté a hacer fue gritarle: «¡Cómo te atreves! ¿Se puede saber qué has hecho? ¡Vuelve a poner mis libros ahí!»

En resumen, así fue como empezó todo. Al final le dije que de ningún modo podía casarme con un hombre cuyo concepto de la felicidad era arremeter contra pelotitas y pajarillos. Rob contraatacó con comentarios sobre las malditas marisabidillas y las arpías. A partir de ahí ya todo fue degenerando. El único pensamiento que probablemente teníamos en común era: «¿De qué demonios hemos hablado los últimos cuatro meses? ¿De qué, a ver?» Rob resopló, gruñó... y se fue. Y yo saqué los libros de las cajas.

¿Te acuerdas de aquella noche, el año pasado, en que viniste a buscarme al tren para decirme que mi casa había quedado destruida por los bombardeos? ¿Creíste que me reía por la histeria? Pues no era por eso, sino por ironía; si hubiera permitido que Rob trasladara mis libros al sótano, aún los conservaría, absolutamente todos.

Sidney, en nombre de la larga amistad que nos une, no hace falta que comentes este episodio con la gente. De hecho, preferiría que no lo hicieras.

Gracias por averiguar quién es Markham V. Reynolds, hijo. De momento, sus halagos son sólo florales, y yo sigo fiel a ti y al Imperio. No obstante, siento cierta compasión por tu secretaria, espero que Reynolds le haya enviado unas rosas por las molestias ocasionadas, porque no estoy segura de que mis escrúpulos pudieran resistir la visión de unos zapatos hechos a mano. Si llego a conocerlo, me aseguraré de no mirarle los pies, o quizá antes de mirárselos me amarre a un mástil, como hizo Ulises.

Bendito seas por decirme que regrese a casa. Ya estoy deseando empezar con esa propuesta del *Times*. ¿Me prometes por Sophie que el tema de la serie no será frívolo? No irán a pedirme a lo mejor que escriba sobre la duquesa de Windsor, ¿verdad?

Un abrazo,

JULIET

De Juliet a Sophie Strachan

31 de enero de 1946

Querida Sophie:

Gracias por tu visita relámpago a Leeds, no tengo palabras para expresar lo mucho que necesitaba ver una cara amiga. Sinceramente, estaba a punto de escaparme a las islas Shetland a hacer vida de ermitaña. Fue muy bonito por tu parte venir a verme.

El dibujo que publicó el *London Hue and Cry* en el que me llevaban encadenada fue exagerado, ni siquiera me detuvieron. Ya sé que Dominic preferiría tener una madrina en la cárcel, pero esta vez deberá conformarse con algo menos teatral.

Le dije a Sidney que lo único que podía hacer ante las acusaciones falsas y crueles de Gilly era guardar un digno silencio. Él me respondió que obrara así si ése era mi deseo, pero que Stephens & Stark no podía hacer lo mismo.

Convocó una rueda de prensa para defender el honor de Izzy Bickerstaff, Juliet Ashton y el propio periodismo de una escoria como Gilly Gilbert. ¿Ha salido en los periódicos de Escocia? Por si acaso, aquí te cuento lo más destacado. Llamó a Gilbert «comadreja retorcida» (bueno, tal vez no fueran ésas las palabras exactas, pero el significado quedó claro), y dijo que había mentido porque era demasiado holgazán para informarse de lo que había sucedido en realidad y demasiado idiota para comprender el daño que había infligido con sus mentiras a las nobles tradiciones del periodismo. Estuvo magnífico.

Sophie, ¿podrían dos chicas (ahora mujeres) tener un defensor mejor que tu hermano? Creo que no. Sidney pronunció un discurso maravilloso, aunque debo reconocer que tengo algunas reservas. Gilly Gilbert es un traidor tan repugnante que me cuesta trabajo creer que se conforme con desaparecer sin decir nada. Sin embargo, Susan opina que es también tan cobarde que no se atreverá a contraatacar. Espero que no se equivoque.

Con cariño para todos,

JULIET

P.D.: Ese hombre me ha enviado otro ramo, esta vez de orquídeas. Estoy empezando a ponerme nerviosa. Espero que deje ya de esconderse y se dé a conocer. ¿Tú crees que es todo una estrategia?

De Dawsey a Juliet

31 de enero de 1946

Apreciada señorita Ashton:

¡Ayer llegó su libro! Es usted encantadora, y le doy las gracias de todo corazón.

Trabajo en el puerto de St. Peter Port descargando barcos, así que puedo leer durante los descansos para tomar el té. Es una bendición tener té auténtico y pan con mantequilla, y ahora el libro que me ha enviado. Me gusta porque es de tapa blanda y puedo llevarlo en el bolsillo a todas partes, aunque procuro no leerlo demasiado rápido. Y aprecio mucho tener un retrato de Charles Lamb. Su rostro era magnífico, ¿verdad?

Me gustaría escribirme con usted. Y contestaré a sus preguntas lo mejor que pueda. Aunque hay muchos que podrían explicársela mejor que yo, le contaré la historia de la cena en que comimos cerdo asado.

Tengo una cabaña y una granja que me dejó mi padre. Antes de la guerra, me dedicaba a criar cerdos y a cultivar verduras para los puestos del mercado de St. Peter Port y flores para Covent Garden. A menudo trabajaba también de carpintero y arreglando tejados.

Ahora ya no tengo cerdos. Se los llevaron los alemanes para dar de comer a los soldados que tenían en el continente, y me ordenaron que cultivase patatas. Teníamos que plantar lo que ellos nos dijeran, y nada más. Al principio, antes de conocerlos como los llegué a conocer más tarde, creí que podría esconder unos cuantos cerdos para mí. Pero el funcionario agrícola los olió y se los llevó. Eso supuso un mazazo, pero pensé que me las arreglaría sin problemas, porque tenía patatas y nabos de sobra y todavía me quedaba harina. Sin embargo, es extraño cómo la mente vuelve constantemente a la comida. Después de seis meses comiendo nabos y algún que otro cartílago de vez en cuando, no podía dejar de pensar en darme un banquete como Dios manda.

Una tarde, mi vecina, la señora Maugery, me envió una nota. «Ven enseguida —me decía—. Y tráete un cuchillo de carnicero.» Procuré no hacerme muchas ilusiones, pero salí disparado dando grandes zancadas hacia su casa. ¡Y era verdad! ¡Tenía un cerdo, un cerdo escondido, y me había invitado a sumarme al festín con ella y sus amigos!

De pequeño no era muy hablador, porque tartamudeaba mucho, y no solía asistir a cenas. A decir verdad, la de la señora Maugery era la primera a la que me invitaban en mi vida. Le dije que sí porque pensaba en el cerdo asado, pero lo cierto es que deseaba poder llevarme mi ración y comérmela en casa.

Tuve la buena suerte de que mi deseo no se hiciera realidad, porque aquélla fue la primera reunión de la Sociedad Literaria del Pastel de Piel de Patata de Guernsey, aunque en aquel momento no lo sabíamos. La cena fue estupenda, pero la compañía fue aún mejor. Entre la comida y la conversación nos olvidamos del reloj y del toque de queda hasta que Amelia (la señora Maugery) oyó las campanadas de las nueve. Nos habíamos pasado en una hora. Pero la buena comida nos había fortalecido el corazón, y cuando Elizabeth McKenna dijo que debíamos regresar cada uno a nuestra casa en vez de pasar la noche escondidos en el salón de Amelia, todos nos mostramos de acuerdo. Sin embargo, infringir el toque de queda era delito, a mí me habían llegado comentarios de que a algunas personas las habían enviado a los campos de prisioneros por ello, y ocultar un cerdo era una infracción todavía más grave, de modo que echamos a andar por la campiña hablando en susurros y haciendo el menor ruido posible.

Todo habría ido bien de no ser por John Booker. Había bebido aún más de lo que había comido, ¡y cuando llegamos a la carretera se olvidó de todo y empezó a cantar! Yo le tapé la boca rápidamente, pero fue demasiado tarde: de entre los árboles salieron seis oficiales de patrulla alemanes con las pistolas Luger desenfundadas y nos preguntaron a voces qué hacíamos fuera de casa después del toque de queda, dónde habíamos estado, adónde íbamos.

Yo no sabía qué hacer. Si echaba a correr, me pegarían un tiro, eso sí que lo tenía claro. Notaba la boca más seca que la lija y tenía la mente en blanco, así que seguí sosteniendo a Booker y esperé.

Entonces Elizabeth respiró hondo y dio un paso al frente. Elizabeth no es alta, de modo que las pistolas le quedaban a la altura de los ojos; sin embargo, ni siquiera pestañeó. Hizo como si no las viera. Se acercó al oficial que estaba al mando y empezó a hablar con él. No se imaginaría la de mentiras que dijo. Que lamentaba muchísimo haber infringido el toque de queda. Que veníamos de una reunión de la sociedad literaria de Guernsey, y que el debate sobre la obra *Elizabeth y su jardín alemán* estaba siendo tan apasionante que todos habíamos perdido la noción del tiempo. «Qué libro tan maravilloso... ¿lo ha leído?», le preguntó.

Ninguno de nosotros tuvo la suficiente presencia de ánimo como para respaldarla, pero el oficial al mando no lo pudo evitar y le respondió con una sonrisa. Elizabeth es así. El oficial anotó nuestros nombres y nos ordenó muy educadamente que al día siguiente nos presentáramos ante el comandante. Acto seguido, se inclinó y nos dio las buenas noches. Elizabeth asintió con la cabeza, muy elegante, mientras los demás nos íbamos apartando poco a poco, intentando no salir corriendo como conejos. Incluso yo, que llevaba a Booker a cuestas, llegué a mi casa enseguida.

Y ésa es la historia de la cena del cerdo asado.

Yo también quisiera hacerle una pregunta. Todos los días llegan barcos al puerto de St. Peter Port con cosas que aún se necesitan en Guernsey: alimentos, ropa, semillas, arados, pienso para los animales, herramientas, medicinas y, lo más importante de todo, ahora que ya tenemos para comer: zapatos. Diría que al finalizar la guerra no quedaba en toda la isla un solo par que estuviera en buenas condiciones.

Algunas de las cosas que nos llegan vienen envueltas en revistas y periódicos viejos. Mi amigo Clovis y yo los alisamos y nos los llevamos a casa para leerlos, y luego se los damos a los vecinos, que, como nosotros, están deseosos de enterarse de lo que ha ocurrido en el mundo exterior en estos cinco años. Aunque no sólo de leer noticias o ver fotografías: la señora Saussey quiere recetas; madame LePell, revistas de moda (es modista); el señor Brouard lee las esquelas (espera encontrar a alguien, pero se niega a decir a quién); Claudia Rainey busca fotografías de Ronald Colman; el señor Tourtelle quiere ver a mujeres hermosas en traje de baño, y a mi amiga Isola le gusta leer sobre bodas.

Durante la guerra había muchas cosas que deseábamos saber, pero no se nos permitía recibir cartas ni periódicos procedentes de Inglaterra... ni de ningún sitio. En el año 1942, los alemanes nos confiscaron todas las radios. Claro que teníamos algunas escondidas y las escuchábamos en secreto, pero si te pillaban podían mandarte a los campos. Por eso no comprendemos muchas de las cosas que ahora nosotros podemos leer.

A mí me gustan mucho las viñetas de la época de la guerra, pero hay una que me tiene desconcertado. Es del año 1944, de un número de la revista *Punch*, y en ella se ven unas diez personas caminando por una calle de Londres. Las figuras principales son dos hombres con bombín que llevan maletín y paraguas, y uno de ellos le está diciendo al otro: «Decir que esas Doodlebugs han afectado a la gente es absurdo.» Tardé varios segundos en darme cuenta de que todos los personajes de la viñeta tienen una oreja de tamaño normal y la otra de un tamaño exagerado. Quizá pueda usted explicármelo.

Atentamente,

DAWSEY ADAMS

De Juliet a Dawsey

3 de febrero de 1946

Apreciado señor Adams:

Qué bien que esté disfrutando de las cartas de Lamb y de la copia de su retrato. Coincide perfectamente con el rostro que yo le imaginaba, así que me alegra que a usted le haya sucedido lo mismo.

Muchas gracias por contarme lo del cerdo asado, pero no crea que no me he dado cuenta de que sólo ha respondido a una de mis preguntas. Estoy deseosa de saber más de la Sociedad Literaria del Pastel de Piel de Patata de Guernsey, y no sólo por satisfacer mi curiosidad, sino también porque tengo el deber profesional de entrometerme.

¿Le he dicho que soy escritora? Durante la guerra escribí una columna semanal en el *Spectator*, y la editorial Stephens & Stark las ha recopilado todas en un solo volumen que ha publicado con el título de *Izzy Bickerstaff se va a la guerra*. «Izzy» es el pseudónimo que escogieron para mí en el *Spectator*, y ahora que, gracias a Dios, a la pobre la han dejado descansar por fin, puedo escribir de nuevo utilizando mi verdadero nombre. Me gustaría escribir un libro, pero me está costando mucho encontrar un tema con el que poder convivir a gusto durante varios años.

Entretanto, el *Times* me ha pedido un artículo para el suplemento literario. A lo largo de tres números y empleando la voz de tres autores, quieren hablar del valor práctico, moral y filosófico de la lectura. Yo me haré cargo del lado filosófico del debate y hasta el momento lo único que se me ha ocurrido es que leer impide que uno se vuelva loco. Como ve, necesito ayuda.

¿Cree usted que a su sociedad literaria le importaría aparecer en dicho artículo? Estoy segura de que el relato de cómo se fundó fascinaría a los lectores del *Times*, y me encantaría que me contase más acerca de cómo son las reuniones. Pero si prefiere no hacerlo, por favor, no se preocupe, lo entenderé, y de todos modos me gustaría volver a tener noticias suyas.

Recuerdo muy bien la viñeta del *Punch* que describe, y creo que lo que lo tiene desconcertado es la palabra «Doodlebug». Fue el nombre que acuñó el Ministerio de Información para hacer referencia a los «cohetes V-1 de Hitler», a las «bombas voladoras», porque sonaba menos aterrador.

Todos estábamos acostumbrados a los bombardeos nocturnos y al panorama que nos encontrábamos después, pero aquellas bombas no se parecían a ninguna otra.

Llegaban a plena luz del día y eran tan rápidas que no había tiempo de hacer sonar la sirena antiaérea ni de buscar refugio. Se podían ver; eran como un lápiz delgado y negro que descendía en diagonal, y al cruzar el cielo hacía un ruido sordo, sincopado, como el motor de un coche que se está quedando sin gasolina. Mientras se las pudiera oír petardear y toser, uno estaba a salvo, pensaba: «Gracias a Dios, ésta va a pasar de largo.»

Pero cuando el ruido cesaba, quería decir que quedaban sólo treinta segundos para que impactara contra el suelo a plomo. Así que nos parábamos a escuchar. Aguzábamos el oído para ver si captábamos el ruido como de un motor que se detiene. En una ocasión vi caer una. Ocurrió a cierta distancia de donde estaba, así que me metí en una alcantarilla y me acurruqué contra el borde. En un edificio alto de oficinas de aquella misma calle, varias mujeres se habían asomado a una ventana de las plantas superiores para mirar y fueron succionadas por la fuerza de la explosión.

Ahora parece imposible que alguien pudiera dibujar una viñeta sobre el tema de las Doodlebugs y que todo el mundo, incluida yo misma, pudiéramos reírnos con ella. Pero lo hicimos. Tal vez sea cierto ese antiguo dicho que afirma que «El humor es la mejor manera de hacer soportable lo insoportable».

¿Ya le ha encontrado el señor Hastings la biografía de E. V. Lucas?

Atentamente,

JULIET ASHTON

De Juliet a Markham Reynolds

Sr. Markham Reynolds
63 Halkin Street
Londres S.W. 1

4 de febrero de 1946

Apreciado señor Reynolds:

Sorprendí a su chico de los recados en el momento en que depositaba un ramo de claveles de color rosa delante de mi puerta. Lo sujeté y lo acorralé hasta que me dio su dirección. Ya ve, señor Reynolds, no es usted el único que sabe convencer a empleados inocentes. Espero que no lo despida, parece un buen chico y en realidad no tuvo alternativa: lo amenacé con los volúmenes de *En busca del tiempo perdido.*

Ahora ya puedo darle las gracias por las docenas de flores que me ha estado enviando. Hacía años que no veía rosas, camelias y orquídeas como ésas, y no se imagina lo mucho que me levantan el ánimo en este invierno gélido. Desconozco por qué merezco vivir entre flores cuando todos los demás tienen que contentarse con árboles de ramas desnudas y nieve fangosa, pero me alegro mucho de que así sea.

Atentamente,

JULIET ASHTON

De Markham Reynolds a Juliet

5 de febrero de 1946

Apreciada señorita Ashton:

No he despedido al chico de los recados, sino que lo he ascendido. Consiguió lo que yo no pude lograr: conocerla. A mi modo de ver, su nota es un apretón de manos figurado que nos permite dejar a un lado los preliminares. Espero que sea usted de la misma opinión, pues eso me ahorrará tener que buscar la manera de que lady Bascomb me invite a la próxima cena, confiando en que usted también asista a ella. Sus amigos son muy desconfiados, sobre todo ese tal Stark, que dijo que no tenía por qué invertir el curso de la ley de Préstamo y Arriendo y se negó a llevarla a usted al cóctel que di en la oficina del *View*.

Bien sabe Dios que mis intenciones son buenas o, por lo menos, desinteresadas. La verdad es que es usted la única escritora que me hace reír. Sus columnas de Izzy Bickerstaff fueron lo más ingenioso que se publicó durante la guerra, y me gustaría conocer a la persona que las escribió.

Si le prometo que no la secuestraré, ¿querrá hacerme el honor de cenar conmigo la semana próxima? Escoja usted el día, estoy a su entera disposición.

Atentamente,

MARKHAM REYNOLDS

De Juliet a Markham Reynolds

6 de febrero de 1946

Apreciado señor Reynolds:

No soy inmune a los halagos, sobre todo a los que tienen que ver con mi trabajo. Estaré encantada de cenar con usted. ¿El próximo jueves?

Atentamente,

JULIET ASHTON

De Markham Reynolds a Juliet

7 de febrero de 1946

Apreciada Juliet:

Falta mucho para el jueves. ¿Qué tal el lunes? ¿En el Claridge's? ¿A las siete?

Atentamente,

MARK

P. D.: Supongo que no tendrá teléfono, ¿verdad?

De Juliet a Markham

7 de febrero de 1946

Apreciado señor Reynolds:

De acuerdo, el lunes en el Claridge's a las siete.

Sí tengo teléfono. Está en Oakley Street, debajo del montón de escombros que antes era mi piso. Aquí estoy en régimen de subalquiler, y el único teléfono que hay lo tiene mi casera, la señora Olive Burns. Si le apetece charlar con ella, puedo facilitarle el número.

Atentamente,

JULIET ASHTON

De Dawsey a Juliet

7 de febrero de 1946

Apreciada señorita Ashton:

Estoy seguro de que a la sociedad literaria de Guernsey le gustaría aparecer en el artículo que va a escribir para el *Times*. Le he pedido a la señora Maugery que le mande una carta y le hable de nuestras reuniones, pues ella es una persona culta y sus palabras quedarán mejor que las mías en un artículo. No creo que nos parezcamos mucho a las sociedades literarias de Londres.

El señor Hastings todavía no ha encontrado un ejemplar de la biografía de Lucas, pero me ha enviado una postal en la que dice: «Estoy sobre la pista. No me rindo.» Es muy amable, ¿verdad?

Estoy transportando tejas de pizarra para el nuevo tejado del hotel Crown. Los propietarios tienen la esperanza de que este verano regresen los turistas. Estoy contento con este trabajo, pero aún lo estaré más cuando pronto pueda trabajar de nuevo en mi tierra.

Es agradable encontrarme con una carta suya cuando vuelvo a casa por la noche.

Le deseo mucha suerte en la búsqueda de un tema que le interese para escribir un libro.

Atentamente,

DAWSEY ADAMS

De Amelia Maugery a Juliet

8 de febrero de 1946

Apreciada señorita Ashton:

Acaba de venir a verme Dawsey Adams. Nunca lo he visto tan contento como lo está con su regalo y su carta. Estaba tan empeñado en convencerme de que le escribiera antes de que saliera el correo que ha olvidado su timidez. No creo que sea consciente de ello, pero posee un don excepcional para la persuasión; nunca pide nada para sí mismo, de modo que todo el mundo se muestra deseoso de hacer lo que pide para los demás.

Me ha hablado del artículo que le han propuesto escribir y me ha pedido que le cuente más acerca de la sociedad literaria que formamos durante la ocupación alemana y a consecuencia de ella. Lo haré encantada, pero con una advertencia.

Un amigo de Inglaterra me ha enviado un ejemplar de *Izzy Bickerstaff se va a la guerra*. Hemos estado cinco años sin recibir noticias del mundo exterior, así que ya puede usted imaginar la enorme satisfacción que hemos sentido al saber que Inglaterra resistió durante esos años. Su libro es informativo a la vez que divertido y ameno, pero es del tono divertido de lo que quiero hablarle.

Me doy cuenta de que nuestro nombre, «Sociedad Literaria del Pastel de Piel de Patata de Guernsey», resulta poco corriente y podría convertirse en motivo de chanza con facilidad. ¿Me garantiza usted que no se sentirá tentada de hacerlo? Aprecio mucho a los miembros de la sociedad y no deseo que sus lectores los perciban como objeto de burla.

¿Querría decirme cuáles son sus intenciones respecto a ese artículo y también contarme algo sobre usted? Si comprende la importancia de mis preguntas, con mucho gusto le hablaré de nuestra sociedad. Espero tener muy pronto noticias suyas.

Atentamente,

AMELIA MAUGERY

De Juliet a Amelia

Sra. Amelia Maugery
Windcross Manor
La Bouvée
St. Martin's, Guernsey

10 de febrero de 1946

Apreciada señora Maugery:

Gracias por su carta. Con mucho gusto respondo a sus preguntas.

En efecto, me reí de muchas situaciones de la guerra; el *Spectator* opinaba que un enfoque desenfadado de las malas noticias serviría de antídoto y que el humor contribuiría a elevar el decaimiento moral de los londinenses. Estoy muy contenta de que mis columnas de Izzy cumplieran dicho objetivo, pero, gracias a Dios, ya no hay necesidad de contrarrestar la desgracia con humor. Nunca me reiría de alguien que disfruta con la lectura. Ni del señor Adams: de hecho, me alegró mucho enterarme de que uno de mis libros había ido a parar a manos de alguien como él.

Ya que usted solicita saber un poco más de mí, le he pedido al reverendo Simon Simpless, de la iglesia de St. Hilda, que está cerca de Bury St. Edmunds, en Suffolk, que le escriba. Él me conoce desde que era pequeña y me tiene mucho cariño. Además, he pedido también a la señora Bella Taunton que le proporcione referencias. Fuimos compañeras de vigilancia de incendios durante el Blitz y no le gusto nada. Entre los dos, podrá hacerse una idea ajustada de mi carácter.

Adjunto un ejemplar de la biografía que escribí de Anne Brontë, para que vea que también soy capaz de hacer cosas distintas. No se vendió muy bien, de hecho no se vendió en absoluto, pero me siento mucho más orgullosa de ella que de *Izzy Bickerstaff se va a la guerra*.

Si hay algo más que pueda hacer para convencerla de mi buena voluntad, con mucho gusto lo haré.

Atentamente,

JULIET ASHTON

De Juliet a Sophie

12 de febrero de 1946

Queridísima Sophie:

Markham V. Reynolds, el de las camelias, por fin se ha materializado. Se presentó, me hizo varios cumplidos y me invitó a cenar, al Claridge's nada menos. Yo acepté como si nada —«el Claridge's, oh, sí, claro que conozco el Claridge's»— y después me pasé los tres días siguientes preocupada por mi pelo. Por suerte, ya tenía mi maravilloso vestido nuevo, así que no hizo falta que perdiera un tiempo valiosísimo en preocuparme por el atuendo.

Tal como dijo madame Helena, mi pelo es un desastre. Probé a recogérmelo y no aguantó. Luego intenté hacerme un moño francés, pero se me deshizo. Estaba a punto de sujetármelo con una enorme cinta de terciopelo rojo en lo alto de la cabeza cuando llegó al rescate mi vecina Evangeline Smythe, Dios la bendiga. Hace maravillas con mi pelo. En dos minutos me convirtió en la viva imagen de la elegancia: me recogió todos los rizos y me los distribuyó por la nuca, incluso podía mover la cabeza. Cuando salí de casa estaba realmente preciosa. Ni siquiera el vestíbulo de mármol del Claridge's pudo intimidarme.

Entonces Markham V. Reynolds dio un paso al frente, y la burbuja estalló. Es imponente. En serio, Sophie, nunca he visto a nadie como él. Ni siquiera el de la caldera se le puede comparar. Bronceado, con unos ojos azules muy brillantes. Llevaba unos zapatos de piel arrebatadores y un traje de lana muy elegante, con un pañuelo blanco deslumbrante en el bolsillo. Por supuesto, siendo estadounidense, es alto y posee una de esas sonrisas inquietantes, tan de su país, toda dientes relucientes y buen humor; sin embargo no es el típico estadounidense simpático. Resulta bastante impresionante y está acostumbrado a dar órdenes, aunque lo hace con tanta soltura que la gente no se da cuenta. Por su actitud, se nota que está convencido de que su opinión es la correcta. Pero no es desagradable. Está demasiado seguro de tener la razón como para molestarse en ser desagradable.

Una vez que nos hubimos sentado —en nuestro propio reservado, tapizado de terciopelo— y cuando todos los camareros y *maîtres* dejaron de revolotear a nuestro alrededor, le pregunté a bocajarro por qué me había enviado todos aquellos ramos de flores sin incluir ninguna nota.

Él se echó a reír. «Para despertar tu interés. Si te hubiera pedido directamente que nos viéramos, ¿qué me habrías contestado?» Reconocí que no habría aceptado. Él elevó una ceja. ¿Era culpa suya que hubiese logrado engañarme con tanta facilidad?

Me sentí terriblemente insultada por ser tan transparente, pero él se limitó a reír de nuevo. A continuación empezó a hablar de la guerra y de la literatura victoriana —sabe que escribí una biografía de Anne Brontë—, de Nueva York y de los racionamientos, y antes de que pudiera darme cuenta ya estaba disfrutando de su compañía, del todo fascinada.

¿Te acuerdas de aquella tarde en Leeds cuando estuvimos especulando sobre los motivos que podía tener Markham V. Reynolds, hijo, para ocultar su nombre? Es muy decepcionante, pero estábamos equivocadas por completo. No está casado. No es en absoluto una persona tímida. No tiene ninguna cicatriz que le desfigure el rostro y lo obligue a evitar la luz del día. No parece un hombre lobo (por lo menos no tiene pelo en los nudillos). Y no es un nazi dado a la fuga (tendría acento).

Ahora que lo pienso, quizá sí sea un hombre lobo. Me lo imagino corriendo por los páramos en pos de su presa, y estoy segura de que no se lo pensaría dos veces si tuviera que comerse a un transeúnte inocente. Lo observaré con atención en la próxima luna llena. Me ha pedido que mañana vayamos a bailar... quizá debería ponerme cuello alto. Ay, ésos son los vampiros, ¿no?

Creo que estoy un poco aturdida.

Un abrazo,

JULIET

De lady Bella Taunton a Amelia

12 de febrero de 1946

Apreciada señora Maugery:

Tengo delante la carta de Juliet Ashton y me he quedado muy sorprendida al leer lo que dice. ¿He de entender que desea que le dé referencias de su carácter? Bien, pues que así sea. No puedo cuestionar su personalidad, pero sí su sentido común: carece totalmente de él.

Como usted sabe, la guerra forma parejas extrañas, y a Juliet y a mí nos juntaron las circunstancias ya desde el principio, cuando ambas éramos vigilantes de incendios durante el Blitz. Los vigilantes de incendios nos pasábamos la noche subidos a diversos tejados de Londres, atentos a las bombas incendiarias que pudieran caer. Cuando estallaba una, acudíamos con rapidez, armados con bombas de achique y cubos de arena para sofocar cualquier pequeño fuego antes de que se extendiera. A Juliet y a mí nos tocó trabajar juntas. No hablábamos, como hacían otros vigilantes menos concienzudos. Yo insistía en que permaneciéramos alerta en todo momento. Aun así, me enteré de algunos detalles de su vida anterior a la guerra.

Su padre era un granjero respetable de Suffolk. Su madre, imagino, la típica esposa de un granjero, ordeñaba vacas y desplumaba gallinas cuando no estaba ocupada trabajando en una librería de Bury St. Edmunds. Los padres de Juliet fallecieron en un accidente de tráfico cuando ella tenía doce años, y se fue a vivir a St. John's Wood con su tío abuelo, un clasicista de renombre. Juliet interrumpió los estudios de su tío abuelo y la paz de la familia fugándose de casa. Dos veces.

El hombre, desesperado, la envió a estudiar a un internado exclusivo. Al terminar la enseñanza obligatoria, Juliet no quiso seguir con los estudios superiores, vino a Londres y compartió un apartamento con su amiga Sophie Stark. Durante el día trabajaba en una librería; por la noche escribía un libro sobre una de las desdichadas hermanas Brontë, no recuerdo cuál. Creo que ese libro lo publicó la editorial del hermano de Sophie, Stephens & Stark. Aunque me cuesta muchísimo creer que alguien pueda sentir algo así por ella, sólo puedo suponer que la publicación fue consecuencia de alguna forma de nepotismo.

Fuera como fuese, empezó a escribir artículos en distintas revistas y periódicos. Su estilo desenfadado y frívolo le ganó un gran número de seguidores entre los lectores menos intelectuales, que, me temo, son muy numerosos. Se gastó lo último que le quedaba de su herencia en un piso que adquirió en Chelsea, un barrio de artistas, modelos, libertinos y socialistas, gente totalmente irresponsable, igual que demostró serlo ella cuando era vigilante de incendios.

Paso ahora a los detalles concretos de nuestra relación.

Juliet y yo éramos dos de los vigilantes asignados al tejado del Inner Temple Hall de los Inns of Court. Pero primero déjeme decirle que para ejercer de vigilante la rapidez de acción y la lucidez eran dos cualidades imprescindibles, había que darse cuenta de todo lo que sucedía alrededor. De todo.

Una noche de mayo de 1941 una bomba de gran potencia atravesó el tejado de la biblioteca del Inner Temple Hall. La biblioteca se encontraba un poco alejada del punto donde estaba apostada Juliet, pero la horrorizó tanto ver que sus tan queridos libros iban a quedar destruidos que echó a correr hacia el fuego, ¡como si ella sola pudiera salvarlos! Como es natural, su delirio no hizo sino ocasionar más daños, porque los bomberos tuvieron que desperdiciar minutos muy valiosos en rescatarla a ella.

Tengo entendido que en el desastre Juliet sufrió algunas quemaduras menores y que se perdieron cincuenta mil libros. La borraron de la lista de los vigilantes, con razón. Y más tarde descubrí que se presentó voluntaria para los Servicios Auxiliares de Bomberos. En las mañanas que seguían a un bombardeo aéreo, dicho cuerpo ofrecía té y consuelo a las patrullas de rescate. También ayudaba a los supervivientes: reunía a las familias, les buscaba un alojamiento provisional y les proporcionaba alimentos, ropa y dinero. Si quiere saber mi opinión, Juliet era la persona adecuada para realizar una tarea diurna como aquélla, no se pueden causar demasiadas catástrofes entre tazas de té.

Las noches las tenía libres para ocuparlas en lo que quisiera, sin duda redactaba más artículos frívolos, porque el *Spectator* la contrató para que escribiera una columna semanal sobre el estado de la nación en época de guerra, con el pseudónimo de Izzy Bickerstaff.

Leí una de esas columnas y cancelé mi suscripción. Atacaba el buen gusto de nuestra querida (aunque fallecida) reina Victoria. Sin duda conocerá usted el enorme monumento conmemorativo que Victoria hizo construir para su amado consorte, el príncipe Alberto. Es la joya de la corona de Kensington Gardens, un homenaje al refinado gusto de la reina y al del difunto. Juliet aplaudió que el Ministerio de Alimentación ordenase que se plantaran guisantes en el terreno que rodea al monumento, porque en toda Inglaterra, dijo, no existía mejor espantapájaros que el príncipe Alberto.

Si bien cuestiono su buen gusto, su criterio, su forma de establecer sus prioridades y su sentido del humor inapropiado, admito que posee una buena cualidad: la sinceridad. Si dice que respetará el nombre de su sociedad literaria, lo hará. No puedo decir nada más.

Atentamente,

BELLA TAUNTON

Del reverendo Simon Simpless a Amelia

13 de febrero de 1946

Apreciada señora Maugery:

Sí, puede confiar en Juliet. Sin la menor duda. Sus padres eran buenos amigos míos, y también fieles de mi parroquia de St. Hilda. De hecho, fui una de las personas a las que invitaron a su casa cuando ella nació.

Juliet era testaruda, pero también una niña alegre, dulce y buena, con una tendencia a la integridad que resultaba inusual en alguien tan joven.

Voy a contarle un incidente que tuvo lugar cuando ella tenía diez años. Mientras cantaba la cuarta estrofa de «Él contempla al gorrión», cerró el cantoral de golpe y se negó a cantar una nota más. Le dijo al director del coro que aquella letra mancillaba el nombre de Dios y que no deberíamos cantarla. El director, sin saber qué hacer, la llevó a mi despacho para que yo intentara hacerla entrar en razón.

Pero no me fue muy bien. Juliet dijo: «No deberían haber escrito "Él contempla al gorrión". ¿Qué hay de bueno en eso? ¿Impidió Dios que el pájaro cayera muerto? ¿Se limitó a decir: "Vaya"? Es como si se entretuviera observando pájaros, cuando personas de carne y hueso lo necesitan.»

Me vi obligado a coincidir con ella, nunca se me había ocurrido verlo de ese modo. Desde entonces, el coro no ha vuelto a cantar «Él contempla al gorrión».

Los padres de Juliet fallecieron cuando ella tenía doce años, y la mandaron a Londres a vivir con su tío abuelo, el doctor Roderick Ashton. Aunque éste no era mala persona, estaba tan absorto en sus investigaciones acerca de Grecia y Roma que no tenía tiempo para prestar atención a la pequeña. Tampoco andaba sobrado de imaginación, cosa fatal para alguien que debe criar a un niño.

Juliet se fugó dos veces, la primera sólo consiguió llegar a la estación de King's Cross. La policía la encontró esperando el tren a Bury St. Edmunds, con una bolsa de viaje de lona y la caña de pescar de su padre. La devolvieron con el doctor Ashton... y ella escapó de nuevo. Esa vez, el doctor me telefoneó a mí para que lo ayudara a encontrarla.

Supe exactamente adónde ir: a la granja que había sido de sus padres. La encontré frente a la entrada, sentada en un pequeño tronco, impasible bajo la lluvia. Se limitaba a permanecer allí, empapándose, con la vista fija en su antiguo hogar (que actualmente ya se ha vendido).

Le mandé un telegrama a Ashton y regresé con ella a Londres en el tren del día siguiente. Mi intención era volver a mi parroquia en el primer tren que saliera, pero cuando vi que el necio de su tío había enviado al cocinero a recoger a Juliet, insistí en acompañarlos. Irrumpí en el estudio del hombre y tuvimos una encendida charla. Él estuvo de acuerdo conmigo en que lo mejor para la pequeña sería ingresar en un internado, dado que sus padres habían dejado fondos de sobra para cubrir dicha eventualidad.

Por suerte, yo conocía una institución excelente: St. Swithin's. Un colegio de una gran calidad académica y con una directora que no estaba chapada a la antigua. Me alegra decirle que allí Juliet fue feliz: los estudios le resultaron estimulantes, pero creo que la verdadera razón de que recuperase el ánimo fue su amistad con Sophie Stark y la familia de ésta. Con frecuencia iba a casa de Sophie durante las vacaciones de final de trimestre, y las dos vinieron un par de veces a la rectoría a quedarse unos días conmigo y con mi hermana. Lo pasamos muy bien: salíamos a merendar, a pasear en bicicleta, a pescar. En una ocasión se sumó a nosotros el hermano de Sophie, Sidney Stark. Aunque era diez años mayor que las chicas y tenía cierta tendencia a mandar, fue bien recibido como el quinto miembro de nuestra alegre pandilla.

Fue gratificante ver crecer a Juliet, igual de gratificante que es ahora verla hecha toda una mujer. Me alegra mucho que me haya pedido que le escriba para informarla de su carácter.

Le he contado la breve historia que nos une para que vea que sé de lo que hablo. Si Juliet dice que hará algo, lo hará. Y si dice que no, no lo hará.

Muy atentamente,

SIMON SIMPLESS

De Susan Scott a Juliet

17 de febrero de 1946

Querida Juliet:

¿Puede ser que fueras tú la que he visto en el número del *Tatler* de esta semana, bailando rumba con Mark Reynolds? Estabas guapísima, casi tanto como él, pero permíteme que te sugiera que te vayas a vivir a un refugio antiaéreo antes de que lo vea Sidney.

Puedes comprar mi silencio contándome los detalles tórridos, ya sabes.

Un abrazo,

SUSAN

De Juliet a Susan Scott

18 de febrero de 1946

Querida Susan:
Lo niego todo.
Un abrazo,

JULIET

De Amelia a Juliet

18 de febrero de 1946

Apreciada señorita Ashton:

Gracias por tomarse mi advertencia tan en serio. En la reunión de la sociedad que tuvo lugar anoche, les hablé a los miembros de su artículo para el *Times* y sugerí que los que quisieran participar deberían escribirle hablando de los libros que han leído y del placer que han hallado en su lectura.

Se armó tal revuelo que Isola Pribby, nuestra moderadora, se vio obligada a dar un golpe con el mazo para imponer orden (aunque también debo decir que Isola no necesita que la animen mucho para dar un golpe con el mazo). Me parece que va a recibir usted muchas cartas nuestras, y espero que le sean de utilidad para su artículo.

Ya le contó Dawsey que nuestra sociedad nació como una treta para que los alemanes no arrestasen a mis invitados: Dawsey, Isola, Eben Ramsey, John Booker, Will Thisbee y nuestra querida Elizabeth McKenna, que se inventó la historia allí mismo, gracias a su rápido ingenio y a su pico de oro.

Yo, por supuesto, no sabía nada del amargo trago por el que estaban pasando. En cuanto se fueron, me dirigí enseguida al sótano a ocultar las pruebas de nuestra cena. La primera vez que oí hablar del círculo literario fue al día siguiente a las siete de la mañana, cuando Elizabeth se presentó en mi cocina y me preguntó cuántos libros tenía.

Tenía bastantes, pero Elizabeth miró las estanterías y negó con la cabeza. «Necesitamos más. Aquí veo demasiada jardinería.» Estaba en lo cierto, me gustan mucho los buenos libros de jardinería. «Te diré lo que vamos a hacer —añadió—. Cuando haya acabado en la oficina del comandante, iremos a la librería Fox y compraremos todo lo que haya. Si queremos ser la sociedad literaria de Guernsey, tenemos que parecer literarios.»

Pasé una mañana de muchos nervios, preocupada por lo que pudiese estar ocurriendo en la oficina del comandante. ¿Y si todos acababan en el calabozo de Guernsey? ¿O, peor aún, en un campo de prisioneros del continente? Los alemanes eran erráticos a la hora de impartir justicia, de modo que nunca se sabía qué condena iban a imponer. Pero no sucedió nada semejante.

Por raro que parezca, los alemanes permitían —e incluso fomentaban— las actividades artísticas y culturales entre los habitantes de las islas del Canal. Su objetivo era demostrar que su ocupación era modélica. Nunca explicaron cómo iban a transmitir ese mensaje al mundo exterior, dado que las líneas de teléfono y de cable entre Guernsey y Londres estaban cortadas desde el día en que aterrizaron, en junio de 1940. Pero, fuera cual fuese su retorcido razonamiento, las islas del Canal recibieron un trato mucho más benévolo que el resto de la Europa conquistada... aunque tan sólo fuera al principio.

En la oficina del comandante, mis amigos tuvieron que pagar una pequeña multa y presentar la lista de los miembros de la sociedad. El comandante les confesó que él también era un amante de la literatura y les preguntó si podría asistir alguna vez a las reuniones, acompañado de otros oficiales de gustos afines.

Elizabeth le respondió que serían muy bien recibidos. Y seguidamente ella, Eben y yo fuimos corriendo a la librería Fox, escogimos un montón de libros para nuestra recién creada sociedad y nos apresuramos a volver a mi casa para colocarlos en las estanterías. Después nos pasamos tranquilamente casa por casa, con tanta naturalidad y despreocupación como pudimos, para alertar a los demás de que vinieran aquella noche y eligieran un libro para leer. Era desesperante tener que caminar despacio, deteniéndonos aquí y allá para mantener una breve charla, cuando lo que queríamos era echar a correr. El tiempo era vital, porque Elizabeth temía que el comandante se presentara en la siguiente reunión, para la que apenas faltaban dos semanas. (No se presentó. A lo largo de los años sí acudieron algunos oficiales alemanes, pero, gracias a Dios, se marcharon un poco confusos y no volvieron.)

Y así fue como empezamos. Yo conocía a todos los miembros, pero a fondo sólo a algunos. Dawsey hacía treinta años que era vecino mío y aun así me parece que nunca había hablado con él de algo que no fuera el tiempo y las tareas de la granja. Con Isola ya éramos amigas, y con Eben también, en cambio con Will Thisbee apenas nos conocíamos y John Booker era casi un extraño, porque había llegado al mismo tiempo que los alemanes. A quien todos teníamos en común era a Elizabeth. Sin su iniciativa, a mí nunca se me habría ocurrido invitarlos a compartir el cerdo, y la Sociedad Literaria del Pastel de Piel de Patata de Guernsey no habría existido.

Aquella noche, cuando vinieron a casa a elegir libro, los que apenas habían leído nada aparte de las Sagradas Escrituras, los catálogos de semillas y la *Gaceta del criador de cerdos*, descubrieron otra clase de lectura. Dawsey descubrió en ese momento a Charles Lamb e Isola se lanzó a devorar *Cumbres borrascosas*. Yo, por mi parte, escogí *Los papeles póstumos del Club Pickwick* pensando que me levantaría el ánimo, y así fue.

Después, cada uno se marchó a su casa a leer. Empezamos a reunirnos, primero por el comandante y luego por nuestro propio placer. Ninguno había pertenecido a una sociedad literaria, de modo que establecimos nuestras propias normas: nos turnaríamos para hablar de los libros que habíamos leído. Al principio procurábamos hacerlo con objetividad y con calma, pero eso no tardó en cambiar y el propósito de los que hablaban pasó a ser incitar a los que escuchaban a que leyeran el libro. Cuando dos miembros leían el mismo título podían comentarlo entre ellos, lo cual era una delicia para todos. Leíamos libros, hablábamos de libros, discutíamos de libros y nos fuimos cogiendo cariño. Otros isleños pidieron sumarse a nuestro grupo, y las veladas que pasábamos juntos se convirtieron en ratos muy animados y alegres que casi nos permitían olvidar, aunque fuera por momentos, la oscuridad que reinaba fuera. Todavía nos seguimos reuniendo cada dos semanas.

Will Thisbee fue el responsable de que incluyésemos en nuestra sociedad lo del pastel de piel de patata. Con alemanes o sin ellos, dijo que no pensaba asistir a ninguna reunión en la que no hubiera comida. De modo que los refrigerios pasaron a formar parte del programa. Como en aquellos momentos en Guernsey la mantequilla escaseaba, había muy poca harina y el azúcar no sobraba, Will ideó un pastel hecho con pieles de patata: puré de patatas para el relleno, remolacha escurrida para darle un sabor dulce y pieles de patata para formar la corteza. Por lo general, las recetas de Will son discutibles, pero ésa se convirtió en una de nuestras favoritas.

Me gustaría volver a saber de usted y que me contase qué tal le va con el artículo.

Muy atentamente,

AMELIA MAUGERY

De Isola Pribby a Juliet

19 de febrero de 1946

Apreciada señorita Ashton:

Oh, Dios mío. Usted escribió un libro sobre Anne Brontë, la hermana de Charlotte y Emily. Amelia Maugery dice que me lo va a prestar, porque sabe que tengo debilidad por las hermanas Brontë, pobrecillas. ¡Pensar que las cinco sufrían problemas respiratorios y murieron tan jóvenes...! Qué tristeza.

Su padre fue un egoísta, ¿a que sí? Nunca prestó la menor atención a sus hijas, siempre sentado en su estudio, pidiendo a voces que le llevaran su chal. Nunca se levantaba para llevarles alguna cosa. Permanecía a solas en su habitación mientras sus hijas iban cayendo como moscas.

Y su hermano, Branwell, tampoco es que valiera mucho. Continuamente bebiendo y vomitando en las alfombras. Y ellas siempre yendo detrás de él limpiando. ¡Magnífico trabajo para unas escritoras!

En mi opinión, teniendo a dos hombres así en la familia y sin modo de conocer a otros, Emily no tuvo más remedio que inventarse a Heathcliff de la nada. Y lo hizo maravillosamente bien. Los hombres son más interesantes en los libros que en la vida real.

Amelia nos ha dicho que le gustaría saber cosas de nuestro círculo literario y de lo que hablamos en las reuniones. En cierta ocasión, cuando me tocó el turno, hablé de las hermanas Brontë. Lamento no poder enviarle mis apuntes sobre Charlotte y Emily, pues los utilicé para encender la lumbre de la cocina, porque no había más papeles en casa. Ya he quemado las tablas de mareas, el Libro del Apocalipsis y la historia de Job.

Querrá usted saber a qué se debe la admiración que siento por esas chicas. Verá, me gustan las historias de encuentros apasionados. Yo nunca he tenido ninguno, pero ahora puedo imaginarme cómo sería. Al principio, *Cumbres borrascosas* no me gustaba, pero en cuanto aquel espectro, Cathy, arañó el cristal de la ventana con sus dedos huesudos, se me hizo un nudo en la garganta que ya no se me fue. Con Emily era capaz de oír los gemidos lastimeros de Heathcliff en los páramos. Creo que después de haber leído a una escritora tan magnífica como Emily Brontë ya no disfrutaré volviendo a leer *Maltratada a la luz de las velas*, de la señorita Amanda Gillyflower. Los libros buenos impiden que disfrutemos de los malos.

Ahora voy a hablarle de mí. Tengo una casita y un terreno pequeño cerca de la granja de Amelia Maugery. Las dos estamos a la orilla del mar. Atiendo mis gallinas y mi cabra, *Ariel*, y cultivo cosas. También tengo un loro hembra, se llama *Zenobia* y no le gustan los hombres.

Todas las semanas monto un puesto en el mercado, donde vendo mis conservas, mis verduras y los elixires que fabrico, muy útiles para recuperar el ardor varonil. Kit McKenna, la hija de mi querida amiga Elizabeth McKenna, me ayuda a preparar los tónicos. Sólo cuenta cuatro años y tiene que subirse a un taburete para remover la olla, pero sabe hacerlo muy bien y consigue que se forme una espuma densa.

Físicamente no soy atractiva. Tengo la nariz grande y me la rompí cuando me caí del tejado del gallinero. Un ojo se me desvía hacia arriba y mi pelo es una mata rebelde que no consigo domar con nada. Soy alta y de huesos anchos.

Podría volver a escribirle si usted quiere. Podría contarle más cosas sobre la lectura y sobre lo mucho que nos levantó el ánimo mientras estaban aquí los alemanes. La única vez en que leer no nos ayudó fue cuando detuvieron a Elizabeth. La sorprendieron escondiendo a uno de esos pobres trabajadores esclavos de Polonia y la enviaron prisionera a Francia. Después de eso ningún libro fue capaz de animarme, y no lo conseguí durante mucho tiempo. Tenía que reprimirme para no abofetear a cada alemán que veía. Pero, por el bien de Kit, me aguantaba. Entonces era muy pequeña y nos necesitaba. Elizabeth aún no ha vuelto a casa. Tememos por ella, pero digo yo que todavía es pronto y a lo mejor aún podría volver. Rezo por que así sea, porque la echo muchísimo de menos.

Su amiga,

ISOLA PRIBBY

De Juliet a Dawsey

20 de febrero de 1946

Apreciado señor Adams:

¿Cómo ha sabido usted que las flores que más me gustan son las lilas blancas? Siempre tengo algunas, y aquí están ahora, erguidas en mi escritorio. Son preciosas y estoy encantada de tenerlas, por su belleza, por su aroma delicioso y por la sorpresa que me han dado. Al principio me ha maravillado que usted hubiera podido encontrarlas, dado que estamos en febrero, pero luego he recordado que las islas del Canal disfrutan de la cálida corriente del golfo.

Esta mañana ha aparecido en la puerta de mi casa el señor Dilwyn para entregarme su regalo. Me ha dicho que estaba en Londres por asuntos bancarios. Me ha asegurado que no le suponía ninguna molestia traerme las flores, que haría cualquier cosa por usted a causa de algo relacionado con un jabón que le dio a la señora Dilwyn durante la guerra. Ella todavía llora cada vez que se acuerda. Qué hombre tan agradable... Lamento que no haya tenido tiempo de hacer un alto para tomar un café.

Gracias a su amable mediación he recibido varias cartas largas y encantadoras de la señora Maugery y de Isola Pribby. No tenía ni idea de que los alemanes hubiesen prohibido que a Guernsey llegaran noticias del exterior, ni siquiera cartas. Me sorprendió muchísimo. Aunque no debería; sabía que habían ocupado las islas del Canal, pero nunca, ni una sola vez, pensé en lo que eso podía suponer. «Ignorancia deliberada», no tiene otro nombre. Así que he ido a la biblioteca de Londres a informarme. La biblioteca sufrió unos daños terribles durante los bombardeos, pero se puede volver a caminar por ella sin peligro y todos los títulos que se salvaron están de nuevo en las estanterías, y sé que tienen todos los ejemplares del *Times* desde 1900 hasta ayer. Voy a leer los que hablen de la ocupación.

También quiero buscar libros de historia o de viajes sobre las islas del Canal. ¿Es cierto que en un día despejado pueden ver los coches que circulan por las carreteras costeras de Francia? Eso es lo que dice mi enciclopedia, pero la adquirí de segunda mano por cuatro chelines y no me fío de ella. También dice que Guernsey tiene «aproximadamente once kilómetros de largo y ocho de ancho, y una población de cuarenta y dos mil habitantes». La enciclopedia es muy informativa, pero también muy escueta, y yo quiero saber más.

La señorita Pribby me ha contado que a su amiga Elizabeth McKenna la enviaron a un campo de prisioneros del continente y que todavía no ha regresado. Estoy conmocionada. Desde la carta en la que me contó usted lo del cerdo asado, imaginaba que estaba ahí con todos ustedes. Incluso de manera inconsciente esperaba recibir algún día una carta de ella. Lo siento. Rezaré por su pronto regreso.

Gracias otra vez por las flores, ha sido un detalle precioso por su parte.

Atentamente,

JULIET ASHTON

P.D.: Puede usted considerarla una pregunta retórica si quiere, pero ¿por qué lloraba la señora Dilwyn por una pastilla de jabón?

De Juliet a Sidney

21 de febrero de 1946

Mi queridísimo Sidney:

Hace siglos que no sé nada de ti. ¿Tu silencio glacial tiene algo que ver con Mark Reynolds?

Tengo una idea para el libro nuevo. Es acerca de una escritora bella pero sensible, cuyo estado de ánimo está por los suelos a causa de su dominante editor. ¿Te gusta?

Con cariño,

JULIET

De Juliet a Sidney

23 de febrero de 1946

Querido Sidney:

Era una broma.

Un abrazo,

JULIET

De Juliet a Sidney

25 de febrero de 1946

¿Sidney?

Un abrazo,

JULIET

De Juliet a Sidney

26 de febrero de 1946

Querido Sidney:

¿Pensabas que no iba a enterarme de que te habías ido? Pues sí me he enterado. Después de que no respondieras a tres de mis cartas, fui personalmente a St. James's Place, donde me encontré con la dama de hierro, la señorita Tilley, que me dijo que estás de viaje. Muy esclarecedor. Presionando un poco, ¡me enteré de que te has marchado a Australia! La señorita Tilley escuchó con frialdad mis exclamaciones y no quiso revelarme tu paradero exacto, sólo me dijo que estás recorriendo el interior de ese país en busca de autores nuevos para Stephens & Stark, y que ella te hará llegar el correo, a su discreción.

A mí tu señorita Tilley no me engaña. Ni tú tampoco. Sé exactamente dónde estás y lo que estás haciendo. Has ido a Australia a buscar a Piers Langley y le estarás sujetando la mano a la espera de que vuelva a estar sobrio. Por lo menos, espero que sea eso lo que estés haciendo. Es un amigo muy querido y un escritor brillante. Deseo verlo pronto, recuperado y escribiendo poesía. Agregaría que se olvidase de lo de Birmania y los japoneses, pero ya sé que es imposible.

Podrías habérmelo dicho, ¿no? Sé ser discreta cuando me esfuerzo de verdad (nunca me has perdonado el desliz que tuve con lo de la señora Atwater en la pérgola, ¿cierto? Ya te pedí mis más sinceras disculpas en su momento).

Me gustaba más tu otra secretaria. Y la despediste sin motivo, ¿sabes? He conocido a Markham Reynolds. Vale, he hecho algo más que conocerlo. He bailado rumba con él. Pero no te preocupes, no ha mencionado el *View* más que de pasada y ni siquiera una sola vez ha intentado tentarme con llevarme a Nueva York. Hablamos de asuntos serios, como la literatura victoriana. No es un aficionado superficial, como tú querías hacerme creer, Sidney. Es todo un experto en Wilkie Collins, figúrate. ¿Sabías que Wilkie Collins mantenía a dos familias: tenía dos amantes y varios hijos de cada una? Debía de tener unos problemas tremendos para organizarse. No me extraña que tomase láudano.

Estoy segura de que Mark te caería bien si lo conocieras mejor, y es posible que acabes haciéndolo. Sin embargo, mi corazón y la mano con la que escribo pertenecen a Stephens & Stark.

Estoy disfrutando muchísimo con el artículo para el *Times*, y ya está en marcha. He hecho un nuevo grupo de amigos en las islas del Canal: la Sociedad Literaria del Pastel de Piel de Patata de Guernsey. ¿No te parece un nombre adorable? Si Piers necesita distraerse, te escribiré una carta bien larga contándote cómo se les ocurrió. Si no, te lo contaré cuando vuelvas a casa (¿cuándo vuelves a casa?).

Mi vecina Evangeline Smythe espera gemelos para junio. No está nada ilusionada, de modo que voy a pedirle que me dé uno a mí.

Con cariño para Piers y para ti,

JULIET

De Juliet a Sophie

28 de febrero de 1946

Queridísima Sophie:

Estoy tan sorprendida como tú. No me había dicho ni una palabra. El martes pasado caí en la cuenta de que llevaba varios días sin saber nada de Sidney, así que fui personalmente a Stephens & Stark a exigirle que me prestase atención y me enteré de que había volado del gallinero. Esa nueva secretaria suya es un diablo. A cada pregunta que yo le hacía me contestaba con la misma frase: «No puedo divulgar información de índole personal, señorita Ashton.» Me entraron ganas de darle un puñetazo.

Justo cuando ya estaba llegando a la conclusión de que a Sidney se lo había llevado el MI6 de misión a Siberia, la horrible señorita Tilley reconoció que se había marchado a Australia. Bueno, en ese caso está claro, ¿no? Se ha ido a buscar a Piers. Teddy Lucas parecía bastante convencido de que Piers iba a beber hasta matarse en esa residencia, a menos que fuera alguien y se lo impidiera. Difícilmente puedo reprochárselo, después de lo que ha sufrido, pero Sidney no lo permitirá, gracias a Dios.

Ya sabes que adoro a Sidney con todo mi corazón, pero el hecho de que esté en Australia es para mí un alivio tremendo. Mark Reynolds ha sido lo que tu tía Lydia habría denominado «persistente» en las atenciones que me ha prodigado en estas tres semanas, pero yo, incluso cuando me estaba atiborrando de langosta y champán, buscaba furtivamente a Sidney a mi espalda. Tu hermano está convencido de que Mark intenta sacarme de Londres en general y de Stephens & Stark en particular, y nada de lo que le digo logra persuadirlo de lo contrario. Sé que Mark no le cae bien —me parece que los términos que empleó la última vez que lo vi fueron «agresivo» y «falto de escrúpulos»—, pero, ahora en serio, se está comportando un poco a lo rey Lear con todo este asunto. Yo ya soy mayorcita —o casi— y puedo atiborrarme de champán con quien se me antoje.

Cuando no estaba mirando debajo del mantel de la mesa por si Sidney se había escondido allí, me lo he pasado maravillosamente bien. Tengo la sensación de haber salido de un túnel y estar en medio de un carnaval. No es que los carnavales me gusten demasiado, pero después del túnel sientan la mar de bien. Mark quiere que salgamos todas las noches; si no acudimos a una fiesta (cosa que hacemos bastante a menudo) vamos al cine, o al teatro, a clubes nocturnos o a alguna licorería de mala reputación (dice que está intentando introducirme en los ideales democráticos). Es muy emocionante.

¿Te has dado cuenta de que hay personas —estadounidenses sobre todo— a las que parece que la guerra no las haya afectado o que, como mínimo, no las ha destrozado? No pretendo insinuar que Mark sea un escapista —se alistó en las fuerzas aéreas de Estados Unidos—, pero no se ha derrumbado. Y cuando estoy con él siento como si a mí tampoco me hubiera afectado. Es un espejismo, ya lo sé, y lo cierto es que me avergonzaría si lo que hemos pasado no me hubiera afectado. Pero tampoco tiene nada de malo que ahora me divierta un poco, ¿no?

¿Dominic es demasiado mayor para que le gusten esas cajas de sorpresas que tienen un muñeco dentro? Ayer vi una diabólica en una tienda. El muñeco salta de improviso, tambaleándose y sonriendo de forma maliciosa, con un bigote de color negro con las puntas hacia arriba y unos dientes muy blancos. El vivo retrato de un ser malvado. Creo que, tras recuperarse del susto inicial, le encantaría.

Con todo mi cariño,

JULIET

De Juliet a Isola

Srta. Isola Pribby
Pribby Homestead
La Bouvée
St. Martin's, Guernsey

28 de febrero de 1946

Apreciada señorita Pribby:

Muchas gracias por su carta, por hablarme de usted y de Emily Brontë. Me hizo reír cuando dijo que se le formó un nudo en la garganta en el pasaje en que aparece el espectro de la pobre Cathy arañando la ventana. A mí también me sucedió, exactamente en el mismo momento.

Nuestro profesor nos mandó que leyéramos *Cumbres borrascosas* durante las vacaciones de Pascua. Yo fui a casa de mi amiga Sophie Stark, y allí nos pasamos dos días lamentándonos de tamaña injusticia. Finalmente, su hermano, Sidney, nos dijo que dejáramos de quejarnos y empezásemos a leer. Y así lo hice, todavía furiosa, hasta que llegué al pasaje en el que aparece el fantasma de Cathy en la ventana. En mi vida había sentido tanto miedo. No me asustan los monstruos ni los vampiros que salen en los libros, pero los fantasmas son otra cosa.

Durante el resto de las vacaciones, Sophie y yo no hicimos más que ir de la cama a la hamaca y de ésta al sillón, leyendo sin parar: *Jane Eyre*, *Agnes Grey*, *Shirley* y *La inquilina de Wildfell Hall*.

Menuda familia eran las Brontë. Pero yo escogí escribir sobre Anne porque era la hermana menos conocida de todas y, en mi opinión, tan buena escritora como Charlotte. No sé cómo se las arregló para escribir, tan influida como estaba por la opresiva religiosidad de su tía Branwell. Emily y Charlotte tuvieron el sentido común de ignorar a su deprimente tía, pero la pobre Anne no. Figúrese que predicaba que Dios quería que las mujeres fuesen sumisas, apacibles, amables y melancólicas. De ese modo habría muchos menos problemas en la casa. ¡Esa vieja estaba chiflada y era maligna!

Espero que me escriba de nuevo.

Atentamente,

JULIET ASHTON

De Eben Ramsey a Juliet

28 de febrero de 1946

Apreciada señorita Ashton:

Soy de Guernsey y me llamo Eben Ramsey. Mis padres fueron talladores de lápidas y escultores especializados en corderos. También es lo que a mí me gusta hacer después del trabajo, pero en realidad vivo de la pesca.

La señora Maugery dice que le gustaría que le escribiéramos para contarle qué leíamos durante la ocupación. Yo no quería hablar más de esa época —ni seguir pensando en ella—, pero la señora Maugery dice que podemos fiarnos de su criterio cuando escriba acerca de la sociedad durante la guerra. Y si ella dice que podemos confiar en usted, yo la creo. Además, ha sido muy amable al enviar un libro a mi amigo Dawsey sin conocerlo de nada. Así que le escribo esperando serle de ayuda para su historia.

La verdad es que al principio no éramos una verdadera sociedad literaria. Aparte de Elizabeth, la señora Maugery y quizá Booker, la mayoría de nosotros no habíamos tenido mucha relación con los libros desde que íbamos a la escuela. Los cogimos de la estantería de la señora Maugery con miedo de estropearlos. En aquella época no me interesaban esas cosas, pero cuando pensaba en el comandante y en el calabozo abría la cubierta del libro y empezaba a leer.

Comencé con las *Obras selectas de Shakespeare*. Más adelante me di cuenta de que el señor Dickens y el señor Wordsworth estaban pensando en hombres como yo cuando escribieron sus obras. Pero creo que quien lo hizo sobre todo fue William Shakespeare. Claro que no siempre entiendo lo que dice, pero eso ya llegará.

En mi opinión, cuanto menos decía más bonito era. ¿Sabe usted qué frase me gusta más? Ésta: «El luminoso día ha terminado, y estamos destinados a la oscuridad.»

Ojalá hubiese conocido esa frase el día en que vi llegar a las tropas alemanas, un avión tras otro, todos llenos de soldados, y también bajándose de los barcos en el puerto. No hacía más que pensar: «Malditos sean, malditos sean.» De haber conocido la frase de Shakespeare, «El luminoso día ha terminado, y estamos destinados a la oscuridad», habría encontrado un poco de consuelo y ánimo para salir y enfrentarme con las circunstancias, y no se me habría caído el alma a los pies.

Llegaron el domingo 30 de junio de 1940, después de habernos bombardeado dos días antes. Dijeron que no tenían intención de lanzarnos bombas, que confundieron nuestros camiones de tomates, que estaban en el muelle, con camiones del ejército. Cuesta trabajo pensar cómo pudieron llegar a esa conclusión. Nos bombardearon, y mataron a unos treinta hombres, mujeres y niños, entre ellos al hijo de un primo mío. Se había refugiado debajo de su camión nada más ver que los aviones lanzaban bombas, y el vehículo explotó y se incendió. En el mar mataron a hombres que iban en botes salvavidas. Ametrallaron ambulancias de la Cruz Roja que transportaban heridos. Al ver que nadie respondía al fuego, se dieron cuenta de que los británicos nos habían dejado indefensos. Así que dos días después llegaron pacíficamente en sus aviones y nos ocuparon durante cinco años.

Al principio fueron muy amables. Estaban muy orgullosos de haber conquistado un trozo de Inglaterra y eran lo bastante idiotas como para creer que sólo con dar un saltito tomarían Londres. Cuando descubrieron que eso no iba a ocurrir, recuperaron su maldad natural.

Tenían normas para todo: «haced esto», «no hagáis lo otro», pero a cada momento cambiaban de opinión, intentando mostrarse amistosos, como si estuvieran agitando una zanahoria ante la nariz de un burro. Sólo que nosotros no éramos burros. Así que volvieron a actuar con dureza.

Por ejemplo, siempre estaban cambiando la hora del toque de queda: de las ocho de la noche a las nueve, o a las cinco de la tarde si les apetecía fastidiarnos de verdad. No podíamos ir a ver a un amigo ni atender el ganado.

Al principio éramos optimistas, estábamos convencidos de que al cabo de seis meses se habrían ido, pero aquello se prolongaba. La comida empezó a escasear, y no tardó en agotarse la leña. Los días eran grises por la dureza del trabajo, y las noches se volvían negras por el aburrimiento. Todos estábamos medio enfermos debido a lo poco que comíamos, y abatidos ante el temor de que aquello nunca acabara. Nos aferramos a los libros y a nuestros amigos; ellos nos recordaban que éramos algo más. Elizabeth solía recitar un poema.

No lo recuerdo entero, pero empezaba así: «¿Tan poco es haber disfrutado del sol, haber vivido ligero en primavera, haber amado, haber pensado, haber hecho, haber conseguido verdaderos amigos?» No lo es. Espero que, esté donde esté, tenga ese poema en mente.

Más tarde, en 1944, ya daba igual la hora a la que los alemanes fijasen el toque de queda. La mayoría de la gente se acostaba alrededor de las cinco de la tarde, para mantenerse calientes. Nos daban sólo dos velas por semana y más adelante sólo una. Era aburridísimo estar en la cama sin luz para poder leer.

Después del Día D, los alemanes ya no pudieron hacer llegar barcos con suministros desde Francia, a causa de los bombarderos de los aliados. Así que al final tenían tanta hambre como nosotros y empezaron a matar a perros y gatos para poder comer. Invadían nuestros huertos y arrancaban las patatas; se comían incluso las negras, que estaban podridas. Cuatro soldados murieron por comer cicuta a puñados creyendo que era perejil.

Los oficiales alemanes dijeron que dispararían contra cualquier soldado al que sorprendieran robando comida de los huertos. A uno, pobre, lo pillaron cogiendo una patata. Perseguido por sus propios compañeros, se subió a un árbol para esconderse, pero lo encontraron y lo hicieron bajar a tiros. Aun así, eso no evitó que siguieran robando comida. No es que yo censure esas prácticas, porque algunos de nosotros hacíamos lo mismo. Imagino que cuando despiertas hambriento todos los días te desesperas.

Mi nieto, Eli, fue evacuado a Inglaterra cuando tenía siete años. Ahora ya ha vuelto a casa, tiene doce y está muy alto, pero nunca perdonaré a los alemanes que me impidieran verlo crecer.

Debo ir a ordeñar la vaca, pero le escribiré de nuevo si usted quiere.

Le deseo que se encuentre bien de salud,

EBEN RAMSEY

De la señorita Adelaide Addison a Juliet

1 de marzo de 1946

Apreciada señorita Ashton:

Perdone mi atrevimiento al escribirle una carta sin que nos conozcamos, pero así me lo exige un claro sentido del deber. Sé por Dawsey Adams que va usted a redactar un artículo para el suplemento literario del *Times* acerca del valor de la lectura, y que tiene intención de mencionar en él a la Sociedad Literaria del Pastel de Piel de Patata de Guernsey.

Qué gracioso.

Quizá cambie de opinión cuando sepa que su fundadora, Elizabeth McKenna, ni siquiera es de la isla. A pesar de sus aires refinados, no es más que una sirvienta presuntuosa de la casa que posee en Londres sir Ambrose Ivers, R.A. (Royal Academy). Sin duda lo conocerá usted. Es un pintor de retratos de cierto renombre, aunque nunca he comprendido por qué. El retrato que le hizo a la condesa de Lambeth en el que aparece representada como Boudica fustigando a sus caballos fue imperdonable. En todo caso, Elizabeth McKenna era la hija del ama de llaves.

Mientras la madre de Elizabeth limpiaba el polvo, sir Ambrose dejaba que la niña se entretuviera en el estudio, y permitió que fuera a la escuela mucho más tiempo del que era normal para una persona de su condición. Su madre falleció cuando Elizabeth tenía catorce años. ¿La envió sir Ambrose a una institución donde la formasen para una profesión apropiada? Nada de eso. La mantuvo con él, en su casa de Chelsea, y la propuso para que le concedieran una beca de la Escuela de Bellas Artes Slade.

Que quede claro que no estoy diciendo que sir Ambrose fuera el padre de la niña —sus inclinaciones son de sobra conocidas—, pero sí que la consintió de un modo que estimuló su peor defecto: la falta de humildad. La pérdida de valores morales es la cruz de la época en que vivimos, y en nadie es más evidente esa decadencia lamentable que en Elizabeth McKenna.

Sir Ambrose poseía una casa en Guernsey, en los acantilados que hay cerca de La Bouvée. Él, su ama de llaves y la niña pasaban allí los veranos. Elizabeth era una criatura indómita que se paseaba desaliñada por la isla incluso los domingos. Desatendía los quehaceres domésticos, iba por ahí sin guantes, sin zapatos y sin medias. Se subía a los barcos de pesca en compañía de hombres sin educación. Espiaba a las personas decentes con su telescopio. Una vergüenza.

Cuando se hizo evidente que la guerra iba a comenzar, sir Ambrose envió a Elizabeth a Guernsey para que cerrase la casa. En esa ocasión, ella se llevó la peor parte de la caótica manera de actuar del pintor, porque justo cuando estaba cerrando las persianas, el ejército alemán apareció en la puerta. Sin embargo, la decisión de quedarse aquí fue suya, y, tal como demuestran ciertos acontecimientos posteriores (que no me rebajaré a mencionar), no es la heroína desinteresada que algunas personas por lo visto creen.

Además, la supuesta sociedad literaria es un escándalo. En Guernsey hay gente verdaderamente educada y cultivada, y no participará en esa charada (aunque la inviten). Sólo hay dos personas en ese grupo que merecen ser respetadas: Eben Ramsey y Amelia Maugery. Los demás son un ropavejero, un alienista venido a menos que se ha dado a la bebida, un porquero tartamudo, un lacayo que se las da de caballero e Isola Pribby, una bruja que, según ella misma reconoce, destila pociones y luego las vende. Han ido juntándose con otros de su misma clase, y no es difícil imaginar qué tipo de «veladas literarias» celebran.

No debe usted escribir sobre esa gente y sus libros, ¡sabe Dios qué cosas leerán!

Atentamente, una cristiana consternada y preocupada,

ADELAIDE ADDISON
(señorita)

De Mark a Juliet

2 de marzo de 1946

Querida Juliet:

Acabo de apropiarme de las entradas para la ópera de mi crítico musical. ¿En Covent Garden a las ocho? ¿Te apetece?

Tuyo,

MARK

De Juliet a Mark

Querido Mark:

¿Esta noche?

JULIET

De Mark a Juliet

¡Sí!

M.

De Juliet a Mark

¡Estupendo! Pero lo siento por tu crítico musical. Esas entradas escasean más que los dientes de las gallinas.

JULIET

De Mark a Juliet

Él se conforma con ver el espectáculo de pie. Así podrá escribir sobre el efecto vigorizante que ejerce la ópera sobre los pobres, etc., etc.

Te recojo a las siete.

M.

De Juliet a Eben

Sr. Eben Ramsey
Les Pommiers
Calais Lane
St. Martin's, Guernsey

3 de marzo de 1946

Apreciado señor Ramsey:

Ha sido usted muy amable al hablarme de las experiencias que vivió durante la ocupación. Cuando finalizó la guerra, yo también me prometí que no volvería a hablar de ella. Llevaba seis años hablando de ella y viviéndola, y ansiaba centrarme en algo distinto, lo que fuera. Pero eso es como desear ser otra persona. La guerra ya forma parte de nuestra vida, y no hay modo de sustraernos a eso.

Me alegró saber que su nieto, Eli, regresó con usted. ¿Viven juntos o él vive con sus padres? ¿Nunca tuvo noticias de él durante la ocupación? ¿Todos los niños de Guernsey volvieron al mismo tiempo? Si fue así, ¡menuda celebración harían!

No es mi intención inundarlo de preguntas, pero tengo unas pocas más, si se siente con ánimos de contestarlas. Sé que estuvo presente en la cena del cerdo asado que dio lugar al nacimiento de la Sociedad Literaria del Pastel de Piel de Patata de Guernsey, pero ¿cómo llegó aquel cerdo a las manos de la señora Maugery? ¿Cómo hace uno para ocultar un cerdo?

¡Elizabeth McKenna fue muy valiente aquella noche! Realmente posee temple cuando está bajo presión, una cualidad por la que la admiro muchísimo. Sé que usted y los demás miembros de la sociedad deben de estar preocupados al ver que van pasando los meses sin que haya noticias de ella, pero no deben perder la esperanza. Algunos amigos me dicen que Europa es como una colmena abierta, repleta de personas desplazadas que intentan volver a casa. Un querido amigo mío, al que derribaron en Birmania en 1943, reapareció el mes pasado en Australia; no se encontraba en las mejores condiciones, pero estaba vivo y con la intención de seguir estándolo.

Gracias por su carta.

Atentamente,

JULIET ASHTON

De Clovis Fossey a Juliet

4 de marzo de 1946

Apreciada señorita:

Al principio yo no quería asistir a ninguna reunión literaria. Mi granja me supone mucho trabajo, y no quería perder el tiempo leyendo historias sobre gente que nunca ha existido y sobre cosas que nunca han hecho.

Luego, en 1942, empecé a cortejar a la viuda Hubert. Cuando salíamos a dar un paseo, ella caminaba unos cuantos pasos por delante de mí y nunca me permitía que la tomara del brazo. Sí que se lo permitía en cambio a Ralph Murchey, así que comprendí que algo estaba fallando en mi modo de conquistarla.

Ralph fanfarronea mucho cuando bebe y un día soltó delante de todos los que estaban en la taberna: «A las mujeres les gusta la poesía. Si les dices una palabra dulce al oído, caen al suelo derretidas.» Ésa no es forma de hablar de una dama, y en aquel momento me di cuenta de que él no quería a la viuda Hubert por lo que era, como yo, sino que iba detrás de los pastos que poseía para sus vacas. Así que pensé: «Si lo que quiere la viuda Hubert es poesía, poesía le daremos.»

Fui a ver al señor Fox a su librería y le pedí un libro de poemas de amor. En aquella época ya no le quedaban muchos títulos; la gente los compraba para quemarlos, y cuando él finalmente se dio cuenta, le echó el cierre a la tienda. Así que me dio unos cuantos volúmenes de un tal Catulo. Era romano. ¿Usted sabe la clase de cosas que decía en verso? Comprendí que yo no podría recitar nada de aquello a una dama encantadora.

Catulo estaba enamorado de una mujer llamada Lesbia, que lo rechazó después de haberse acostado con él. No me extraña, porque no le gustó que Lesbia acariciase el pequeño gorrión que tenía. Se puso celoso de un pajarillo. Así que se marchó a casa, cogió la pluma y empezó a plasmar la angustia que lo había embargado cuando vio a Lesbia acunar al gorrioncillo contra su pecho. Catulo se lo tomó verdaderamente mal y a partir de ese momento dejaron de gustarle las mujeres y se dedicó a escribir poemas infames sobre ellas.

También era muy tacaño. ¿Quiere leer un poema que escribió cuando una mujer caída le cobró por los favores prestados? Pobre muchacha. Se lo voy a copiar.

¿Estará en su sano juicio esa meretriz tan follada,
que me pide mil sestercios?
¿Esa joven de nariz repulsiva?
Parientes que estáis a su cuidado,
convocad a amigos y médicos; esa muchacha está loca.
Se cree hermosa.

¿Ésas son muestras de amor? Le dije a mi amigo Eben que nunca había visto tanto rencor. Él me contestó que simplemente no había leído los poemas que debía leer. Me llevó a su casa y me prestó un librito suyo. Era poesía de Wilfred Owen, que fue oficial durante la Primera Guerra Mundial y sabía lo que eran las cosas y las llamaba por su nombre. Yo también estuve en esa guerra, en Passchendaele, y viví lo mismo que él, aunque nunca supe ponerlo por escrito.

Después de eso pensé que, al fin y al cabo, quizá sí hubiera algo de bueno en la poesía. Empecé a acudir a las reuniones literarias y me alegro de haberlo hecho, porque de lo contrario nunca habría leído las obras de William Wordsworth, que habría seguido siendo un desconocido para mí. Me aprendí muchos de sus poemas de memoria.

Al final conquisté el corazón de la viuda Hubert, mi Nancy. Una tarde la llevé a dar un paseo por los acantilados y le dije: «Fíjate, Nancy. La delicadeza del cielo abriga el mar. Escucha al poderoso ser, que está despertando.» Y me permitió que la besara. Ahora es mi esposa.

Atentamente,

CLOVIS FOSSEY

P.D.: La señora Maugery me prestó un libro de poemas la semana pasada, se titula *Antología Oxford de poesía moderna, 1892-1935*. Permitieron que un tal Yeats se encargara de seleccionarlos. No deberían haberlo hecho. ¿Quién es ése y qué sabe de poesía?

He buscado en todo el libro algún poema de Wilfred Owen o de Siegfried Sassoon; sin embargo no he encontrado ninguno, ni uno solo. ¿Y sabe usted por qué? Pues porque ese tal Yeats decidió no incluir poemas de la Primera Guerra Mundial porque le desagradaban y porque, según dijo, el sufrimiento pasivo no es un tema adecuado para la poesía.

¿Sufrimiento pasivo? ¡Sufrimiento pasivo! Casi me da un ataque. ¿Qué le pasa a ese hombre? El teniente Owen escribió un verso que dice: «¿Qué fúnebres tañidos se dedican a quienes mueren como reses de ganado? Tan sólo la cólera monstruosa de los cañones.» Me gustaría saber qué tiene eso de pasivo. Así es exactamente como murieron. Lo vi con mis propios ojos, así que yo digo que al diablo con el señor Yeats.

Atentamente,

CLOVIS FOSSEY

De Eben a Juliet

10 de marzo de 1946

Apreciada señorita Ashton:

Gracias por su carta y por preguntarme con tanta amabilidad sobre mi nieto, Eli. Es hijo de mi hija, Jane. Jane y su bebé recién nacido fallecieron en el hospital el día en que nos bombardearon los alemanes, el 28 de junio de 1940. Al padre de Eli lo mataron en el norte de África en 1942, de modo que actualmente tengo a Eli a mi cargo.

Eli se marchó de Guernsey el 20 de junio, junto con los otros miles de niños pequeños y en edad escolar que fueron evacuados a Inglaterra. Sabíamos que venían los alemanes, y a Jane le preocupaba su seguridad. El médico no permitió que ella se fuera también, estando tan próxima la fecha del parto.

Durante seis meses no tuvimos noticias de ellos. Después llegó una postal de la Cruz Roja en la que se nos comunicaba que Eli se encontraba bien, pero no nos contaban dónde estaba; no sabíamos en qué localidades estaban nuestros niños, aunque rezábamos para que no fuera en una ciudad grande. Aún transcurrió más tiempo hasta que yo pude enviarle una postal en respuesta, pero me sentí muy indeciso al respecto. Me horrorizaba tener que decirle que su madre y el bebé habían fallecido. Odiaba que mi nieto tuviera que leer aquellas frías palabras en una postal, pero debía decírselo.

Y aún tuve que hacerlo una segunda vez, cuando me llegó la noticia de la muerte de su padre.

Eli no volvió hasta que finalizó la guerra y, en efecto, mandaron a todos los niños a casa al mismo tiempo. ¡Fue un gran día! Incluso más maravilloso que cuando llegaron los soldados británicos para liberar Guernsey. Eli fue el primer chico que bajó por la pasarela del barco —en cinco años le habían crecido mucho las piernas—, y creo que no habría podido dejar de abrazarlo de no ser por Isola, que me apartó un poco para estrecharlo ella también.

Bendigo a Dios porque lo acogió una familia de agricultores de Yorkshire. Fueron muy buenos con él. Eli me entregó una carta que me habían escrito, en la que me contaban todas las cosas que me había perdido del crecimiento de mi nieto. Hablaban de sus estudios, de lo mucho que ayudaba en la granja, de cómo intentó sacar fuerzas de flaqueza cuando recibió mis postales.

Ahora pesca conmigo y me ayuda a cuidar de la vaca y el huerto, pero lo que más le gusta es tallar madera. Dawsey y yo le estamos enseñando. La semana pasada hizo una serpiente perfecta con un listón que se había roto de la cerca, aunque me parece a mí que ese listón era más bien una viga del granero de Dawsey. Éste se limitó a sonreír cuando se lo pregunté, pero es que actualmente cuesta mucho encontrar madera sobrante en la isla, ya que tuvimos que convertir la mayoría de los árboles (también las barandillas y los muebles) en leña cuando el carbón y el queroseno se acabaron. Eli y yo estamos plantando algunos en mi terreno, pero van a tardar mucho tiempo en crecer, y todos echamos de menos la sombra y el follaje.

Ahora voy a contarle lo del cerdo asado. Los alemanes fueron muy quisquillosos con los animales de granja. Llevaban estrictamente la cuenta de los cerdos y las vacas que quedaban. Guernsey tenía que alimentar a las tropas alemanas apostadas aquí y en Francia. Y nosotros podíamos quedarnos con las sobras, si es que las había.

Además, eran muy aficionados a la contabilidad. Seguían el rastro de cada litro de leche que ordeñábamos, pesaban la nata, registraban cada saco de harina. Durante una temporada dejaron en paz a las gallinas, pero cuando el pienso y las sobras comenzaron a escasear, nos ordenaron que matáramos a las más viejas, así las buenas ponedoras tendrían suficiente pienso para continuar dando huevos.

Los pescadores teníamos que entregar la mayor parte de las capturas. Esperaban en el puerto a que regresáramos con los barcos y separaban su parte. Al principio de la ocupación, muchos isleños escaparon a Inglaterra en barcos pesqueros; algunos se ahogaron, pero otros consiguieron llegar. De modo que los alemanes establecieron una nueva norma: ninguna persona que tuviera a un miembro de su familia en Inglaterra sería autorizada a subirse a un pesquero. Temían que intentáramos huir. Como Eli estaba en Inglaterra, tuve que entregar el barco. Y pasé a trabajar en uno de los invernaderos del señor Pivot. Al cabo de un tiempo aprendí a cuidar plantas, pero echaba muchísimo de menos el barco y el mar.

Los alemanes se mostraron especialmente exigentes con el tema de la carne, porque no querían que fuera a parar al mercado negro en vez de servir para alimentar a sus tropas. Si tu cerda tenía una camada, el oficial agrícola se presentaba en tu granja, contaba las crías, te daba un certificado de nacimiento por cada una de ellas y lo anotaba en su libro de registro. Si un cerdo moría de muerte natural, había que comunicárselo al oficial, que venía otra vez, observaba el cadáver y extendía un certificado de defunción.

También visitaban las granjas por sorpresa, y en ese caso más te valía que el número de cerdos vivos coincidiera con el que les constaba a ellos. Si había un animal menos, te ponían una multa, si se repetía, podían detenerte y mandarte al calabozo de St. Peter Port. Si faltaban demasiados cerdos, suponían que los estabas vendiendo en el mercado negro y te enviaban a un campo de trabajo de Alemania. Nunca se sabía por dónde iban a salir, eran gente de humor cambiante.

Sin embargo, al principio resultaba fácil engañar al oficial y ocultar un cerdo vivo para consumo propio. Eso fue lo que hizo Amelia.

Will Thisbee tenía un cerdito enfermo que murió. Llegó el oficial agrícola y extendió un certificado en el que decía que el animal estaba efectivamente muerto y se marchó, dejando que Will lo enterrase a solas. Pero éste no lo enterró, sino que corrió con él hacia el interior del bosque y se lo entregó a Amelia Maugery. Ella escondió el suyo, que estaba vivo, llamó al oficial agrícola y le dijo: «Venga rápido, se me ha muerto el cerdo.»

El oficial llegó de inmediato y, al ver al cerdo patas arriba, ni se imaginó que era el que había visto aquella misma mañana. Así pues, inscribió otro cerdo en su Registro de Animales Muertos.

Luego, Amelia cogió al animal, se lo llevó a otra amiga y al día siguiente repitieron la jugada. Pudimos continuar con esa treta hasta que el cerdo empezó a oler mal. Los alemanes terminaron dándose cuenta y comenzaron a tatuar a los cerdos y las vacas en el momento en que nacían, para acabar con el cambiazo de animales muertos.

Pero Amelia, que tenía escondido un cerdo vivo, gordo y sano, sólo necesitó la ayuda de Dawsey para sacrificarlo sin hacer ruido. Había que tener cuidado, porque muy cerca de su granja se apostaba una unidad de artillería de los alemanes y no convenía que oyeran los chillidos del animal o acudirían corriendo.

Dawsey siempre ha atraído a los cerdos; cuando entra en una pocilga, enseguida se acercan a él para que les rasque el lomo. Con cualquier otra persona arman un escándalo, chillan y se tiran al suelo. En cambio Dawsey los calma y sabe cuál es el punto exacto del pescuezo en el que debe hundir el cuchillo con rapidez. A los cerdos no les da tiempo de chillar, simplemente caen sin hacer ruido sobre una sábana extendida.

En una ocasión le dije a Dawsey que levantan la vista una vez, sorprendidos, pero él me replicó que no, que los cerdos son lo bastante listos como para reconocer la traición, y yo no intenté adornarlo.

El cerdo de Amelia nos procuró una cena excelente, acompañado con cebollas y patatas. Ya casi se nos había olvidado lo que era tener el estómago lleno, pero volvimos a recordarlo. Con las cortinas echadas para que no nos vieran los de la unidad de artillería, la mesa llena de comida y rodeados de amigos, nos sentimos como si nada hubiera sucedido.

Tiene usted razón al decir que Elizabeth es valiente. Lo es y lo ha sido siempre. Vino a Guernsey de pequeña, con su madre y sir Ambrose Ivers. Conoció a mi Jane durante el primer verano que pasó aquí, cuando las dos tenían diez años, y desde entonces se hicieron inseparables.

Cuando Elizabeth volvió en la primavera de 1940 para cerrar la casa de sir Ambrose, se quedó más tiempo del que era prudente, porque deseaba estar con Jane. Mi hija se sentía muy triste desde que su marido, John, se había ido a Inglaterra a alistarse (en diciembre de 1939) y llevaba el embarazo con dificultad. El doctor Martin le ordenó que guardase cama, de modo que Elizabeth se quedó para hacerle compañía y jugar con Eli. A él no había nada que le gustara más que jugar con Elizabeth. Eran un verdadero peligro para los muebles, pero te llenaba de alegría oírlos reír. Una vez fui a buscarlos para cenar y me los encontré al pie de la escalera, sobre un montón de cojines. ¡Habían pulido la barandilla de roble de sir Ambrose y habían bajado tres pisos deslizándose por ella!

Fue Elizabeth quien se ocupó de hacer todo lo necesario para que Eli pudiera partir en el barco de evacuación. Nos avisaron con sólo un día de antelación de que unos barcos iban venir de Inglaterra para llevarse a los niños, y Elizabeth estuvo trabajando sin descanso, lavando y cosiendo la ropa de Eli y haciéndole entender que no podía llevarse consigo su conejito. Cuando pusimos rumbo hacia el patio del colegio, Jane, que guardaba cama en el hospital debido a su débil estado de salud, tuvo que volverse de espaldas para que su hijo no la viese llorar mientras se despedía; Elizabeth, en un intento de distraerlo, lo cogió de una mano y le comentó que iba a hacer muy buen tiempo durante la travesía.

Ni siquiera después de eso Elizabeth quiso marcharse de Guernsey, a pesar de que todo el mundo trataba de huir de aquí. «No —dijo—, voy a esperar a que nazca el niño de Jane, y cuando ella se haya recuperado un poco, nos iremos a Londres con el pequeño. Después averiguaremos dónde está Eli y nos reuniremos con él.» A pesar de poseer una personalidad encantadora, Elizabeth era muy cabezota. Levantaba el mentón y uno ya veía que no iba a servir de nada discutir con ella para que se marchara. Ni siquiera se lo planteó cuando todos vimos el humo proveniente de Cherburgo, donde los franceses estaban quemando los depósitos de combustible para que los alemanes no pudieran utilizarlos. Daba igual, Elizabeth no se iría sin Jane y el bebé. Me parece que incluso sir Ambrose le había dicho que él y uno de sus amigos de las regatas podían navegar directamente hasta St. Peter Port y sacarlas de Guernsey antes de que llegaran los alemanes. A decir verdad, me alegré de que no nos dejara. Estuvo conmigo en el hospital cuando Jane y el recién nacido murieron. Se quedó sentada al lado de mi hija, agarrándole la mano con fuerza.

Tras la muerte de Jane, Elizabeth y yo nos quedamos de pie en el pasillo, aturdidos, mirando por la ventana con la vista perdida. En ese momento vimos siete aviones alemanes volando bajo sobre el puerto. Creímos que sólo estaban realizando un vuelo de reconocimiento, pero de repente empezaron a soltar bombas, que caían del cielo en picado. No dijimos nada, pero sé lo que ambos pensamos: «Gracias a Dios que Eli está a salvo.» Elizabeth estuvo con Jane y conmigo en los malos tiempos y luego también. Yo, en cambio, no pude estar a su lado, por lo que doy gracias a Dios de que su hija Kit se encuentre sana y salva con nosotros, y rezo para que vuelva pronto a casa.

Me alegra saber que encontraron a su amigo en Australia. Espero que me escriba de nuevo, y a Dawsey también, pues él disfruta con sus cartas tanto como yo.

Atentamente,

EBEN RAMSEY

De Dawsey a Juliet

12 de marzo de 1946

Apreciada señorita Ashton:

Me alegro de que le hayan gustado las lilas blancas.

Voy a contarle lo de la pastilla de jabón de la señora Dilwyn. Hacia mitad de la ocupación, el jabón empezó a escasear. A las familias sólo se les permitía una pastilla por persona al mes. Estaban hechas con una especie de arcilla francesa y en cuanto se mojaban se quedaban duras. No hacían espuma, de modo que uno tenía que frotarse y confiar en que con eso bastara.

Costaba mucho lavarse, y todos nos habíamos acostumbrado a estar más o menos sucios, lo mismo que la ropa que llevábamos puesta. Nos daban un poquito de jabón en polvo para lavar los platos y la ropa, pero era una cantidad irrisoria y tampoco hacía espuma. A algunas de las señoras eso las afectó profundamente, y una de ellas fue la señora Dilwyn. Antes de la guerra se compraba los vestidos en París, y aquellas prendas tan elegantes se estropeaban más rápido que las más sencillas.

Un día el cerdo del señor Scope murió a causa de la fiebre aftosa. Como nadie se atrevía a comérselo, éste me ofreció el cadáver. Yo me acordé de que mi madre fabricaba jabón con grasa, así que se me ocurrió intentarlo. El resultado parecía agua de fregar congelada, y el olor era espantoso.

Así que lo derretí todo y empecé otra vez. Booker, que había venido a ayudarme, sugirió que utilizáramos pimentón para darle color y canela para el aroma. Amelia nos prestó ambas cosas y las añadimos a la mezcla.

Cuando el jabón se hubo endurecido lo suficiente, lo cortamos en círculos con el molde para hacer galletas de Amelia. Luego envolví los trozos en una estameña, Elizabeth les anudó unos lazos de hilo rojo y se los regalamos a todas las señoras de la sociedad en la siguiente reunión. Al menos durante una o dos semanas parecimos personas respetables.

Actualmente estoy trabajando varios días a la semana en la cantera, además de en el puerto. Isola me ha dicho que tengo cara de cansado y me ha preparado un ungüento para el dolor muscular al que llama Dedos de Ángel. Tiene también un jarabe para la tos al que llama Bebida del Diablo, y rezo para no necesitarlo nunca.

Ayer vinieron a cenar Amelia y Kit, y después fuimos a la playa con una manta para ver salir la luna. A Kit le encanta hacer eso, pero siempre se queda dormida antes de que la luna haya salido del todo y yo la llevo en brazos a casa de Amelia. Está convencida de que cuando cumpla cinco años será capaz de mantenerse despierta toda la noche.

¿Entiende usted de niños? Yo no, y aunque estoy aprendiendo, tengo la sensación de que voy muy despacio. Me resultaba mucho más fácil antes de que Kit aprendiese a hablar, pero no era tan divertido. Me esfuerzo por responder a sus preguntas, pero por lo general soy lento en contestar y ella ya me ha hecho una segunda antes de que yo haya podido responderle la primera. Además, no sé lo suficiente como para dejarla satisfecha. Por ejemplo, no sé qué aspecto tiene una mangosta.

Me gusta recibir sus cartas, pero a menudo me parece que no tengo nada interesante que contarle, así que me va bien responder a sus preguntas retóricas.

Atentamente,

DAWSEY ADAMS

De Adelaide Addison a Juliet

12 de marzo de 1946

Apreciada señorita Ashton:

Veo que no me ha hecho caso. Me he encontrado con Isola Pribby en su puesto del mercado y estaba respondiendo a una carta ¡que le había escrito usted! He procurado continuar con mis recados con calma, pero entonces me he tropezado con Dawsey Adams, que estaba echando al correo una carta ¡dirigida a usted! Me pregunto quién será el próximo. Esto es intolerable, y he tomado la pluma para detenerlo.

No fui del todo sincera en mi carta. Para actuar con delicadeza, corrí un tupido velo sobre la verdadera índole de ese grupo y de su fundadora, Elizabeth McKenna. Pero ahora veo que debo revelarlo todo:

Los miembros de esa sociedad se han confabulado para criar a la hija ilegítima de Elizabeth y su enamorado alemán, el doctor-capitán Christian Hellman. ¡Sí, un soldado alemán! No me extraña que esté usted sorprendida.

Sólo estoy siendo justa. No digo que Elizabeth fuera lo que las clases más ordinarias llaman una «caza-alemanes», una de esas que se pasean por Guernsey tonteando con cualquier soldado alemán que les haga un regalo. Nunca la he visto ataviada con vestidos y medias de seda (de hecho, su indumentaria era tan desaliñada como siempre), oliendo a perfume francés, atiborrándose de bombones y de vino, o ¡fumando cigarrillos!, como hacen otras frescas de la isla.

Pero la realidad ya es bastante penosa.

Éstos son los tristes hechos: en abril de 1942, Elizabeth McKenna, que ¡no estaba casada!, dio a luz a una niña en su casa. En el parto estuvieron presentes Eben Ramsey e Isola Pribby; él le sostenía la mano a la madre y ella vigilaba para que no se apagara el fuego. Amelia Maugery y Dawsey Adams (un hombre soltero, ¡qué vergüenza!) se ocuparon de asistir en el parto propiamente dicho hasta que pudo llegar el doctor Martin. ¿Y el padre putativo? ¡Ausente! De hecho, se había marchado de la isla poco antes. «Órdenes de servir en el continente», ¡eso fue lo que dijeron! El caso está claro: cuando la prueba de la relación ilícita entre ambos se hizo irrefutable, el capitán Hellman se marchó y abandonó a su amante a su suerte.

Yo ya me esperaba ese final escandaloso. En varias ocasiones había visto a Elizabeth con él, paseando juntos, enfrascados en una conversación, recogiendo ortigas para la sopa o buscando leña. En una de esas veces, estando el uno frente al otro, vi que el capitán le acariciaba la cara con la mano y le recorría el pómulo con el dedo pulgar.

Aunque me dije que quizá no sirviera de gran cosa, sabía que era mi deber advertir a Elizabeth del destino que la aguardaba. La avisé de que se vería expulsada de la sociedad respetable, pero ella no me hizo caso. En realidad, se echó a reír. Yo me mantuve firme. Y a continuación me ordenó que saliera de su casa.

No me siento orgullosa de mi capacidad de predecir el futuro. No sería cristiano.

Volviendo a la niña, a la que pusieron el nombre de Christina, pero a la que llaman Kit, apenas un año más tarde, Elizabeth, tan irresponsable como siempre, hizo algo prohibido expresamente por la Fuerza de Ocupación Alemana: proporcionó refugio y alimento a un prisionero que había escapado del ejército alemán. Fue detenida y la llevaron a una cárcel del continente.

Cuando la detuvieron, la señora Maugery acogió a la niña en su casa. ¿Y qué ocurrió a partir de esa noche? Pues que la sociedad literaria crió a la pequeña como si fuera su propia hija, pasándosela de uno a otro, por turnos. La manutención de la niña la asume Amelia Maugery, mientras que otros miembros de la asociación se la llevan a su casa, como si fuera un libro de la biblioteca, durante varias semanas cada uno.

Todos ellos han tenido a esa niña sobre las rodillas, y ahora que ya sabe andar va a todas partes con uno o con otro, cogida de la mano o subida a hombros. ¡Menudos principios! ¡No debe usted glorificar a esa clase de gente en el *Times*!

No volveré a escribirle, ya he hecho todo lo que he podido. Medítelo bien.

ADELAIDE ADDISON

Telegrama de Sidney a Juliet

20 de marzo de 1946

QUERIDA JULIET: VUELTA A CASA POSPUESTA. CAÍDA DE CABALLO, PIERNA ROTA, PIERS ME CUIDA. BESOS, SIDNEY.

Telegrama de Juliet a Sidney

21 de marzo de 1946

¡OH, DIOS! ¿QUÉ PIERNA? LO SIENTO MUCHO. BESOS, JULIET.

Telegrama de Sidney a Juliet

22 de marzo de 1946

HA SIDO LA OTRA. NO TE PREOCUPES, DUELE POCO. PIERS ENFERMERO EXCELENTE. BESOS, SIDNEY.

Telegrama de Juliet a Sidney

22 de marzo de 1946

MUY CONTENTA DE QUE NO SEA LA QUE TE ROMPÍ YO. ¿QUIERES ALGO PARA CONVALECENCIA? ¿LIBROS, DISCOS, FICHAS DE PÓQUER, MI SANGRE?

Telegrama de Sidney a Juliet

23 de marzo de 1946

NI SANGRE, NI LIBROS, NI FICHAS DE PÓQUER. SIGUE ENVIANDO CARTAS LARGAS PARA DISTRAERNOS. BESOS, SIDNEY Y PIERS.

De Juliet a Sophie

23 de marzo de 1946

Querida Sophie:

He recibido tan sólo un telegrama, de modo que tú sabes más que yo. Pero sean cuales sean las circunstancias, es ridículo que te estés planteando ir a Australia. ¿Qué pasa con Alexander? ¿Y con Dominic? ¿Y con tus corderos? Se quedarán muy tristes.

Párate a pensar un instante y comprenderás que no hay necesidad de preocuparse tanto. En primer lugar, Piers cuidará perfectamente de Sidney. En segundo lugar, mejor que sea Piers y no nosotras; ¿te acuerdas de lo mal paciente que fue tu hermano la última vez? Deberíamos alegrarnos de que esté a miles de kilómetros de aquí. Tercero, Sidney lleva varios años soportando más tensión que la cuerda de un arco. Necesita un descanso, y quizá haberse roto una pierna sea la única manera de que se permita tomarse uno. Y lo más importante de todo, Sophie: no quiere que vayamos.

Estoy segura de que Sidney prefiere que escriba un libro nuevo a verme en Australia, junto a su cama. De modo que mi intención es quedarme aquí, en mi deprimente piso, e intentar encontrar un tema sobre el que escribir. Tengo una levísima idea, aunque todavía es demasiado vaga y endeble como para arriesgarme a contarla, ni siquiera a ti. En honor a la pierna de Sidney, voy a arroparla y alimentarla, a ver si consigo que crezca.

Hablemos ahora de Markham V. Reynolds (hijo). Tus preguntas sobre dicho caballero me han parecido igual de delicadas y sutiles que un mazazo propinado en la cabeza. ¿Que si estoy enamorada de él? ¿Qué pregunta es ésa? Está totalmente fuera de lugar, esperaba algo mejor de ti. La primera regla del cotilleo es aproximarse de forma indirecta. Cuando tú empezaste a marearme con cartas en las que me hablabas de Alexander no te pregunté si estabas enamorada de él, sino cuál era su animal favorito. Y lo que me respondiste me dijo todo lo que necesitaba saber, porque ¿cuántos hombres admitirían que les encantan los patos? (Esto trae a colación un punto importante: no sé cuál es el animal favorito de Mark. Y dudo que sea el pato.)

¿Te importa que te haga unas cuantas sugerencias? Podrías preguntarme cuál es su autor favorito (¡Dos Passos! ¡¡¡Hemingway!!!). O cuál es el color que más le gusta (el azul, no estoy muy segura del tono, probablemente el añil). ¿Baila bien? (Sí, mucho mejor que yo, nunca me pisa, pero mientras baila no habla ni tararea. Que yo sepa, nunca tararea.) ¿Tiene hermanos? (Sí, dos hermanas mayores, una está casada con un magnate del azúcar y la otra enviudó el año pasado. Tiene también un hermano más pequeño, que, según él, es un idiota.)

Así que, ahora que ya te he hecho yo todo el trabajo, a lo mejor puedes responder tú sola a tu ridícula pregunta, porque yo no puedo. Cuando estoy con Mark me siento confusa, lo cual podría ser amor, pero también podría no serlo. Y, desde luego, no me tranquiliza. Por ejemplo, estoy un poco atemorizada por lo de esta noche; otra cena magnífica con unos hombres que conversarán de forma animada alrededor de una mesa mientras las mujeres adoptan poses al tiempo que sostienen la boquilla de los cigarrillos. Dios, preferiría quedarme acurrucada en el sofá, pero tengo que levantarme y ponerme un vestido de fiesta. Dejando el amor a un lado, Mark ejerce una presión terrible en mi armario.

Querida, no te preocupes por Sidney. Estará otra vez rondando por aquí en menos que canta un gallo.

Con todo mi cariño,

JULIET

De Juliet a Dawsey

25 de marzo de 1946

Apreciado señor Adams:

He recibido una larga carta (¡de hecho han sido dos!) de una tal Adelaide Addison, en la que me advierte que no debo escribir acerca de la sociedad. Dice que si lo hago, se lavará las manos respecto a mí para siempre. Procuraré soportar dicha aflicción con fortaleza. Se altera mucho con las «caza-alemanes», ¿no es cierto?

También he recibido una carta de Clovis Fossey en la que me habla de poesía, y otra de Isola Pribby sobre las hermanas Brontë. Además de deleitarme, me han aportado ideas nuevas para mi artículo. También las de usted, las del señor Ramsey y las de la señora Maugery. Se puede decir que el artículo prácticamente me lo está escribiendo Guernsey. Incluso la señorita Adelaide Addison ha hecho su pequeña contribución, y desafiarla será todo un placer.

No sé tanto de niños como me gustaría. Soy la madrina de uno maravilloso de tres años que se llama Dominic, hijo de mi amiga Sophie. Viven en Escocia, cerca de Oban, y no lo veo con frecuencia. Pero cuando lo hago, siempre me quedo asombrada de cómo va desarrollando su personalidad; apenas me había acostumbrado a sostener en brazos el cuerpecillo de un bebé cuando Dominic dejó de serlo y empezó a corretear por ahí él solito. Estuve seis meses sin verlo, ¡y cuál no sería mi sorpresa al descubrir que ya sabía hablar! Ahora conversa consigo mismo, lo cual me resulta profundamente entrañable, porque yo también lo hago.

Puede decirle a Kit que una mangosta es un animal parecido a una comadreja, con unos dientes muy afilados y muy mal humor. Es el único enemigo natural de la cobra y es inmune al veneno de serpiente. Si no puede con las serpientes, come escorpiones. A lo mejor usted podría conseguirle una a Kit como mascota.

Atentamente,

JULIET ASHTON

P.D.: He estado dudando si enviarle esta carta. ¿Y si resulta que Adelaide Addison es amiga suya? Pero luego he pensado que no, que no puede ser, así que ahí va.

De John Booker a Juliet

27 de marzo de 1946

Apreciada señorita Ashton:

Amelia Maugery me ha pedido que le escriba, dado que soy uno de los miembros fundadores de la Sociedad Literaria del Pastel de Piel de Patata de Guernsey, aunque sólo he leído un mismo libro una y otra vez. Se trata de *Cartas de Séneca. Traducidas del latín en un volumen, con apéndice.*

Entre Séneca y la sociedad, he conseguido no caer en una vida espantosa como alcohólico.

Entre 1940 y 1944 fingí ante las autoridades alemanas que era lord Tobias Penn-Piers, mi antiguo patrón, que huyó precipitadamente a Inglaterra cuando bombardearon Guernsey. Yo era su ayuda de cámara y me quedé en la isla. Mi verdadero nombre es John Booker, nacido y criado en Londres.

Junto con los demás, me sorprendieron fuera de casa después del toque de queda la noche en que cenamos el cerdo asado. Aunque no lo recuerdo con claridad; supongo que estaría achispado, porque entonces era lo habitual en mí. Me acuerdo de que los soldados daban voces y blandían las pistolas y de que Dawsey me sujetaba para que me mantuviera derecho. Luego oí la voz de Elizabeth. Hablaba de libros, aunque no entendí por qué. Después de eso, Dawsey me llevó por un prado hasta un claro y luego me desplomé en la cama. Eso es todo.

Pero usted quiere saber qué influencia han tenido los libros en mi vida, aunque, como le digo, no ha habido más que uno, el de Séneca. ¿Sabe usted quién era? Un filósofo romano que escribió unas cartas a unos amigos imaginarios para decirles cómo debían comportarse durante el resto de su vida. Puede que suene aburrido, pero las cartas no lo son, son muy ingeniosas. Creo que se aprende más si lo que uno lee le hace reír al mismo tiempo.

En mi opinión, lo que dijo Séneca se puede aplicar a cualquier persona de cualquier época. Voy a ponerle un ejemplo actual: el caso de los pilotos de la Luftwaffe y sus peinados. Durante el Blitz, los aviones de la Luftwaffe despegaban de Guernsey y se sumaban a los grandes bombarderos que se dirigían a Londres. Volaban sólo por la noche, de modo que durante el día eran libres de hacer lo que se les antojase en St. Peter Port. ¿Y cómo pasaban el día? En salones de belleza, donde les hacían la manicura, les daban masajes en la cara, les perfilaban las cejas, les ondulaban el cabello y se lo peinaban. Cuando los vi con sus redecillas, paseando por la calle de cinco en cinco, apartando a codazos a los isleños que iban por la acera, me acordé de lo que decía Séneca de la guardia pretoriana: «Cualquiera de ésos preferiría ver un alboroto en Roma antes que en su cabello.»

Voy a contarle cómo me hice pasar por mi antiguo patrón. Lord Tobias quería esperar en un lugar seguro a que terminara la guerra, de modo que compró la mansión La Fort, en Guernsey. La Primera Guerra Mundial la había pasado en el Caribe, pero allí sufrió de fuertes sarpullidos.

En la primavera de 1940 se trasladó a La Fort con casi todas sus posesiones, incluida su esposa. Chausey, el mayordomo que tenía en Londres, se había encerrado en la despensa y se negaba a salir, así que yo, su ayuda de cámara, ocupé el puesto de Chausey a la hora de supervisar la colocación de los muebles y de las cortinas, la limpieza de la plata y el aprovisionamiento de la bodega. Coloqué cada botella en su sitio del botellero con tanta delicadeza como si estuviera depositando a un niño en su cuna.

Justo cuando estaban colgando el último cuadro, aparecieron los aviones alemanes y bombardearon St. Peter Port. Lord Tobias, presa del pánico al oír el estruendo, llamó al capitán de su yate y le ordenó que preparase el barco. La intención era cargarlo con la plata, los cuadros, unos cuantos caprichos y, si quedaba algo de espacio, con lady Penn-Piers, y zarpar enseguida para Inglaterra.

Yo fui el último en cruzar la pasarela, mientras lord Tobias vociferaba: «¡Dese prisa, hombre! ¡Dese pisa, que vienen los alemanes!»

En aquel instante vi con claridad cuál era mi verdadero destino, señorita Ashton. Aún tenía la llave de la bodega de mi señor. Pensé en todas aquellas botellas de vino, champán y coñac que no habíamos llevado al barco y me imaginé rodeado de ellas. Me imaginé también liberado de la campanilla, de la librea, de lord Tobias. En definitiva, de tener que volver a servir.

Di media vuelta y rápidamente descendí por la pasarela. Luego fui corriendo hasta La Fort y desde allí contemplé cómo se alejaba el barco con lord Tobias a bordo, todavía gritando. Entonces entré, encendí la chimenea y me dirigí a la bodega. Cogí una botella de burdeos y descorché mi primer tapón. Dejé que el vino respirase. Luego regresé a la biblioteca, bebí un sorbo y empecé a leer la *Guía para los amantes del vino.*

Leía cosas sobre las uvas, atendía el huerto, dormía con pijama de seda... y bebía vino. Y así continué hasta septiembre, cuando Amelia Maugery y Elizabeth McKenna acudieron a hacerme una visita. A Elizabeth la conocía de pasada, porque habíamos hablado en varias ocasiones entre los puestos del mercado, pero la señora Maugery me era una completa desconocida. Me pregunté si habrían decidido entregarme a la policía.

Pero no, habían ido a advertirme. El comandante de Guernsey había ordenado que todos los judíos se presentasen en el hotel Grange Lodge para registrarse. Según él, sólo querían poner *Juden* en nuestro documento de identificación, y luego podríamos irnos a casa. Elizabeth sabía que mi madre era judía, porque yo se lo había comentado en una ocasión. Habían ido a decirme que de ninguna de las maneras debía acudir al hotel Grange Lodge.

Pero eso no era todo. Elizabeth había reflexionado a fondo sobre mi problema (más a fondo que yo) y había ideado un plan. Dado que de todas formas los isleños debían tener un documento de identificación, ¿por qué no podía yo declarar que era lord Tobias Penn-Piers? Podía aducir que, como estaba de visita, había dejado toda mi documentación en mi banco de Londres. Amelia estaba segura de que el señor Dilwyn respaldaría mi suplantación de identidad, como así fue. Los dos me acompañaron a la oficina del comandante, y allí juramos que yo era lord Tobias Penn-Piers.

Fue Elizabeth la que dio con el toque final. Los alemanes estaban apropiándose de todas las mansiones de Guernsey para alojar en ellas a sus oficiales, y de ningún modo iban a ignorar una residencia tan magnífica como La Fort, que era demasiado buena para pasarla de largo. Y cuando llegasen, yo debía estar preparado para recibirlos en mi papel de lord Tobias Penn-Piers. Debía parecer un lord en su tiempo libre y actuar con naturalidad. Estaba aterrorizado.

«Tonterías —dijo Elizabeth—. Tienes presencia, Booker. Eres alto, moreno y atractivo, y todos los ayudas de cámara saben mirar a la gente por encima del hombro.»

Decidió que pintaría rápidamente un retrato en el que pareciera un Penn-Piers del siglo XVI. Así que posé como tal, ataviado con una capa de terciopelo y gorguera, con un fondo de tapices oscuros y sombras tenues, acariciando mi daga. Parecía un noble, un agraviado, un traidor.

Fue un golpe magistral, porque ni dos semanas después se presentó en la biblioteca un contingente de oficiales alemanes (seis en total) sin previo aviso. Los recibí allí mismo, tomándome una copa de Château Margaux del 93, guardando un increíble parecido con el retrato de mi «antepasado», que colgaba encima de la repisa de la chimenea.

Me hicieron una reverencia y se deshicieron en cortesías, lo que no impidió que al día siguiente se apropiaran de la mansión y a mí me obligaran a mudarme a la casita del guarda. Aquella noche, después del toque de queda, acudieron Eben y Dawsey a escondidas y me ayudaron a trasladar la mayoría de las botellas de vino a la casita, las que no cupieron las ocultamos hábilmente detrás de la leñera, en el pozo, en la chimenea, debajo de una bala de paja y encima de las vigas del techo. Pero incluso con todas aquellas botellas, a principios de 1941 ya no me quedaba vino. Fue un día triste, pero tenía amigos que me ayudaron a distraerme... y entonces descubrí a Séneca.

Llegué a disfrutar mucho de nuestras reuniones literarias, pues contribuían a que la ocupación resultara más soportable. Algunos de los libros que leían los otros parecían interesantes, pero yo me mantuve fiel a Séneca. Me daba la impresión de que me hablaba a mí; a su manera, graciosa y mordaz, pero directamente a mí. Sus cartas me ayudaron a sobrevivir a lo que habría de venir después.

Todavía sigo acudiendo a las reuniones de la sociedad. Están todos hartos de Séneca y me suplican que lea otra cosa, pero yo no quiero. También participo en obras de teatro que organiza una de nuestras compañías de repertorio; el hecho de haber fingido ser lord Tobias hizo que le tomara gusto a la interpretación, y además soy alto, tengo buena voz y se me oye incluso desde la última fila.

Me alegro de que la guerra haya terminado, y de volver a ser John Booker.

Atentamente,

JOHN BOOKER

De Juliet a Sidney y a Piers

Sr. Sidney Stark
Monreagle Hotel
Broadmeadows Avenue, 79
Melbourne
Victoria
Australia

31 de marzo de 1946

Queridos Sidney y Piers:

Sangre no, sólo los dedos doloridos de copiar las cartas que os adjunto de los nuevos amigos que he hecho en Guernsey. Las adoro, y no soportaba la idea de mandar los originales al otro extremo del mundo, donde indudablemente serían devorados por los perros salvajes.

Sabía que los alemanes habían ocupado las islas del Canal, pero rara vez me acordé de ellas durante la guerra. Así que he empezado a buscar artículos en el *Times* y cualquier cosa que pueda encontrar en la biblioteca de Londres sobre el tema de la ocupación. También necesito encontrar una buena guía de viajes de Guernsey —una que incluya descripciones, no horarios ni hoteles recomendados— para hacerme una idea del lugar.

Aparte del interés que siento por el interés que tienen ellos por la lectura, me he enamorado de dos de los hombres: Eben Ramsey y Dawsey Adams. Clovis Fossey y John Booker también me caen muy bien. En cuanto a Amelia Maugery, quiero que me adopte, y yo a mi vez deseo adoptar a Isola Pribby. Dejaré que vosotros averigüéis qué siento hacia Adelaide Addison (señorita) cuando leáis sus cartas. La verdad es que en estos momentos estoy viviendo más en Guernsey que en Londres: finjo que estoy trabajando, pero en realidad estoy con el oído atento al sonido que hace el correo al caer en el buzón y, nada más captarlo, bajo corriendo la escalera, ansiosa por conocer el siguiente capítulo de la historia. Así debía de sentirse la gente cuando se congregaba frente a la puerta de la editorial para hacerse con la última entrega de *David Copperfield* recién salida de la imprenta.

Sé que a vosotros también os van a encantar las cartas, pero ¿queréis que os mande más? A mí estas personas y sus experiencias durante la guerra me han resultado fascinantes y conmovedoras. ¿Coincidís conmigo? ¿Creéis que se podría sacar un libro de aquí? No seáis educados, quiero vuestra opinión (la opinión de los dos) sin adornos. Y no tenéis de qué preocuparos: continuaré mandándoos copias de las cartas, aunque no queráis que escriba un libro sobre Guernsey. Estoy (en general) por encima de las pequeñas venganzas.

Dado que he sacrificado los dedos de una mano para entreteneros, a cambio deberíais enviarme lo último de Piers. Me alegro mucho de que estés escribiendo de nuevo, querido.

Con cariño para los dos,

JULIET

De Dawsey a Juliet

2 de abril de 1946

Apreciada señorita Ashton:

Divertirse es el pecado más grave en la biblia de Adelaide Addison (la falta de humildad le pisa los talones), y no me sorprende que le haya mencionado a usted a las «caza-alemanes». Adelaide vive respirando odio.

En Guernsey quedaron muy pocos hombres disponibles, y desde luego ninguno de ellos era muy atractivo. Muchos estábamos cansados, preocupados, e íbamos desaliñados, harapientos, descalzos y sucios; estábamos derrotados, y ésa era la imagen que transmitíamos. No nos quedaba energía, tiempo ni dinero para divertirnos. Los hombres de Guernsey carecíamos de glamour, a diferencia de los alemanes. Según afirmaba una amiga mía, ellos eran altos, rubios, guapos y con la piel bronceada, como dioses. Daban fiestas suntuosas, rebosaban alegría y entusiasmo, tenían coches y dinero, y eran capaces de pasarse la noche entera bailando.

Pero algunas de las chicas que salían con soldados luego entregaban los cigarrillos a sus padres y el pan a sus familias. Regresaban de las fiestas con el bolso lleno de panecillos, patés, fruta, empanadas de carne y mermeladas, de modo que sus familias podían tomar una comida completa al día siguiente.

No creo que los isleños vieran el aburrimiento de esos años como un motivo para hacer amistad con el enemigo. Aunque el aburrimiento es una razón muy poderosa, y la perspectiva de pasarlo bien es muy tentadora, sobre todo cuando se es joven.

Había mucha gente que no quería tener ningún trato con los alemanes. Si se les daba los buenos días se estaba siendo cómplice del enemigo, según su manera de pensar. Pero las circunstancias fueron tales que yo no pude acatar dichas normas con el capitán Christian Hellman, médico de las Fuerzas de Ocupación y buen amigo mío.

A finales de 1941 en la isla no había sal, y tampoco nos llegaba de Francia. Los tubérculos y las sopas resultan muy insípidos sin sal, así que a los alemanes se les ocurrió sacarla del agua del mar. Cogían el agua de la bahía y la vertían en un depósito enorme que habían colocado en el centro de St. Peter Port. Todo el mundo iba hasta el pueblo, llenaba cubos con aquella agua y los llevaba a su casa. A continuación hervíamos el agua hasta que se consumiera y aprovechábamos la costra que quedaba en el fondo de la cazuela como sal. Pero ese plan fracasó porque no había suficiente madera para desperdiciarla en mantener el fuego encendido tanto rato como para que el agua se evaporase, así que decidimos cocinar con la propia agua de mar.

Eso funcionó bien en lo que se refiere al sabor, pero había muchas personas mayores que no podían ir andando hasta el pueblo ni volver a casa cargando con el peso de los baldes. A nadie le quedaban ya fuerzas para semejante tarea. Yo cojeo ligeramente de una pierna mal curada, pero aunque eso me libró de servir en el ejército, nunca me ha causado molestias graves. Estaba muy fuerte y sano, así que empecé a repartir agua a varias familias.

Madame LePell me dio su viejo cochecito de bebé a cambio de una pala nueva y un poco de hilo de bramante, y el señor Soames me regaló dos barricas de vino pequeñas, de madera de roble, cada una provista de un tapón. Con una sierra corté las barricas por la parte de arriba para hacer unas tapas movibles y las ajusté al cochecito, es decir, me fabriqué un transporte. Algunas de las playas no estaban minadas y me resultó fácil bajar por las rocas, llenar de agua una barrica y volver a subir.

El viento de noviembre es cortante y hubo un día en que, después de subir de la bahía con la primera barrica de agua, me sentí las manos muy entumecidas. Estaba al lado de mi cochecito, intentando calentarme los dedos, cuando pasó Christian al volante de su coche. Se detuvo, dio marcha atrás y me preguntó si necesitaba algo. Le contesté que no, pero él de todas formas se apeó y me ayudó a subir la barrica al cochecito. A continuación, sin decir nada, bajó el acantilado conmigo para ayudarme con la segunda barrica.

No me había fijado en que él tenía un hombro y un brazo rígidos, pero entre eso, mi cojera y las piedras sueltas, ambos terminamos resbalando y chocando contra la ladera, con lo que la barrica se nos soltó de las manos. Se cayó, se hizo astillas en las rocas y nos empapó a los dos. A saber por qué eso nos resultó gracioso, pero lo cierto es que así fue. Nos apoyamos en la pared del acantilado sin poder dejar de reír. En ese momento se me salió del bolsillo el libro de los ensayos de Elia, y Christian, empapado, lo recogió. «Ah, Charles Lamb —dijo, al tiempo que me lo devolvía—. No era un tipo al que le importara un poco de humedad.» Mi sorpresa debió de ser evidente, porque añadió: «Suelo leerlo mucho en casa. Le envidio su biblioteca portátil.»

Trepamos hasta su coche. Me preguntó si iba a poder encontrar otra barrica. Le respondí que sí y le expliqué la ruta que hacía para repartir el agua. Afirmó con un gesto, y yo eché a andar con mi cochecito. Pero luego me volví y le dije: «Si quiere, puedo prestarle el libro.» Fue como si le hubiera bajado la luna. Nos presentamos y nos estrechamos la mano.

Después de eso, empezó a ayudarme a menudo a transportar el agua y luego me ofrecía un cigarrillo y nos quedábamos unos minutos en la carretera hablando de la belleza de Guernsey, de historia, de libros, de agricultura, pero nunca del momento presente; siempre elegíamos temas que no tuvieran nada que ver con la guerra. En una ocasión pasó por nuestro lado Elizabeth en su bicicleta. Había estado de guardia en la enfermería el día entero y posiblemente también parte de la noche anterior, y, al igual que el resto de nosotros, vestía unas ropas que eran más remiendos que tela. Sin embargo, Christian, al verla venir, se interrumpió en medio de una frase. Elizabeth se acercó hasta nosotros y se detuvo. Ninguno de los dos dijo nada, pero yo vi la expresión de su cara y me di prisa en marcharme. No me había dado cuenta de que ambos se conocían.

Christian había sido cirujano de campaña hasta que, debido a la lesión del hombro, lo trasladaron de Europa oriental a Guernsey. Luego, a principios de 1942, lo destinaron a un hospital de Caen; los bombarderos de los aliados hundieron su barco y él se ahogó. El doctor Lorenz, director del hospital de la ocupación alemana, se enteró de que él y yo éramos amigos y vino a comunicarme su fallecimiento. Me pidió que yo, a mi vez, le diera la noticia a Elizabeth, y así lo hice.

Es posible que la forma en que nos conocimos Christian y yo fuera poco habitual, pero nuestra amistad no lo fue. Estoy seguro de que muchos isleños trabaron amistad con algunos de los soldados. Pero a veces pienso en Charles Lamb y me maravillo de que un hombre nacido en 1775 me haya permitido tener dos amigos como Christian y usted.

Atentamente,

DAWSEY ADAMS

De Juliet a Amelia

4 de abril de 1946

Apreciada señora Maugery:

Ha salido el sol por primera vez en varios meses, y si me subo a la silla y estiro el cuello alcanzo a verlo reflejado en el río. Aparto la vista de los montones de escombros que hay al otro lado de la calle y finjo que Londres vuelve a ser hermosa.

He recibido una carta triste de Dawsey Adams en la que me habla de Christian Hellman, de su bondad y de su muerte. La guerra nunca acaba, ¿verdad? Una vida tan valiosa, perdida. Debió de ser un golpe muy duro para Elizabeth. Menos mal que contaba con usted, el señor Ramsey, Isola y Dawsey para ayudarla cuando nació la niña.

La primavera está al llegar. Casi tengo calor en este rincón iluminado por el sol. Y calle abajo —esta vez no aparto la mirada— hay un hombre con un jersey remendado, pintando la puerta de su casa de color azul cielo. Dos niños pequeños que han estado luchando con palos le piden que los deje ayudar. Él les entrega una brocha pequeña a cada uno. De modo que... quizá sí haya un final para la guerra.

Atentamente,

JULIET ASHTON

De Mark a Juliet

5 de abril de 1946

Querida Juliet:

Me estás esquivando y eso no me gusta. No quiero ver la obra de teatro con otra persona, quiero ir a verla contigo. De hecho, la obra me importa un bledo; lo único que intento es hacerte salir de ese piso. ¿Cenamos? ¿Tomamos un té? ¿Unos cócteles? ¿Salimos a navegar? ¿A bailar? Elige tú y yo obedeceré. Rara vez soy tan dócil, así que no desperdicies esta oportunidad.

Tuyo,

MARK

De Juliet a Mark

Querido Mark:

¿Te apetece acompañarme al Museo Británico? He quedado en la Sala de Lectura a las dos. Después podemos ver las momias.

JULIET

De Mark a Juliet

Al diablo con la Sala de Lectura y las momias. Ven a almorzar conmigo.

MARK

De Juliet a Mark

¿Eso es ser dócil?

JULIET

De Mark a Juliet

Al diablo con la docilidad.

M.

De Will Thisbee a Juliet

7 de abril de 1946

Apreciada señorita Ashton:

Soy uno de los miembros de la Sociedad Literaria del Pastel de Piel de Patata de Guernsey. Soy anticuario quincallero, aunque a algunos les gusta llamarme «ropavejero». También invento aparatos que ahorran trabajo, el último es una pinza eléctrica de tender que mece suavemente la ropa con la brisa, con lo cual las muñecas de la lavandera no sufren.

¿Hallé consuelo en la lectura? Sí, aunque no al principio. Al principio me sentaba en un rincón y me comía mi porción de pastel de patata en silencio. Pero Isola me abordó y me dijo que tenía que leer un libro y después comentarlo, como hacían los demás. Me dio uno titulado *Pasado y presente*, de

Thomas Carlyle, que me resultó aburridísimo —incluso me producía un tremendo dolor de cabeza—, hasta que llegué a la parte en la que habla de la religión.

Yo no he sido un hombre religioso, aunque no porque no lo haya intentado. Antes iba de iglesia en iglesia igual que las abejas van de flor en flor, pero nunca había conseguido entender lo que era la fe, hasta que el señor Carlyle me presentó la religión de una manera diferente. Él estaba paseando entre las ruinas de la abadía de Bury St. Edmunds cuando de repente le vino un pensamiento a la cabeza y lo escribió. Decía así:

> ¿Alguna vez os habéis parado a pensar que los hombres antes tenían un alma? Pero no porque lo dijeran otros, ni como una figura retórica, sino como una verdad que ellos conocían y conforme a la cual obraban. En realidad, aquél era otro mundo, [...] sin embargo, es una lástima que hayamos perdido la comunicación con nuestra alma, [...] tendremos que volver a buscarla, o cosas mucho peores nos habrán de suceder.

¿No es significativo que conozcamos nuestra propia alma por lo que dicen los demás en vez de por lo que ella nos comunica? ¿Por qué tengo que dejar que un predicador me diga si tengo o no alma? Si pudiera creer por mí mismo que tengo alma, podría escuchar, también por mí mismo, lo que ésta tenga que decirme.

Hablé del señor Carlyle en la sociedad, y eso provocó un gran debate acerca del alma. ¿Sí? ¿No? ¿Quizá? El que más gritaba era el doctor Stubbins, tanto que pronto todo el mundo dejó de discutir y se puso a escucharlo a él.

Thompson Stubbins es un hombre de pensamientos profundos. Antes era psiquiatra en Londres, hasta que en la cena anual de 1934 de la Sociedad de Amigos de Sigmund Freud se comportó como un enajenado mental. En cierta ocasión me contó la historia completa. Los miembros de dicha sociedad eran grandes conversadores y sus discursos duraban horas, mientras los platos aguardaban vacíos. En esa cena, finalmente les sirvieron y en la sala se hizo el silencio durante el rato que los psiquiatras estuvieron engullendo las chuletas. En ese paréntesis, Thompson vio su oportunidad. Dio unos golpecitos en su copa con una cuchara y dijo con voz estentórea para que todos lo oyeran:

«¿Alguno de ustedes ha pensado alguna vez que cuando se propuso la idea de la existencia del alma, Freud salió con la idea del ego para reemplazarla? ¡Qué oportuno! ¿Es que no se paró a reflexionar? ¡Viejo irresponsable! ¡En mi opinión, los hombres parlotean acerca de esa necedad del ego porque les da pavor no tener alma! ¡Piénsenlo!»

Thompson fue expulsado del grupo para siempre y se mudó a Guernsey para cultivar verduras. A veces viene conmigo en mi carreta y hablamos del ser humano, de Dios y de todo lo que hay en medio. Me habría perdido todo eso si no hubiera formado parte de la Sociedad Literaria del Pastel de Piel de Patata de Guernsey.

Dígame, señorita Ashton, ¿qué opina usted de este asunto? Isola dice que debería venir a Guernsey a visitarnos. En tal caso podría subir a la carreta con nosotros. Le pondría un cojín.

Mis mejores deseos de que siga con salud y felicidad.

WILL THISBEE

De la señora Clara Saussey a Juliet

8 de abril de 1946

Apreciada señorita Ashton:

He oído hablar de usted. Yo antes también formaba parte de la sociedad literaria, aunque apostaría a que ninguno de sus miembros le ha hablado de mí. Con ellos no leí ningún libro de un autor muerto, no, sino uno que escribí yo misma, uno de recetas de cocina. Y me atrevo a decir que provocó más lágrimas y aflicción que cualquiera de los que escribió Charles Dickens.

En la reunión escogí leer la forma correcta de asar un cochinillo. Se unta entero de mantequilla. Se deja que los jugos vayan saliendo y hagan chisporrotear el fuego. Tal era mi forma de leerlo que uno tenía la sensación de captar el olorcillo que despedía el cerdo al asarse y de oír cómo crujía la carne. Hablé también de mis tartas de cinco capas, que llevan una docena de huevos, de mis dulces de caramelo, de mis bolas de chocolate al ron y mis esponjosos bizcochos de nata. Bizcochos hechos con harina de trigo blanco, no con esa de grano agrietado y alpiste que usábamos entonces.

En fin, señorita, que mi público no pudo soportarlo. Cuando les leí mis sabrosas recetas perdieron el control. Isola Pribby, que hasta entonces siempre se había mostrado muy discreta, gritó que la estaba atormentando y que iba a lanzar un maleficio contra mis ollas. Will Thisbee dijo que ardería en el infierno, igual que mi mermelada de cerezas flambeada. Luego Thompson Stubbins me maldijo y Dawsey y Eben tuvieron que sacarme de allí para ponerme a salvo.

Eben vino al día siguiente a pedirme perdón por los modales que habían demostrado los miembros de la sociedad. Me dijo que debía tener en cuenta que la mayoría de ellos habían acudido a la reunión después de cenar una sopa de nabos (sin siquiera un hueso que le diera sabor) o patatas semicrudas asadas sobre un hierro candente, porque no había grasa en la que poder freírlas. Me rogó que fuera comprensiva y los perdonara.

Pues no pienso hacerlo, porque me llamaron cosas muy feas. Ni uno solo de ellos apreciaba de verdad la literatura. Y eso era mi libro de cocina: poesía pura en una sartén. Creo que estaban tan aburridos con lo del toque de queda y otras normas impuestas por los nazis que ansiaban tener una excusa para salir una noche, y eligieron la lectura.

Quiero que en su artículo cuente usted la verdad sobre ellos. En su vida habrían abierto un libro de no ser por la ocupación. Me mantengo firme en lo que digo, puede usted citarme textualmente.

Me llamo Clara S-A-U-S-S-E-Y. Con tres eses en total.

CLARA SAUSSEY (señora)

De Amelia a Juliet

10 de abril de 1946

Mi querida Juliet:

Yo también tengo la sensación de que esta guerra nunca se acaba. Cuando mi hijo, Ian, falleció en El Alamein —al lado de John, el padre de Eli—, la gente venía a darme el pésame y, creyendo que de esa forma me consolaban, decían: «La vida sigue.» «Qué tontería —pensaba yo—, por supuesto que la vida no sigue. La que sigue es la muerte; Ian está muerto ahora y lo seguirá estando mañana y pasado mañana y siempre.» Eso sí que no tiene fin. Sin embargo, quizá haya uno para la pena que causa. La pena ha arrasado el mundo igual que las aguas del diluvio universal, y tardará tiempo en remitir. Pero ya hay algunas islas de... ¿esperanza? ¿Felicidad? Algo parecido, en cualquier caso. Me gusta esa imagen suya subiéndose a una silla para poder ver un retazo de sol, al tiempo que aparta la mirada de los montones de escombros.

Mi mayor placer ha sido reanudar los paseos vespertinos por los acantilados. El canal ya no está cercado con alambre de espino, y los letreros enormes de «VERBOTEN» que tapaban el paisaje han desaparecido. Ya no hay minas en las playas, y puedo pasear por donde quiera y cuando quiera, todo el rato que me apetezca. Si subo a los acantilados y miro hacia el mar, no veo los feos búnkeres de cemento que quedan a mi espalda, ni la tierra desnuda y despojada de árboles. Ni siquiera los alemanes pudieron estropear esa visión.

Este verano empezarán a crecer los tojos alrededor de las fortificaciones, y el año que viene es posible que ya estén llenas de enredaderas. Espero que no tarden en cubrirlas del todo. Por más que mire hacia otra parte, nunca podré olvidar cómo fueron construidas.

Las levantaron los obreros de la organización Todt. Imagino que habrá oído hablar de esos esclavos de Alemania de los campos de trabajo del continente, pero ¿sabía que Hitler envió a más de dieciséis mil aquí, a las islas del Canal?

Estaba obsesionado con fortificar estas islas, ¡Inglaterra jamás debía recuperarlas! Sus generales llamaban a ésta «isla de la Locura». Hitler ordenó construir emplazamientos para grandes piezas de artillería, muros antitanque en las playas, cientos de búnkeres y baterías, depósitos de armas y bombas, varios kilómetros de túneles bajo tierra, un gigantesco hospital subterráneo y una vía férrea para transportar materiales de un extremo a otro. Las fortificaciones costeras eran absurdas: las islas del Canal estaban mejor fortificadas que la muralla atlántica que se construyó para frenar la invasión de los aliados. En todas las bahías había instalaciones. El Tercer Reich tenía que durar mil años... en hormigón.

De modo que Hitler necesitaba miles de esclavos. Reclutaron a hombres y niños, algunos fueron arrestados, otros secuestrados directamente en las calles, en las colas de los cines, en los cafés, en los caminos rurales y en los prados de cualquier territorio ocupado por los alemanes. Había incluso presos políticos de la Guerra Civil española. Los prisioneros de guerra rusos eran los que recibían peor trato, tal vez por la derrota de los alemanes en el frente ruso.

La mayoría de esos trabajadores llegaron a las islas en 1942. Los metían en cobertizos abiertos, en túneles, en rediles para el ganado, a algunos de ellos en casas. Los hacían recorrer la isla a pie hasta sus lugares de trabajo, esqueléticos, vestidos con pantalones raídos por cuyos agujeros se les veía la piel, a menudo sin abrigo que los protegiera del frío, sin ningún tipo de calzado, con los pies envueltos en trapos ensangrentados. Chicos jóvenes, de quince y dieciséis años, que estaban tan cansados y hambrientos que a duras penas lograban poner un pie delante del otro.

Los habitantes de Guernsey los esperaban en la puerta de sus casas para ofrecerles la poca comida o ropa de abrigo que les sobraba. A veces, los alemanes que vigilaban las columnas de trabajadores permitían que éstos rompieran filas para coger los regalos, otras los reducían a golpes con la culata del rifle.

Aquí murieron miles de esos hombres y muchachos, y hace poco me enteré de que el trato inhumano que recibieron respondía a la política dictada por Himmler. Denominaba a su plan «Muerte por agotamiento» y lo llevó a la práctica. Consistía en hacerlos trabajar mucho, no malgastar con ellos un avituallamiento que resultaba muy costoso y dejarlos morir. Siempre se los podría sustituir, como así se hizo, con nuevos esclavos procedentes de los países ocupados de Europa.

A algunos de esos trabajadores los tenían en la explanada del pueblo, rodeados de una cerca de alambre. Eran más de un centenar, pálidos como espectros, cubiertos de polvo de cemento, y contaban con un único grifo de agua para asearse.

A veces, los niños bajaban allí a verlos desde el otro lado de las alambradas. A través de éstas les pasaban nueces y manzanas, en ocasiones una patata. Había uno de los obreros que nunca cogía la comida, simplemente se acercaba a ver a los niños. Sacaba un brazo por el alambre para tocarles la cara o acariciarles el pelo.

Los alemanes les concedían medio día libre a la semana, los domingos, momento en que los ingenieros de sanidad vaciaban las aguas residuales en el mar con ayuda de una tubería de gran tamaño. Los peces se agolpaban para devorar los desperdicios, y entonces los trabajadores Todt se adentraban en el océano, con la porquería a la altura del pecho, para intentar atrapar algún pez con las manos y comérselo.

No hay flores ni enredaderas que puedan borrar semejantes recuerdos, ¿no cree?

Le he contado la parte más horrorosa de la guerra. Isola opina que debería venir y escribir un libro sobre la ocupación alemana. Me ha dicho que ella no posee el talento necesario para escribirlo, pero, aunque la quiero mucho, me aterroriza la posibilidad de que se compre un cuaderno y lo intente de todas formas.

Con afecto,

AMELIA MAUGERY

De Juliet a Dawsey

11 de abril de 1946

Apreciado señor Adams:

Después de haberme prometido que no volvería a escribirme, Adelaide Addison acaba de enviarme otra carta. En ella habla de todas las personas y prácticas que encuentra deplorables, y usted es una de esas personas, junto con Charles Lamb.

Parece ser que fue a verlo para entregarle el número de abril de la revista de la parroquia y no pudo dar con usted. No estaba ordeñando la vaca, ni trabajando en el huerto, ni limpiando la casa, ni haciendo ninguna de las cosas que debería estar haciendo un buen granjero. Así que entró en su granero y, ¡qué sorpresa!, ¿qué fue lo que vio? ¡A usted tumbado en el pajar leyendo un libro de Charles Lamb! Estaba tan «cautivado con ese borracho» que no se percató de su presencia.

Esa mujer es una verdadera plaga. ¿Por casualidad sabe usted a qué se debe? Yo me inclino a pensar que en el momento de su bautizo estuvo presente un hada malvada.

Sea como sea, la imagen de usted tumbado en el heno leyendo a Charles Lamb me ha gustado mucho. Me ha hecho acordarme de mi propia infancia en Suffolk. Mi padre era granjero, y yo le echaba una mano, aunque debo reconocer que lo único que hacía era apearme del coche, abrir la verja, cerrarla y volver a salir, recoger los huevos, arrancar las malas hierbas del huerto y aventar el heno cuando estaba de humor.

Recuerdo que me tumbaba en el pajar a leer *El jardín secreto* con un cencerro a mi lado. Leía durante una hora y luego tocaba el cencerro para que me trajeran un vaso de limonada. La señora Hutchins, la cocinera, acabó cansándose y se lo contó a mi madre. Así se terminó lo del cencerro, pero no lo de leer en el pajar.

El señor Hastings ha encontrado la biografía de Charles Lamb que escribió E. V. Lucas. Ha decidido no fijar ningún precio, sino enviársela de inmediato. Ha dicho: «Un admirador de Charles Lamb no debería tener que esperar.»

Con afecto,

JULIET ASHTON

De Susan Scott a Sidney

11 de abril de 1946

Querido Sidney:

Soy tan comprensiva como la que más, pero, maldita sea, si no vuelves pronto a Charlie Stephens le va a dar un ataque de nervios. No está hecho para trabajar, sino para entregar fajos gruesos de billetes y dejar que te encargues tú del trabajo. Ayer se presentó en la oficina antes de las diez, pero el esfuerzo lo dejó destrozado. A las once ya estaba blanco como la cal, y a las once y media se tomó un whisky. A las doce, una de esas inocentes jovencitas le mostró una sobrecubierta para que le diese el visto bueno, y los ojos se le salieron de las órbitas y empezó a tocarse la oreja de esa manera tan desagradable que tiene; un día se la va a arrancar de cuajo. A la una se fue a casa y hoy todavía no lo he visto (son las cuatro de la tarde).

En otro orden de cosas no menos deprimentes, te diré que Harriet Munfries se ha vuelto loca de remate; quiere que los colores de todo el catálogo infantil combinen. Rosa y rojo. No es broma. El chico que se encarga del correo (ya no me molesto en aprenderme los nombres) se emborrachó y tiró a la basura todas las cartas que iban dirigidas a personas cuyo nombre empezaba por «S». No preguntes por qué. La señorita Tilley se mostró tan grosera con Kendrick que éste intentó golpearla con el teléfono. No puedo reprochárselo, la verdad, pero cuesta mucho conseguir un teléfono y no podemos permitirnos el lujo de perder uno. Deberás despedirla en cuanto llegues.

Si necesitas algún aliciente más para comprar un billete de avión, también puedo decirte que la otra noche vi a Juliet y a Mark Reynolds muy acaramelados en el Café de París. Estaban sentados en la zona de reservados, pero desde mi mesa, en los barrios bajos, distinguí todas las señales reveladoras de un romance: él susurrándole tonterías al oído, ella con una mano apoyada en la de él, junto a los cócteles, él tocándole el hombro para mostrar cercanía. Consideré que, como devota empleada tuya, era mi deber interrumpirlos, así que me colé tras el cordón de terciopelo y me acerqué a saludar a Juliet. Se alegró mucho de verme y me invitó a que me sentara con ellos, pero la sonrisa de Mark me dejó bien claro que no deseaba compañía, de modo que me retiré. Es un hombre al que no conviene contrariar, con esa media sonrisa que tiene, por muy bonitas que sean sus corbatas. Además, mi madre se llevaría un disgusto tremendo si mi cadáver apareciera flotando en el Támesis.

Dicho de otro modo: agénciate una silla de ruedas, una muleta o un burro, pero vuelve a casa ya.

Un abrazo,

SUSAN

De Juliet a Sidney y a Piers

12 de abril de 1946

Queridos Sidney y Piers:

He estado saqueando las bibliotecas de Londres en busca de información acerca de Guernsey. Incluso he sacado una entrada para la Sala de Lectura, lo que demuestra hasta dónde llega mi dedicación al deber, pues, como sabéis, ese lugar me aterroriza.

He descubierto bastantes cosas. ¿Os acordáis de una serie de libros horrorosa y muy simple, de los años veinte, con títulos como *Tramp en Skye*, o *Tramp en Lindisfarne*, o *en Sheepholm*, según el puerto al que Tramp, el autor, hubiera llegado con su barco? Pues en el año 1930 dicho autor entró en el puerto de St. Peter Port, en Guernsey, y escribió una guía (que incluye excursiones de un día a Sark, Herm, Alderney y Jersey, donde un pato lo atacó ferozmente y tuvo que volver a casa).

El verdadero nombre de Tramp era Cee Cee Meredith, un idiota que se creía poeta y que era lo bastante rico como para ir navegando a cualquier parte, luego contarlo en un libro, imprimirlo por su cuenta y regalarle un ejemplar a cualquier amigo que quisiera aceptarlo. A Cee Cee no le importaban los hechos, le resultaban aburridos; prefería irse al páramo, la playa o la pradera florida que tuviera más cerca y entrar en trance con su musa. Pero, de todos modos, bendito sea, porque su libro *Tramp en Guernsey* es justo lo que necesitaba para hacerme una idea de la isla.

Cee Cee desembarcó en St. Peter Port tras dejar a su madre, Dorothea, en aguas próximas, mareada y vomitando en la cabina del timonel. En Guernsey, Cee Cee escribió poemas a las fresias y a los narcisos. Y también a los tomates. Se quedó admirado al ver las vacas y los toros, y compuso una cancioncilla en honor a los cencerros que llevaban («suena, suena, campanita»). Justo por debajo de las vacas, en opinión de Cee Cee, están las «gentes sencillas de las diversas parroquias que hay en la isla, que aún hablan el dialecto normando y creen en las hadas y las brujas». Cee Cee se dejó arrastrar por el encanto del lugar y vio un hada a la luz del crepúsculo.

Después de opinar sobre las casitas, los setos y las tiendecitas, por fin llegó al mar o, como dice él, «¡El mar! ¡Está por todas partes! El agua es de un azul celeste, esmeralda, plateado, cuando no es tan dura y oscura como un saco de clavos».

Menos mal que Tramp tenía un coautor, Dorothea, que era más adusta y renegaba de Guernsey y de todo lo que tuviera que ver con dicha isla. Ella se encargaba de contar la historia del lugar y no era muy dada a las florituras:

> [...] Acerca de la historia de Guernsey, en fin, cuanto menos se diga, mejor para todos. Estas islas pertenecieron antaño al ducado de Normandía, pero cuando Guillermo, duque de Normandía, se convirtió en Guillermo el Conquistador, se llevó consigo las islas del Canal metidas en el bolsillo y se las entregó a Inglaterra..., con ciertos privilegios especiales. Dichos privilegios se ampliaron más adelante con el rey Juan y de nuevo con Eduardo III. ¡¿Por qué?! ¿Qué hicieron los habitantes de estas islas para merecer esa deferencia? ¡Absolutamente nada! Luego, cuando el pelele de Enrique VI se las arregló para perder la mayor parte de Francia y devolvérsela a los franceses, las islas del Canal decidieron quedarse como una posesión de la Corona de Inglaterra. ¿Quién no hubiera hecho lo mismo?

> Por decisión propia, las islas del Canal deben obediencia y lealtad a la Corona de Inglaterra, pero, y ojo a esto, querido lector, ¡la Corona no puede obligarlas a hacer nada que no quieran hacer!
>
> [...] El órgano dirigente de Guernsey son los Estados de Deliberación, pero lo llaman «los Estados» para abreviar. El verdadero jefe de todo es el presidente de los Estados, que es elegido por los Estados y se lo denomina «gobernador». De hecho, todos sus miembros son elegidos, no nombrados por el rey. A ver, ¿para qué sirve un monarca ¡si no es para hacer nombramientos!?
>
> [...] El único representante de la Corona en esta horrible mezcolanza es el lugarteniente del gobernador. Y aunque puede asistir a las reuniones de los Estados y hablar y aconsejar todo lo que quiera, ¡no tiene derecho de voto! Al menos se le permite vivir en la residencia del gobernador, la única mansión de Guernsey que tiene algún interés, sin contar la de Sausmarez, y no la voy a contar.
>
> [...] La Corona no puede gravar las islas con impuestos, ni tampoco reclutar hombres. Mi honestidad me obliga a reconocer que los isleños no necesitan ser reclutados para ir a la guerra por su queridísima Inglaterra; han ido de forma voluntaria y han actuado como soldados y marines muy respetables, incluso heroicos, en batallas contra Napoleón y contra el Káiser. Pero, atención, esas acciones desinteresadas no compensan el hecho de que las islas del Canal no pagan impuestos a Inglaterra. Ni un chelín. ¡Dan ganas de escupir!

Éstas son sus frases más amables; el resto os las ahorro, pero ya os podéis hacer una idea.

Que uno de vosotros, o mejor los dos, haga el favor de escribirme. Quiero saber cómo les va al paciente y al enfermero. Cuéntame qué te dice el médico de la pierna, Sidney; a mí me parece que ya has tenido tiempo de que te crezca una nueva.

Muchos besos,

JULIET

De Dawsey a Juliet

15 de abril de 1946

Apreciada señorita Ashton:

Desconozco cuál es el mal de Adelaide Addison. Isola dice que es una plaga para todos porque le gusta serlo, considera que ése es su destino. Sin embargo, Adelaide me ha hecho un favor, ¿no cree? Le contó, mejor que yo, lo mucho que me estaba gustando Charles Lamb.

Me ha llegado la biografía. La he leído muy deprisa, estaba demasiado impaciente para contenerme. Pero la volveré a leer, esta vez más despacio, para poder asimilarlo todo bien. Me ha gustado lo que el señor Lucas dice de Lamb: «De cualquier cosa conocida y familiar, hacía algo nuevo y hermoso.» Lo que escribió el señor Lamb hace que me sienta más en casa en el Londres de él que aquí, en St. Peter Port.

Sin embargo, me cuesta mucho imaginarlo volviendo del trabajo y encontrándose a su madre muerta a puñaladas, a su padre sangrando y a su hermana, Mary, de pie junto a ellos con un cuchillo ensangrentado en la mano. ¿Cómo tuvo la presencia de ánimo necesaria para entrar en la habitación y quitarle el arma? Después de que la policía se la hubo llevado al manicomio, ¿cómo hizo para persuadir al juez del tribunal de que la dejase en libertad, exclusivamente a cargo de él? En aquel entonces tenía sólo veintiún años; ¿cómo logró convencerlo?

Prometió cuidar de Mary durante el resto de su vida y, una vez que tomó ese camino, ya no lo abandonó. Es triste que tuviera que dejar de escribir poesía, lo que tanto le gustaba, para empezar a escribir crítica y ensayo, géneros que no lo satisfacían demasiado, para poder ganar dinero.

Lo veo trabajando durante toda su vida como administrativo en la Compañía de las Indias Orientales a fin de ahorrar dinero para cuando llegara el día, que llegó, en que su hermana volviera a enloquecer y fuera necesario internarla en un establecimiento privado.

Y aun entonces la echaba de menos, porque eran muy amigos. Figúreselo: él vigilándola como un halcón, atento a la aparición de los temibles síntomas, y ella presintiendo que se acercaba otro ataque y sin poder hacer nada para impedirlo. Eso debió de ser lo peor de todo. Lo imagino sentado, mirando furtivamente a su hermana, y a ella, también sentada, viendo cómo él la miraba. Debían de odiar tanto la manera en que el otro estaba obligado a vivir...

Pero ¿no le parece que cuando Mary estaba cuerda no había nadie que lo estuviera más que ella, ni que fuera mejor compañía? Desde luego, Charles así lo creía, y también todos sus amigos: Wordsworth, Hazlitt, Leigh Hunt y, en primer lugar, Coleridge. El día que éste murió, encontraron una nota suya en el ejemplar que estaba leyendo. Decía así: «Charles y Mary Lamb, a quienes quiero con el corazón y que son mi corazón mismo.»

Quizá me he excedido hablando de él, pero es que deseaba que usted y el señor Hastings supieran lo mucho que me han hecho reflexionar sus libros y el gran placer que encuentro en ellos.

Me gusta lo que cuenta de su infancia, lo del cencerro y el pajar. Casi me parece estar viéndola. ¿Disfrutaba viviendo en una granja? ¿Alguna vez lo echa de menos? En Guernsey nunca se está del todo lejos de la vida en el campo, ni siquiera en St. Peter Port, así que me cuesta trabajo imaginar lo distinto que sería vivir en una ciudad grande como Londres.

Kit ha cogido manía a las mangostas ahora que sabe que comen serpientes. Espera encontrar una boa constrictor debajo de una piedra. Esta tarde ha venido Isola y me ha dicho que le dé recuerdos, que le escribirá tan pronto como termine de recoger sus plantas: romero, eneldo, tomillo y beleño.

Con afecto,

DAWSEY ADAMS

De Juliet a Dawsey

18 de abril de 1946

Apreciado Dawsey:

Me alegra mucho que quiera hablar de Charles Lamb. Yo siempre he sido de la opinión de que la desgracia de Mary lo convirtió en un escritor magnífico, aunque eso lo obligase a dejar la poesía y trabajar como empleado de la Compañía de las Indias Orientales. Tenía una capacidad para la compasión de la que carecían todos sus grandes amigos. Cuando Wordsworth le reprochó su falta de interés por la naturaleza, Charles le escribió: «No siento ninguna pasión por los valles y las arboledas. Las habitaciones en las que crecí, los muebles que he tenido toda la vida ante mis ojos, una estantería de libros que me ha seguido siempre como un perro fiel adondequiera que he ido, sillas viejas, calles antiguas, plazas en las que he tomado el sol, mi escuela... ¿Acaso no tengo suficiente para prescindir de tus montañas? No te envidio. Te compadecería si no supiera que la mente se acostumbra a cualquier cosa.» Una mente que es capaz de acostumbrarse a cualquier cosa... Pensé mucho en ello durante la guerra.

Hoy he descubierto por casualidad otro dato sobre él: que solía beber mucho, demasiado, pero en cambio no se ponía de malhumor cuando se emborrachaba. Una vez tuvo que llevarlo a casa el mayordomo de su anfitrión, cargándolo sobre el hombro, como hacen los bomberos. Al día siguiente, Charles escribió a su anfitrión una nota de disculpa tan divertida que el caballero se la legó a su hijo en su testamento. Espero que escribiera también al mayordomo.

¿Alguna vez se ha fijado en que cuando nuestra mente experimenta interés o atracción por alguien nuevo, de pronto el nombre de esa persona aparece en todas partes? Mi amiga Sophie lo llama «coincidencia», y el reverendo Simpless, «gracia divina»: según él, si uno se interesa profundamente por alguien o algo nuevo, proyecta una especie de energía hacia el mundo y atrae la «fecundidad».

Con afecto,

JULIET

De Isola a Juliet

18 de abril de 1946

Querida Juliet:

Ahora que ya somos amigas por correspondencia, quisiera hacerle unas preguntas sumamente personales. Dawsey me ha dicho que sería una falta de respeto, pero yo creo que es sólo una de las diferencias que existen entre hombres y mujeres, no una cuestión de ser educado o maleducado. Dawsey no me ha hecho una sola pregunta personal en quince años. Si me la hiciera, no me lo tomaría a mal, pero es muy reservado. No cuento con cambiar su forma de ser ni yo tampoco cambiaré la mía. El caso es que como he visto que usted desea saber cosas sobre nosotros, supongo que también le gustaría que nosotros supiéramos algo de usted, lo que pasa es que no se le ha ocurrido a usted primero.

En primer lugar, he visto una foto suya en la cubierta del libro que escribió sobre Anne Brontë, de modo que ahora sé que tiene menos de cuarenta años, ¿cuántos menos? ¿Le estaba dando el sol en los ojos o es que tiene estrabismo? ¿Es permanente? Ese día debía de hacer mucho viento, porque se le ve el pelo revuelto. No he logrado discernir de qué color lo tiene, aunque veo que no es rubio. De lo cual me alegro, porque no me gustan mucho las personas rubias.

¿Vive junto al río? Espero que sí, porque quienes viven cerca de un curso de agua son mucho más agradables que los que no. Yo, si viviera tierra adentro, sería más mala que un escorpión. ¿Tiene algún pretendiente serio? Yo no.

¿Su piso es acogedor o imponente? Deme todos los detalles que pueda, porque quisiera hacerme una idea. ¿Le gustaría venir a Guernsey a vernos? ¿Tiene algún animal de compañía? ¿Cuál?

Su amiga,

ISOLA

De Juliet a Isola

20 de abril de 1946

Querida Isola:

Me alegra que quiera saber más cosas de mí y sólo lamento que no se me haya ocurrido a mí antes.

Primero, el momento actual: tengo treinta y tres años, y ha acertado usted, me estaba dando el sol en los ojos. Cuando estoy de buen humor, digo que tengo el pelo de color castaño con reflejos dorados. Cuando estoy de mal humor, digo que es de un tono marrón parduzco. Aquel día no hacía viento, ése es el estado natural de mi pelo. El cabello rizado es una desgracia, y no se lo crea si alguien le dice lo contrario. Tengo los ojos de color avellana. Y aunque estoy delgada, no soy lo bastante alta para que eso resulte atractivo.

Ya no vivo junto al Támesis, y es lo que más echo de menos de mi antigua casa: me encantaba ver y oír el río a todas horas. Ahora vivo en Glebe Place, en un piso de alquiler. Es pequeño y está amueblado hasta el último centímetro. El propietario regresará de Estados Unidos en noviembre, de modo que hasta entonces la vivienda está a mi entera disposición. Me gustaría tener un perro, pero los administradores del edificio nos han prohibido los animales de compañía. No estoy muy lejos de Kensington Gardens, así que si empiezo a sentir claustrofobia puedo dar un paseo hasta el parque, alquilar una tumbona por un chelín, repantigarme bajo los árboles, contemplar a la gente que pasa y a los niños que juegan, y así relajarme... un poco.

El número 81 de Oakley Street fue destruido por una bomba V-1 hace poco más de un año. La mayoría de los daños los sufrió la hilera de casas que estaban detrás de la mía, pero en el número 81 desaparecieron tres plantas enteras y ahora mi piso es un montón de escombros. Espero que el señor Grant, el propietario, decida reconstruirlo, porque quisiera recuperarlo tal como era, o bien un facsímil de él, con el paseo Cheyne y el río al otro lado de la ventana.

Por suerte, cuando cayó la bomba yo estaba de viaje en Bury. Sidney Stark, que es un amigo mío y actualmente mi editor, fue a recogerme al tren aquella noche para llevarme a casa, y juntos contemplamos la enorme montaña de escombros y lo que había quedado del edificio.

Como había desaparecido una parte de la pared, se veían mis cortinas hechas jirones agitándose al viento, y también mi escritorio, con tres patas y caído de lado en el trozo de suelo que quedaba. Mis libros estaban todos desparramados, empapados y llenos de fango. También vi el retrato de mi madre aún colgado en la pared, medio arrancado y manchado de hollín, pero no había modo seguro de recuperarlo. El único objeto que permanecía intacto era mi pisapapeles de cristal, con la expresión «CARPE DIEM» grabada en la parte superior. Había pertenecido a mi padre... y allí estaba, entero y sin haber sufrido mella alguna, encima de un montón de ladrillos rotos y astillas de madera. No podía quedarme sin él, así que Sidney trepó por encima de los escombros y lo rescató.

Fui una niña bastante buena hasta que fallecieron mis padres, cuando tenía doce años. Entonces dejé la granja en la que vivíamos, en Suffolk, y me vine a Londres con mi tío abuelo. En aquella época estaba furiosa, resentida y me volví taciturna. Me escapé dos veces de casa y no paraba de causar problemas a mi tío, pero por entonces me alegraba de ello. Ahora me avergüenzo al acordarme de cómo lo trataba. Falleció cuando yo tenía diecisiete años, de modo que no tuve ocasión de pedirle perdón.

Cuando tenía trece, mi tío decidió enviarme a un internado. Obedecí, malhumorada como de costumbre. Allí me recibió la directora, que me llevó con paso firme hasta el comedor y me condujo a una mesa en la que había otras cuatro chicas. Me senté cruzada de brazos y con las manos metidas bajo las axilas, con el gesto ceñudo de un águila que está mudando las plumas, buscando a quién odiar. Y mi vista cayó sobre Sophie Stark, la hermana pequeña de Sidney.

Era preciosa, con el pelo rizado y rubio, unos ojos azules y grandes y una sonrisa encantadora de verdad. Hizo un esfuerzo para hablar conmigo, pero yo no le respondí, hasta que dijo: «Espero que seas feliz aquí.» Le contesté que no pensaba quedarme el tiempo suficiente para averiguarlo, que en cuanto me enterase del horario de los trenes me largaría.

Aquella noche me encaramé al tejado del dormitorio común con la intención de sentarme allí a oscuras a reflexionar. A los pocos minutos apareció Sophie, con el horario de los trenes en la mano.

No hace falta decir que no me escapé. Me quedé, y Sophie se convirtió en mi nueva amiga. A menudo su madre me invitaba a su casa por vacaciones, y allí fue donde conocí a Sidney. Era diez años mayor que yo y, naturalmente, me pareció un dios. Más adelante se convirtió en un hermano mayor un poco mandón y luego en uno de mis mejores amigos.

Sophie y yo acabamos el internado y, como no queríamos seguir estudiando, sino ¡vivir la vida!, vinimos a Londres y alquilamos juntas un piso que nos buscó Sidney. Estuvimos una temporada trabajando en una librería y por las noches yo escribía cuentos cortos que luego tiraba a la basura.

Entonces el *Daily Mirror* patrocinó un concurso de ensayos: quinientas palabras sobre el tema «Qué es lo que más temen las mujeres». Sabía lo que pretendía el *Mirror*, pero a mí me dan mucho más miedo las gallinas que los hombres, así que escribí acerca de eso. Los jueces, encantados de no verse en la obligación de leer otro texto más sobre sexo, me concedieron el primer premio. Cinco libras y, por fin, ser publicada. El *Daily Mirror* recibió tantas cartas de admiradores que me encargaron un artículo, y después otro. No tardé en empezar a escribir también para otros diarios y revistas. Luego estalló la guerra, y el *Spectator* me invitó a redactar dos columnas a la semana con el título general «Izzy Bickerstaff se va a la guerra». Sophie se enamoró de un piloto llamado Alexander Strachan. Se casaron y se fue a vivir a la granja que tenía la familia de él en Escocia. Yo soy la madrina de su hijo, Dominic, y aunque no le he enseñado ningún himno de batalla, la última vez que lo vi arrancamos las bisagras de la puerta del sótano. Fue una emboscada de los pictos.

Supongo que sí tengo un pretendiente, pero todavía no me he acostumbrado a él. Es sumamente encantador y me lleva a cenar a sitios maravillosos, pero yo a veces prefiero los pretendientes de los libros a los que tengo justo delante. Qué horrible, retrógrado, cobarde y retorcido será eso si resulta que es cierto.

Sidney publicó un recopilatorio de mis columnas de Izzy Bickerstaff y estuve de gira para promocionarlo. Y luego... empecé a escribir cartas a unos desconocidos que viven en la isla de Guernsey, ahora amigos, a los que sin duda me gustaría mucho conocer en persona.

Un abrazo,

JULIET

De Eli a Juliet

21 de abril de 1946

Apreciada señorita Ashton:

Gracias por los bloques de madera, son preciosos. Me costó creer lo que estaba viendo cuando abrí la caja que me envió, todos esos tamaños y colores, desde el más claro hasta el más oscuro...

¿Cómo ha podido encontrar maderas distintas y con todas esas formas? Debe de haber recorrido muchos sitios para dar con ellas. Estoy seguro de que lo ha hecho y no sé cómo darle las gracias. Además, me han llegado en el momento más oportuno. El animal favorito de Kit es una serpiente que vio en un libro, y me ha sido muy fácil de tallar, porque es larga y delgada. Ahora le ha dado por los hurones. Dice que si le tallo uno no volverá a coger mi cuchillo. No creo que sea demasiado difícil de hacer, porque también es un animal de forma puntiaguda. Gracias a su regalo, ahora tengo madera de sobra para practicar.

¿Hay algún animal que le gustaría tener a usted? Quiero tallarle uno como regalo, pero quisiera que fuese algo que le gustase. ¿Qué le parece un ratón? Los ratones se me dan bien.

Atentamente,

ELI

De Eben a Juliet

22 de abril de 1946

Apreciada señorita Ashton:

El viernes llegó la caja que le envió a Eli. ¡Qué amable por su parte! Se sienta y se pone a examinar atentamente los bloques de madera, como si estuviese viendo algo oculto dentro de ellos que él pudiera extraer con su cuchillo.

Me preguntó usted si todos los niños de Guernsey fueron evacuados a Inglaterra. No, hubo algunos que se quedaron, y aunque echaba de menos a Eli, miraba a los pequeños que había a mi alrededor y me alegraba de que él se hubiera marchado. Los niños que se quedaron aquí lo pasaron muy mal, porque no había comida y estaban en edad de crecimiento. Recuerdo que un día levanté en brazos al hijo de Bill LePell; tenía doce años y pesaba como uno de siete.

Fue terrible tener que elegir entre enviar a nuestros pequeños a vivir con personas desconocidas o que se quedaran aquí, con nosotros. Cabía la posibilidad de que no vinieran los alemanes, pero si venían, ¿qué nos harían? Y si invadían también Inglaterra, ¿cómo se las iban a arreglar los niños sin tenernos a sus familiares al lado?

¿Sabe usted cómo nos quedamos cuando llegaron los alemanes? Yo diría que en estado de shock. Lo cierto es que no pensábamos que fueran a venir a por nosotros. Ellos querían Inglaterra, nosotros no les servíamos para nada. Creímos que íbamos a ser meros espectadores, que no íbamos a subir al escenario.

Luego, en la primavera de 1940, Hitler atravesó Europa con la misma facilidad con que un cuchillo atraviesa la mantequilla. Todo iba cayendo a su paso. Fue tan rápido... En Guernsey las ventanas temblaban y se sacudían a causa de las explosiones que estaban teniendo lugar en Francia, y una vez que la costa francesa hubo caído, quedó claro como el agua que Inglaterra no iba a poder enviar soldados y barcos para defendernos a nosotros. Necesitaba reservarlos para cuando comenzara la invasión de verdad. De modo que nos abandonaron a nuestra suerte.

A mediados de junio, cuando ya era bastante seguro que la llegada de los alemanes era inminente, los Estados llamaron a Londres para preguntar si iban a enviar barcos para evacuar a nuestros niños. No podían mandar aviones por miedo a que fueran derribados por la Luftwaffe. Londres accedió, pero advirtió que los pequeños tenían que estar preparados de inmediato, pues los barcos tendrían que darse mucha prisa en ir y volver mientras todavía hubiera tiempo. La gente estaba desesperada, y reinaba una intensa sensación de urgencia.

En aquellos momentos, Jane se encontraba débil como un gatito, pero tenía claro lo que quería: que Eli se fuera. Otras mujeres no sabían qué hacer, si dejar que sus hijos marcharan o permitir que se quedaran, y hablaban de ello con gran revuelo, pero Jane le pidió a Elizabeth que las echara a todas. «No quiero oírlas. Tanto escándalo no es bueno para el niño.» Mi hija creía que los bebés se daban cuenta de todo lo que sucedía a su alrededor, incluso antes de nacer.

Pero el período de reflexión duró poco. Las familias dispusieron de un solo día para decidirse y cinco años para asimilarlo. Primero evacuaron a los niños de edad escolar y a los bebés acompañados de sus madres, los días 19 y 20 de junio. Los Estados dieron algo de dinero a los niños cuyos padres no podían permitírselo. Los más pequeños estaban muy ilusionados con los dulces que iban a poder comprarse. Algunos pensaron que aquello era como cualquier otra excursión de domingo y que estarían de regreso por la noche. En eso tuvieron suerte. Los que eran un poco más mayores, como Eli, sabían que no iba a ser así.

De todo lo que vi el día que se marcharon, hay una imagen que no puedo borrarme de la cabeza: dos niñas pequeñas con unos vestiditos de color rosa muy elegantes, unas enaguas almidonadas y unos zapatos con cordones, como si la madre las hubiera arreglado para ir a una fiesta. Cuánto frío debieron de pasar al cruzar el canal.

Teníamos que llevar a los niños a la escuela. Allí era donde debíamos despedirnos de ellos. A continuación unos autobuses los trasladarían hasta el muelle. Los barcos acababan de pasar por Dunkerque y volvieron a cruzar el canal para venir a recoger a los niños. No hubo tiempo para organizar un convoy de acompañamiento. No hubo tiempo para conseguir suficientes botes y chalecos salvavidas.

Aquella mañana, primero hicimos un alto en el hospital para que Eli se despidiera de su madre, pero el pobre no fue capaz. Tenía la mandíbula tan apretada y tensa que sólo pudo asentir con la cabeza. Jane lo abrazó un instante, y a continuación Elizabeth y yo lo llevamos al patio de la escuela. Le di un abrazo fuerte y aquélla fue la última vez que lo vi en cinco años. Elizabeth se quedó, porque se había ofrecido voluntaria para ayudar a los niños a prepararse.

Caminaba de vuelta al hospital cuando de pronto me vino a la memoria algo que me había dicho Eli en cierta ocasión. Tendría unos cinco años y estábamos yendo hacia La Courbière para ver la llegada de los barcos de pesca. Había una vieja sandalia de lona tirada en el suelo, justo en medio del camino. Eli la esquivó al tiempo que la observaba fijamente, hasta que por fin me dijo: «Abuelo, esa sandalia está muy sola.» Yo le contesté que así era. Él la observó un poco más y luego continuamos andando. Al cabo de unos minutos me dijo: «Abuelo, a mí nunca me pasa eso.» «¿El qué?», le pregunté yo. Y me respondió: «Estar yo solo conmigo.»

¡Ahí lo tenía! Acababa de encontrar algo divertido que decirle a Jane y recé para que Eli continuara sintiéndose así.

Isola dice que quiere contarle lo que ocurrió en la escuela. Que fue testigo de una escena que seguramente le interesará a usted como escritora: Elizabeth le dio una bofetada a Adelaide Addison y la echó a la calle. Usted no conoce a la señorita Addison, y no sabe la suerte que tiene. Es demasiado para soportarla a diario.

Isola me ha dicho que a lo mejor viene de visita a Guernsey. Me encantaría que se alojase conmigo y con Eli.

Atentamente,

EBEN RAMSEY

Telegrama de Juliet a Isola

¿DE VERDAD ELIZABETH LE DIO UNA BOFETADA A ADELAIDE ADDISON? ¡CUÁNTO ME GUSTARÍA HABER ESTADO PRESENTE! DEME DETALLES, POR FAVOR. ABRAZO, JULIET.

De Isola a Juliet

24 de abril de 1946

Querida Juliet:

Sí, en efecto, le dio una bofetada. Y fue maravilloso.

Estábamos todos en la escuela de St. Brioc, ayudando a los niños a prepararse para subir a los autobuses que los trasladarían hasta los barcos. Los Estados no querían que los padres entraran en el colegio, se hubiera concentrado demasiada gente y hubiera sido demasiado triste. Era mejor que se despidieran fuera. Un solo niño llorando podía contagiar a todos los demás.

Así que fuimos unos desconocidos quienes les atamos los cordones, les limpiamos la nariz y les colgamos al cuello una chapa con su nombre. Abrochamos botones y jugamos con ellos a la espera de que llegaran los autobuses.

Yo estaba con un grupo que intentaba tocarse la nariz con la lengua, y Elizabeth con otro que jugaba a eso de adivinar quién está mintiendo —no recuerdo cómo se llama—, cuando de repente entró Adelaide Addison con esa expresión tan triste que tiene siempre, toda beatería y nada de sentido común.

Reunió a un grupo de niños a su alrededor y empezó a cantar el himno «Por aquellos que perecen en el mar». Pero «protégelos de las tempestades» por lo visto no le pareció suficiente, Dios también tenía que impedir que les cayera encima una bomba. Empezó a ordenar a aquellas pobres criaturas que rezasen todas las noches por sus padres, porque ¿quién sabía lo que podían hacerles los soldados alemanes en la isla? Luego les dijo que tenían que portarse muy bien para que papá y mamá, cuando los vieran desde el cielo, ¡se sintieran orgullosos de ellos!

Se lo aseguro, Juliet, los pobres chiquillos lloraban a mares. Yo me quedé paralizada, estupefacta, pero Elizabeth no. Más rápida que la lengua de una víbora, agarró a Adelaide por el brazo y le dijo que hiciera el favor de cerrar la boca.

Adelaide chilló: «¡Suélteme! ¡Estoy difundiendo la palabra de Dios!»

Elizabeth le lanzó una mirada que habría dejado petrificado al mismo diablo y acto seguido le propinó una bofetada —fuerte, bien dada, incluso hizo que le oscilara la cabeza—, después la arrastró hasta la salida, la sacó a la calle y cerró con llave. Adelaide se quedó allí aporreando la puerta sin parar, pero nadie le hizo caso. Miento: la tonta de Daphne Post intentó abrirle, pero yo la agarré por el cuello con un brazo y se detuvo.

Creo que el hecho de presenciar una buena discusión hizo que los pequeños dejaran de tener miedo, porque cesaron los llantos. Llegaron los autobuses y se subieron a ellos. Elizabeth y yo no volvimos a casa, nos quedamos diciéndoles adiós con la mano hasta que los autocares se perdieron de vista.

Espero no tener que volver a vivir otro día como ése, incluso con la bofetada que se llevó Adelaide. Todos aquellos niños solos en el mundo... Me alegré de no tener ninguno.

Gracias por contarme la historia de su vida. Sufrió una profunda aflicción por lo de sus padres y por lo de su piso junto al río, y lo lamento de verdad. Sin embargo me alegro de que tenga amigas como Sophie y su madre, y a Sidney. Además, ese tal Sidney parece muy buena persona, aunque sea mandón. Es un defecto muy común en los hombres.

Clovis Fossey quiere saber si podría enviarnos un ejemplar de ese ensayo suyo sobre las gallinas con el que ganó el premio. Dice que sería estupendo leerlo en voz alta en una de las reuniones. Y después podríamos incluirlo en nuestro archivo, si es que alguna vez llegamos a tener uno.

A mí también me gustaría leerlo, las gallinas son el motivo de que en una ocasión me cayera del tejado de un gallinero, porque me persiguieron hasta allí. ¡Cómo venían hacia mí, con aquellos picos tan afilados y aquellos ojos desorbitados! La gente no sabe que pueden atacar, pero lo hacen como perros salvajes. Hasta que estalló la guerra yo no había tenido gallinas, luego me vi obligada, pero nunca me he sentido cómoda con ellas. Antes preferiría que *Ariel* me embistiera el trasero; al menos sería un ataque directo y sincero, no taimado como el de una gallina, que se te acerca sigilosamente para picarte.

Me gustaría que viniera a vernos. También a Eben, Amelia y Dawsey, y a Eli. Kit no está tan segura, pero eso no debe importarle, seguramente cambiará de opinión. Ese artículo suyo no tardará en publicarse, de modo que después podría venir a descansar unos días. A lo mejor descubre alguna historia sobre la que le apetezca escribir.

Su amiga,

ISOLA

De Dawsey a Juliet

26 de abril de 1946

Apreciada Juliet:

Se me ha terminado el empleo provisional que tenía en la cantera, y Kit se quedará en casa durante una temporada. Ahora está sentada debajo de la mesa sobre la que estoy escribiendo y no para de susurrar. «¿Qué?», le he preguntado, y se ha hecho un largo silencio. Luego ha vuelto a empezar y he logrado distinguir que pronunciaba mi nombre, entre otras cosas. Esto es lo que los generales llaman «guerra de nervios», y ya sé quién va a ganarla.

Físicamente, Kit no se parece mucho a Elizabeth, salvo porque tiene los ojos grises y porque adopta una expresión especial cuando se concentra. Sin embargo, por dentro es como su madre: de sentimientos apasionados. Ya de pequeñita era así. Lloraba con unos alaridos que hacían temblar los cristales de las ventanas, y cuando me agarraba el dedo con la manita, me lo dejaba blanco. Yo no sabía nada de recién nacidos, pero Elizabeth me obligó a aprender. Me dijo que estaba predestinado a ser padre y que ella tenía la responsabilidad de cerciorarse de que supiera desempeñar esa tarea mejor que los demás. Echaba de menos a Christian, y no sólo por ella, sino también por Kit.

Kit sabe que su padre está muerto. Se lo contamos Amelia y yo, pero no supimos cómo explicarle lo de Elizabeth. Al final le dijimos que la habían enviado lejos y que teníamos la esperanza de que volviera pronto. Kit nos miró a los dos, pero no preguntó nada; se limitó a salir de la casa y meterse en el granero. No sé si hicimos bien.

Hay días en que la ansiedad me consume deseando que Elizabeth regrese. Nos hemos enterado de que sir Ambrose Ivers falleció en uno de los bombardeos de Londres y, como Elizabeth es la heredera de sus posesiones, sus abogados han empezado a buscarla. Ellos sin duda cuentan con mejores medios que yo, así que tengo la esperanza de que el señor Dilwyn reciba alguna noticia de ella —o sobre ella— a no mucho tardar. Sería maravilloso para Kit y para todos nosotros que la encontrasen.

Este sábado la sociedad hará una salida. Vamos a asistir a la representación de *Julio César* de la compañía de repertorio de Guernsey. John Booker hace de Marco Antonio y Clovis de César. Isola ha estado ensayando el texto con él y dice que nos quedaremos sorprendidos con su interpretación, sobre todo con el momento en que el personaje, después de morir, exclama entre dientes: «¡A decirte que me verás en Filipos!» Dice que se ha pasado tres noches sin dormir recordando el modo en que Clovis declama esa última frase. Isola exagera, pero lo hace para divertirse.

Kit ha dejado de susurrar. Me he asomado debajo de la mesa y he visto que se ha dormido. Es más tarde de lo que pensaba.

Afectuosamente,

DAWSEY

De Mark a Juliet

30 de abril de 1946

Querida:

Acabo de volver a casa. Podría haberme ahorrado este viaje si Henry me hubiera llamado por teléfono, pero he hecho entrechocar unas cuantas cabezas y he conseguido que pasen todo el envío por la aduana. Me siento como si hubiera estado varios años fuera. ¿Podemos vernos esta noche? Necesito hablar contigo.

Con cariño,

M.

De Juliet a Mark

Por supuesto. ¿Quieres venir a casa? Tengo una salchicha.

JULIET

De Mark a Juliet

Una salchicha... qué apetitoso.

¿En el Suzette a las ocho?

Con cariño,

M.

De Juliet a Mark

Pídemelo por favor.

J.

De Mark a Juliet

Por favor, ven al Suzette a las ocho.
Con cariño,

M.

De Juliet a Mark

1 de mayo de 1946

Querido Mark:

No te dije que no, te dije que quería pensarlo. Estabas tan ocupado despotricando de Sidney y de Guernsey que a lo mejor no te diste cuenta, pero únicamente te dije que necesitaba un poco de tiempo. Hace sólo dos meses que nos conocemos. Para mí no es tiempo suficiente para estar segura de que quiera pasar el resto de mi vida contigo, aunque tú sí lo estés. Ya cometí un error terrible una vez y estuve a punto de casarme con un hombre al que apenas conocía (es posible que hayas leído la historia en los periódicos), pero por lo menos en ese caso la guerra actuó de atenuante. No tengo intención de volver a ser tan tonta.

Piénsalo: nunca he visto dónde vives, lo cierto es que ni siquiera sé dónde vives. En Nueva York, sí, pero ¿en qué calle? ¿Cómo es tu casa? ¿De qué color son las paredes? ¿Y el sofá? ¿Colocas los libros por orden alfabético? (Espero que no.) ¿Tienes los cajones ordenados o desordenados? ¿Tarareas alguna vez, y qué tarareas? ¿Te gustan más los gatos o los perros? ¿O los peces? ¿Qué demonios te preparas para desayunar... o tienes cocinera?

¿Lo ves? No te conozco lo suficiente para casarme contigo.

Tengo otra noticia que quizá pueda interesarte: Sidney no es tu rival. No estoy, y nunca he estado, enamorada de él, y él de mí tampoco. Ni pienso casarme con Sidney. ¿Te parece lo bastante contundente?

¿Estás seguro de que no preferirías casarte con alguien más dócil que yo?

JULIET

De Juliet a Sophie

1 de mayo de 1946

Queridísima Sophie:

Ojalá estuvieras aquí. Ojalá siguiéramos viviendo juntas en nuestro encantador estudio y trabajando en la librería de nuestro querido señor Hawke, y siguiéramos cenando todas las noches queso con galletas. Tengo muchas ganas de hablar contigo. Quiero que me digas si debo o no casarme con Mark Reynolds.

Me lo pidió anoche en un romántico restaurante francés; no se puso de rodillas, pero sacó un diamante tan grande como un huevo de paloma. Aunque no estoy segura de que esta mañana continúe queriendo casarse conmigo; está tremendamente furioso porque no le respondí con un sí inequívoco. He intentado explicarle que no lo conozco lo suficiente y que necesito tiempo para pensar, pero no me escucha. Está convencido de que lo he rechazado porque siento una pasión secreta... ¡por Sidney! Desde luego, esos dos están del todo obsesionados el uno con el otro.

Menos mal que para entonces ya estábamos en su piso, porque empezó a levantar la voz despotricando de Sidney, de islas perdidas en el quinto infierno y de mujeres que se preocupan más por un grupo de desconocidos que por el hombre que tienen delante de sus narices (se refería a Guernsey y a los amigos que he hecho allí). Yo seguía intentando explicarle las cosas y él seguía gritando, hasta que rompí a llorar de pura frustración. Entonces se arrepintió, cosa insólita en él, tanto que a punto estuve de cambiar de opinión y decirle que sí. Pero luego imaginé una vida entera teniendo que llorar para conseguir que fuera amable conmigo, y volví al no. Terminamos discutiendo, me sermoneó, yo lloré otro poco más porque ya estaba agotada, y al final llamó a su chófer para que me llevase a casa. Después de acomodarme en el asiento de atrás, se inclinó para darme un beso y me dijo: «Juliet, eres idiota.»

Y es posible que tenga razón. ¿Te acuerdas de aquellas novelas horribles de Cheslayne Fair que estuvimos leyendo el verano en que cumplimos trece años? Mi preferida era *El señor de Blackheath*. Debí de leerla como unas veinte veces (y tú también, no finjas que no). ¿Te acuerdas de Ransom y de la valentía con que ocultó el amor que sentía por Eulalie para que ésta pudiera elegir libremente, sin saber que ella estaba loca por él desde que se cayó del caballo a los doce años? Pues ahí está, Sophie: Mark Reynolds es igual que Ransom. Alto y guapo, tiene una sonrisa ladeada y la mandíbula bien definida. Se abre paso entre la gente sin hacer caso de las miradas. Es impaciente y posee magnetismo, y cuando voy al tocador a empolvarme la nariz, oigo los comentarios que hacen sobre él otras mujeres, igual que le ocurrió a Eulalie en el museo. La gente se fija en él. Y no es porque Mark haga nada, es que no pueden evitarlo.

Ransom me provocaba escalofríos y a veces me ocurre lo mismo con Mark cuando lo miro, pero no puedo quitarme de la cabeza el insistente pensamiento de que yo no soy Eulalie. Si alguna vez me cayera de un caballo, sería maravilloso que Mark me ayudara a levantarme, pero es poco probable que me caiga de un caballo en un futuro próximo. Es mucho más probable que vaya a Guernsey y escriba un libro sobre la ocupación, y él no soporta esa idea. Mark quiere que me quede en Londres, que vayamos a restaurantes y teatros y que me case con él, que es lo que haría una persona razonable.

Escríbeme y dime qué debo hacer.

Muchos besos para Dominic, y también para ti y para Alexander.

JULIET

De Juliet a Sidney

3 de mayo de 1946

Querido Sidney:

Seguramente no estoy tan desconsolada como deben de estarlo en Stephens & Stark sin ti, pero te echo de menos y quiero que me aconsejes. Por favor, deja todo lo que estés haciendo y escríbeme enseguida.

Quiero salir de Londres. Quiero ir a Guernsey. Ya sabes que he cogido mucho cariño a mis amigos de allí y que estoy fascinada con el relato que me hacen de cómo vivían durante la ocupación alemana y después de la guerra. He visitado el Comité de Refugiados de las Islas del Canal y he leído sus archivos. También los informes de la Cruz Roja. He leído todo lo que he podido encontrar acerca de los trabajadores esclavos de la organización Todt, que hasta el momento no es mucho. He entrevistado a varios de los soldados que liberaron Guernsey y he hablado con algunos de los ingenieros que retiraron los miles de minas que había en las playas de la isla. He leído todos los informes oficiales «no clasificados» sobre la salud de los isleños, o la falta de ella; sobre si son felices o no; sobre el suministro de alimentos o la escasez de éstos. Pero quiero saber más. Quiero conocer la historia de las personas que estuvieron allí, y de ningún modo podré hacerlo sentada en una biblioteca de Londres.

Por ejemplo, ayer leí un artículo que hablaba de la liberación. Un reportero le preguntó a un habitante de Guernsey cuál había sido la experiencia más difícil que había vivido durante la ocupación alemana. La respuesta del isleño le hizo gracia, pero a mí me pareció totalmente lógica. Dijo: «¿Sabe usted que nos quitaron todos los aparatos de radio? Si a uno lo pillaban con una radio escondida, lo mandaban a una prisión del continente. Pues bien, todos los que ocultábamos una radio oímos la noticia del desembarco de los aliados en Normandía. El problema era que se suponía que no debíamos saber nada. Lo más difícil que he hecho en mi vida ha sido pasear por St. Peter Port el 7 de junio con cara seria, sin sonreír de oreja a oreja, sin hacer nada que pudiera revelar a los alemanes que sabía que su fin estaba cerca. Si se hubieran dado cuenta, lo habríamos pagado caro, de modo que tuvimos que fingir ignorancia. Se nos hizo muy difícil simular que no sabíamos que el Día D había llegado.»

Quiero hablar con personas como él (aunque lo más probable es que ahora huya de los escritores) y que me cuenten cosas de la guerra, porque eso es lo que me gustaría leer, en vez de estadísticas sobre la producción de grano. No sé muy bien qué forma le daría al libro y tampoco si podré escribirlo, pero me gustaría ir a St. Peter Port y averiguarlo.

¿Cuento con tu bendición?

Besos para ti y para Piers,

JULIET

Telegrama de Sidney a Juliet

10 de mayo de 1946

¡TE DOY MI BENDICIÓN! LO DE GUERNSEY ES UNA IDEA ESTUPENDA, PARA TI Y PARA UN LIBRO. PERO ¿LO CONSENTIRÁ REYNOLDS? BESOS, SIDNEY.

Telegrama de Juliet a Sidney

11 de mayo de 1946

BENDICIÓN RECIBIDA. MARK REYNOLDS NO ESTÁ EN SITUACIÓN DE PERMITIR NI PROHIBIR NADA. BESOS, JULIET.

De Amelia a Juliet

13 de mayo de 1946

Querida:

Fue un placer recibir ayer su telegrama en el que decía que va a venir a vernos.

Siguiendo sus instrucciones, les he comunicado la noticia a los demás inmediatamente. Ha provocado usted un revuelo de entusiasmo entre los miembros de la sociedad, que al instante se ofrecieron a proporcionarle todo lo que pueda necesitar: alojamiento, manutención, presentaciones, pinzas eléctricas para la ropa. Isola está loca de alegría de que vaya usted a venir y ya se ha puesto a trabajar en la preparación de su libro. Aunque le he advertido que de momento no es más que una idea, está empeñada en buscarle material. Ha pedido a todas las personas que conoce en el mercado que le escriban cartas sobre la ocupación; o tal vez las haya amenazado. Según ella, va a necesitarlas para convencer a su editor de que el tema merece la pena. No se sorprenda si durante las próximas semanas se ve inundada de correo.

También ha ido esta tarde a ver al señor Dilwyn al banco y le ha pedido que le ofrezca el arriendo de la casita de Elizabeth mientras dure su visita. Está en un lugar encantador, en un prado que hay debajo de la Casa Grande, y es lo bastante pequeña para que se maneje con comodidad. Elizabeth se mudó allí cuando los oficiales alemanes le confiscaron la mansión. En ella estará muy cómoda. Isola le ha dicho al señor Dilwyn que lo único que tiene que hacer es redactar un contrato de alquiler para usted. Ella se encargará del resto: ventilar las habitaciones, limpiar los cristales, sacudir las alfombras y matar a las arañas.

Espero que no se sienta abrumada con todos estos trámites; el señor Dilwyn ya tenía planeado valorar dentro de poco esa propiedad para ver qué posibilidades tenía de alquilarse. Los abogados de sir Ambrose han empezado a investigar el paradero de Elizabeth y han descubierto que no hay constancia de que llegase a Alemania, tan sólo se sabe que en Francia la subieron a un tren cuyo destino previsto era Fráncfort. Harán más averiguaciones, y rezo para que éstas conduzcan a Elizabeth, pero, mientras tanto, el señor Dilwyn quiere poner en alquiler la propiedad que le dejó sir Ambrose, con el fin de obtener ingresos para Kit.

A veces pienso que tenemos la obligación moral de empezar a buscar a los parientes que pudiera tener Kit en Alemania, pero no me atrevo a hacerlo. Christian era una persona excepcional y detestaba lo que estaba haciendo su país, pero no se puede decir lo mismo de muchos alemanes, que creían en el sueño del Reich de los Mil Años. Además, ¿cómo íbamos a enviar a Kit a un país extranjero y destruido aunque encontrásemos allí a algún pariente suyo? Nosotros somos la única familia que ha conocido.

Cuando Kit nació, Elizabeth ocultó a las autoridades la identidad del padre. No por vergüenza, sino porque temía que le quitasen a la niña y la enviaran a criarse a Alemania. Corrían rumores tan terroríficos como ése. No sé si la ascendencia de Kit podría haber salvado a Elizabeth si la hubiera dado a conocer cuando la detuvieron. Pero como ella no lo hizo, no me corresponde a mí hacerlo ahora.

Disculpe que me desahogue. No dejo de dar vueltas a estas preocupaciones y es un alivio poder expresarlas sobre el papel. Voy a pasar a otros temas más alegres, como el de la reunión de la sociedad que celebramos anoche.

Tras el revuelo ocasionado por el anuncio de su visita, leímos el artículo que ha escrito para el *Times* sobre los libros y la lectura. A todos nos gustó mucho, y no sólo porque trate de nosotros, sino también porque aporta puntos de vista que nunca se nos había ocurrido adoptar a la hora de leer. El doctor Stubbins dijo que usted ha transformado el término «distracción» en una palabra respetable, en lugar de ser un defecto de la personalidad. El artículo es una maravilla, y todos nos sentimos muy orgullosos y contentos de aparecer mencionados en él.

Will Thisbee quiere organizar una fiesta de bienvenida en su honor. Preparará un pastel de piel de patata para la ocasión, y se le ha ocurrido añadirle una cobertura de cacao. Anoche trajo un postre sorpresa a la reunión: cerezas flambeadas, pero, por suerte, se le quemaron y no tuvimos que comerlas. Ojalá Will se olvidase de la cocina y volviese al oficio de quincallero.

Todos estamos deseando que venga. Mencionó que tenía que terminar varias reseñas antes de poder salir de Londres, pero estaremos encantados de verla cuando sea que pueda venir. Usted díganos la fecha y la hora de su llegada. Desde luego, venir hasta aquí en avión sería mucho más rápido y más cómodo que tomar el barco del correo (Clovis Fossey me ha pedido que le diga que las azafatas dan ginebra a los pasajeros y en cambio en el barco, no). Pero a menos que sufra usted de mareo, yo le recomendaría que tomara el barco que zarpa de Weymouth por la tarde. No hay forma más hermosa de llegar a Guernsey que desde el mar, ya sea con la puesta de sol o cuando hay nubes de tormenta negras y ribeteadas de luz dorada, o cuando se ve la isla surgiendo de entre la niebla. Así fue como la vi yo por primera vez, cuando vine recién casada.

Con todo mi afecto,

AMELIA

De Isola a Juliet

14 de mayo de 1946

Querida Juliet:

He estado preparando la casa para usted. Les he pedido a varios amigos míos del mercado que le escriban para contarle sus experiencias, así que espero que lo hagan. Ahora bien, si el señor Tatum le pide dinero a cambio de sus recuerdos, no le dé un solo penique, es un grandísimo embustero.

¿Le gustaría que le hablara acerca de la primera vez que vi a los alemanes? Emplearé adjetivos para que resulte más ameno, algo que no suelo hacer, pues por lo general relato los hechos sin florituras.

Aquel martes, Guernsey parecía tranquila, pero sabíamos que los alemanes ya estaban aquí. El día anterior habían llegado aviones y barcos llenos de soldados. Aterrizaron unos Junkers enormes que, después de descargar a todos los hombres que transportaban, despegaron de nuevo. Como de regreso iban más livianos, se pusieron juguetones: volaban a ras de suelo por encima de toda Guernsey, subiendo y bajando y asustando a las vacas.

Elizabeth estaba en casa, pero no teníamos ánimo para fabricar tónico para el cabello, a pesar de que la milenrama ya estaba preparada. Nos movíamos de aquí para allá como dos fantasmas. Hasta que ella se rehízo. «Ya está bien —me dijo—, no pienso quedarme aquí sentada a esperarlos. Me voy al pueblo, a enfrentarme al enemigo.»

Yo, un tanto recelosa, le pregunté qué pensaba hacer cuando se encontrara con él. «Lo miraré a la cara —me respondió—. No somos animales enjaulados, pero ellos sí. Están atrapados en esta isla con nosotros, igual que nosotros estamos atrapados con ellos. Venga, vamos a mirarlos de frente.»

Me gustó la idea, de modo que nos pusimos el sombrero y salimos. Pero no se va a creer usted lo que vimos al llegar a St. Peter Port.

Centenares de soldados alemanes ¡que estaban de compras! Iban en grupo, paseando por Fountain Street; reían, miraban escaparates, entraban en las tiendas y salían cargados de paquetes y hablando a voces entre sí. North Esplanade también estaba a rebosar de soldados. Algunos holgazaneaban, otros, muy educados, nos saludaban tocándose la gorra o inclinando la cabeza. Uno me dijo: «Tienen ustedes una isla muy bonita. Dentro de poco estaremos luchando en Londres, pero de momento disfrutaremos de esto, de unas vacaciones al sol.»

Otro pobre idiota que se creía que estaba en Brighton. Compraban polos para las enormes riadas de niños que los seguían. Reían y se divertían. Si no hubiera sido por aquellos uniformes de color verde, habríamos pensado que acababa de llegar a puerto el barco turístico de Weymouth.

Elizabeth y yo empezamos a pasear por Candie Gardens y allí cambió todo: el carnaval se convirtió en pesadilla. Primero oímos un ruido, pisadas fuertes y regulares de botas que se acercaban retumbando sobre las piedras que formaban el pavimento. Luego vimos una tropa de soldados que, con paso marcial, doblaban una esquina y entraban en la calle donde estábamos. Todo lo que llevaban relucía: los botones, las botas, aquellos cascos metálicos en forma de cubo. No miraban a nadie ni nada, se mantenían con la vista al frente, lo que daba aún más miedo que los rifles que portaban al hombro o que los cuchillos y las granadas metidos en las botas altas.

El señor Ferre, que venía detrás de nosotras, me agarró del brazo. Él había luchado en la batalla del Somme. Le rodaban lágrimas por las mejillas y me aferraba sin darse cuenta de que me estaba haciendo daño. «¿Cómo pueden estar haciendo esto de nuevo? —decía—. Los derrotamos, y aquí están otra vez. ¿Cómo se lo hemos vuelto a permitir?»

Finalmente, Elizabeth dijo: «Ya no quiero ver más. Necesito una copa.»

Yo siempre guardo una buena reserva de ginebra en el armario, así que regresamos a casa.

Voy a terminar ya, pero dentro de poco podré verla, y eso me da mucha alegría. Iremos todos a recibirla... pero de repente hay algo que me preocupa. En el barco del correo podría haber otros veinte pasajeros, ¿cómo sabré cuál de ellos es usted? La foto del libro está un poco borrosa, y no quiero ir a darle un beso a la persona que no es. ¿Podría llegar con un sombrero grande de color rojo, un velo y en la mano un ramo de azucenas?

Su amiga,

ISOLA

De una amante de los animales a Juliet

Miércoles por la tarde

Apreciada señorita:

Yo también soy miembro de la Sociedad Literaria del Pastel de Piel de Patata de Guernsey, pero nunca le he escrito para hablarle de los libros que he leído porque sólo han sido dos: unos cuentos infantiles que hablaban de perros leales y valientes. Isola dice que tal vez venga a escribir sobre la ocupación, y creo que debería saber la verdad respecto a lo que hicieron los Estados con los animales. ¡Nuestro propio gobierno, no esos sucios alemanes! A ellos les daría vergüenza contarlo, pero a mí no.

Nunca me han importado mucho las personas, y nunca me importarán demasiado. Tengo mis motivos. Jamás he conocido a un hombre que fuera la mitad de fiel que un perro. Si a un perro lo tratas bien, él te tratará bien a ti: te hará compañía, será tu amigo y no te hará preguntas. Los gatos son distintos, pero nunca he tenido nada contra ellos.

Debe saber lo que hicieron algunos vecinos de Guernsey con sus animales de compañía cuando les entró miedo por la llegada inminente de los alemanes. Miles de ellos se marcharon de la isla, se fueron a Inglaterra en avión o en barco y abandonaron aquí a sus perros y gatos. Los dejaron vagando por las calles, con hambre y con sed, ¡los muy canallas!

Yo recogí todos los perros que pude, pero no fue suficiente. Luego, los Estados se encargaron del problema, pero lo empeoraron, vaya si lo hicieron. Advirtieron a través de los periódicos que, debido a la guerra, era posible que no hubiera suficiente alimento para los seres humanos y mucho menos para los animales. Dijeron que podíamos conservar un animal doméstico por familia, pero que iban a tener que sacrificar a los demás. Que los perros y gatos salvajes que se quedaran rondando por la isla constituirían un peligro para los niños.

Y eso fue lo que hicieron. Iban recogiendo a los animales en camiones y los llevaban al refugio de St. Andrews, donde los médicos y las enfermeras que había allí los sacrificaban. En cuanto acababan con un camión, llegaba otro lleno.

Yo lo presencié todo: cómo recogían a los animales, cómo los descargaban en el refugio y cómo los enterraban. Vi a una enfermera que salía del refugio y se paraba un momento a respirar aire fresco a bocanadas. Se la veía tan mareada que daba la impresión de que ella misma estuviera a punto de morirse. Se fumó un cigarrillo y después volvió a entrar para seguir ayudando en la matanza. Les llevó dos días sacrificar a todos los animales.

Esto es lo que quería contarle, póngalo en el libro.

UNA AMANTE DE LOS ANIMALES

De Sally Ann Frobisher a Juliet

15 de mayo de 1946

Apreciada señorita Ashton:

La señorita Pribby me ha dicho que va usted a venir a Guernsey a informarse sobre la guerra. Espero que nos conozcamos entonces, pero ahora le escribo porque me gusta escribir cartas. La verdad es que me gusta escribir cualquier cosa.

He pensado que le interesaría saber que a mí me humillaron personalmente durante esa época. Fue en 1943, contaba doce años. Y tenía sarna.

En Guernsey no había suficiente jabón, ni para nosotros, ni para la ropa, ni para la casa. Todo el mundo sufría alguna enfermedad de la piel, ya fuera descamación, pústulas o piojos. Yo tenía sarna en la cabeza, debajo del pelo, y no se me iba con nada.

Al final, el doctor Ormond me dijo que tenía que ir al hospital a que me afeitasen y así podrían despegar las costras para que saliera el pus. Ojalá usted nunca llegue a saber la vergüenza que se pasa llevando la cabeza rapada. Me quería morir.

Allí conocí a mi amiga Elizabeth McKenna. Ayudaba a las enfermeras de la planta en la que yo estaba. Las enfermeras siempre se mostraban amables, pero la señorita McKenna era amable y también divertida. Y eso me ayudó en mis momentos de mayor desánimo. Una vez que me hubieron rapado la cabeza, entró en la habitación con una palangana, una botella de antiséptico y un escalpelo muy afilado. Yo, haciendo esfuerzos para no llorar, le pregunté si aquello me iba a doler. Le dije que el doctor Ormond me había asegurado que no.

«Pues te ha mentido —me contestó ella—. Te va a doler como el demonio. No le digas a tu madre que he mentado al diablo...»

Eso me hizo reír y, antes de que tuviera tiempo para asustarme, hizo el primer corte. Me dolió, pero no como el demonio. Jugamos a un juego mientras iba cortando las demás costras: gritábamos el nombre de todas las mujeres que habían caído bajo la cuchilla. «María Estuardo...» ¡Zis! «Ana Bolena...» ¡Zas! «María Antonieta...» ¡Zis-zas! Hasta que terminamos.

Me dolió, pero también resultó divertido, porque la señorita McKenna lo convirtió en un juego.

Después me limpió bien la cabeza con el antiséptico y más tarde volvió con un pañuelo suyo de seda para envolvérmela con él a modo de turbante. «Ya está», me dijo y me pasó un espejo. Me miré. El pañuelo era precioso, pero mi nariz parecía demasiado grande para mi cara, como siempre. Dudaba que algún día llegara a ser bonita y se lo pregunté a la señorita McKenna.

Cuando le hacía esa misma pregunta a mi madre, me respondía que no tenía paciencia para tonterías y que la belleza era algo superficial. Pero la señorita McKenna no. Me miró con gesto pensativo y luego dijo: «Sally, dentro de poco serás una mujer despampanante. Tú sigue mirándote al espejo y lo verás. Lo que cuenta son las facciones, y las tuyas son preciosas. Con esa nariz tan elegante serás la nueva Nefertiti. Ya puedes ir ensayando una pose imperiosa.»

La señora Maugery fue a visitarme al hospital, y aproveché para preguntarle quién era Nefertiti y si estaba muerta, porque me había dado esa impresión. Ella me contestó que, efectivamente, estaba muerta en cierto sentido, pero que en otro era una mujer inmortal. Más adelante consiguió un retrato de la reina egipcia para mostrármelo. Y como no estaba muy segura de lo que era una pose imperiosa, intenté imitarla. Todavía no me he acostumbrado a mi nariz, pero estoy convencida de que lo haré, como me dijo la señorita McKenna.

Otra historia triste del tiempo de la ocupación es la de mi tía Letty. Antes tenía una casa enorme, vieja y oscura, en los acantilados que hay cerca de La Fontenelle. Los alemanes dijeron que se interponía en la línea de fuego cuando hacían prácticas de tiro, así que la volaron por los aires. Ahora tía Letty vive con nosotros.

Atentamente,

SALLY ANN FROBISHER

De Micah Daniels a Juliet

15 de mayo de 1946

Apreciada señorita Ashton:

Isola me ha dado su dirección porque está segura de que le gustaría ver mi lista para su libro.

Si me llevase hoy a París y nos sentásemos en un restaurante francés —de esos con manteles blancos de encaje, velas en las paredes y tapas de plata encima de todos los platos—, le diría que eso no es nada comparado con mi caja del *Vega*.

Por si usted no lo sabe, el *Vega* fue uno de los primeros barcos de la Cruz Roja que llegaron a Guernsey, el 27 de diciembre de 1944. Nos trajeron alimentos en esa ocasión y en otras cinco más, y eso nos mantuvo con vida hasta que acabó la guerra.

Sí, he dicho bien: ¡nos mantuvo con vida! A aquellas alturas ya llevábamos varios años en los que la comida no sobraba. Salvo en el mercado negro, ya no quedaba ni una cucharada de azúcar en toda la isla. Y el 1 de diciembre de 1944 toda la harina para hacer pan se había agotado. Los soldados alemanes tenían tanta hambre como nosotros, la barriga hinchada y el cuerpo helado a causa de la inanición.

Yo ya estaba más que harto de comer patatas y nabos cocidos, y no habría tardado en estirar la pata, cuando el *Vega* entró en nuestro puerto.

Hasta entonces, el señor Churchill no había permitido que los barcos de la Cruz Roja nos trajeran alimentos, porque, según él, se los quedarían los alemanes. Ahora puede parecer un plan inteligente: dejar que los muy canallas se muriesen de hambre, pero para mí aquello significaba que al señor Churchill no le importaba que también nos muriésemos de hambre nosotros.

Bueno, pues algo debió de hacerlo cambiar de opinión, porque decidió que ya podíamos comer. De modo que en diciembre le dijo a la Cruz Roja: «Sí, muy bien, adelante, llévenles comida.»

Señorita Ashton, había ¡dos cajas! de comida para cada hombre, mujer y niño de Guernsey, todas apiladas en la bodega del *Vega*. Había además otras cosas: clavos, semillas, velas, aceite para cocinar, cerillas para encender fuego, algo de ropa y zapatos. Incluso varias canastillas para recién nacidos.

Había harina y tabaco. Moisés puede hablar todo lo que quiera del maná, pero él nunca vio nada como aquello. Voy a decirle todo lo que había en mi caja, porque lo anoté para añadirlo a mi álbum de recuerdos:

200 g de chocolate	500 g de galletas
100 g de té	500 g de mantequilla
200 g de azúcar	400 g de jamón
50 g de leche en polvo	200 g de pasas
400 g de mermelada	300 g de salmón
150 g de sardinas	100 g de queso
200 g de ciruelas	30 g de pimienta
30 g de sal	Una pastilla de jabón

Regalé las ciruelas, algo es algo, ¿no? Y, cuando me muera, pienso donar todo mi dinero a la Cruz Roja. Les he escrito para decírselo.

Hay otra cosa más que quisiera contarle. Puede que deje bien a los alemanes, pero lo que es justo es justo. Descargaron todas las cajas del *Vega* delante de nosotros y no se quedaron ninguna, ni una sola, para ellos. Naturalmente, su comandante les había advertido que aquellos alimentos eran para los habitantes de la isla y que si robaban algo serían fusilados. A continuación dio una cucharita a cada uno de los hombres que habían descargado el barco para que pudieran recoger la harina o el grano que hubiera caído al suelo. Eso sí podían comérselo.

De hecho, daba pena ver a aquellos soldados robando en los huertos, llamando a la puerta de las casas para que les dieran las sobras. Un día vi a uno atrapar un gato y golpearle la cabeza contra un muro. Acto seguido echó a correr escondiéndose el animal en la guerrera. Lo seguí hasta que llegó a un prado. Allí lo despellejó, lo coció en un cazo y se lo comió.

Fue muy triste ver aquello. Me dio asco, pero a pesar de las náuseas pensé: «Ahí está el Tercer Reich de Hitler, saliendo a cenar.» Y me eché a reír a carcajadas. Ahora me avergüenzo de ello, pero es lo que hice.

Esto es todo lo que quería contarle. Le deseo buena suerte con el libro.

Atentamente,

MICAH DANIELS

De John Booker a Juliet

16 de mayo de 1946

Apreciada señorita Ashton:

Amelia nos ha dicho que va a venir usted a Guernsey a recopilar historias para su libro. Yo la recibiré con todo mi corazón, pero no podré contarle lo que me sucedió, porque cada vez que hablo de ello me echo a temblar. Quizá si lo pongo por escrito ya no hará falta que lo repita en voz alta. De todas formas, no ocurrió en Guernsey, porque no estaba aquí. Estaba en Alemania, en el campo de concentración de Neuengamme.

Ya le conté que durante tres años fingí ser lord Tobias. Lisa, la hija de Peter Jenkins, salía con soldados alemanes.

Quedaba con cualquiera de ellos con tal de que le regalaran medias o pintalabios. Y siguió siendo así hasta que se topó con el sargento Willy Gurtz, un tipo pequeño y detestable. La idea de que esos dos pudieran estar juntos resultaba repugnante. Fue Lisa quien me traicionó ante el comandante alemán.

En marzo de 1944, Lisa estaba peinándose en el salón de belleza, cuando cayó en sus manos un número de la revista *Tatler* de antes de la guerra. Allí, en la página 124, había una fotografía en color de lord Tobias Penn-Piers y su esposa. Estaban en una boda en Sussex, bebiendo champán y comiendo ostras. En el pie de foto se comentaba cómo iba arreglada ella: el vestido, los diamantes, los zapatos, el maquillaje... y el dinero que tenía él. La revista mencionaba que eran propietarios de una finca llamada La Fort, en la isla de Guernsey.

En fin, que quedó bien patente, incluso para Lisa, que era más tonta que una piedra, que lord Tobias Penn-Piers no era yo. No esperó a que terminasen de peinarla, al momento salió del salón para ir a mostrarle la foto a Willy Gurtz, que se la llevó directamente al comandante.

Eso provocó que los alemanes se sintieran idiotas por haber estado haciendo reverencias y perdiendo el tiempo con un criado, así que, llenos de odio, me mandaron al campo de Neuengamme.

Creía que no iba a sobrevivir ni a la primera semana. Junto con otros prisioneros, me enviaron a retirar, durante los bombardeos aéreos, las bombas que no habían explotado. Menuda disyuntiva: o salía a una plaza mientras llovían bombas del cielo o me negaba y entonces los guardias me pegaban un tiro. Echaba a correr zigzagueando como una rata y procuraba ponerme a cubierto cada vez que oía el silbido de una bomba cerca de mí, y de alguna forma conseguí salir vivo. Eso fue lo que me decía a mí mismo: «Bueno, aún estoy vivo.» Creo que era lo que nos decíamos todos al despertar por la mañana: «Bueno, aún estoy vivo.» Pero lo cierto es que no era así. No estábamos muertos, pero vivos tampoco. Yo estaba vivo sólo unos pocos minutos al día, cuando yacía en la litera. En esos ratos intentaba pensar en algo alegre, algo que me gustase pero que no amase, porque entonces era peor. Tenía que ser trivial, como cuando iba de excursión con la escuela o me lanzaba cuesta abajo con la bicicleta, eso era lo único que podía soportar.

Me pareció que pasaban treinta años, pero fue sólo uno. En abril de 1945, el comandante de Neuengamme eligió a los que aún estábamos fuertes para trabajar y nos envió a Belsen. Viajamos durante varios días en un camión grande y abierto, sin comida, mantas ni agua, pero nos alegrábamos de no tener que ir a pie. Los charcos de barro del camino estaban teñidos de rojo.

Supongo que habrá oído hablar de Belsen y de lo que ocurrió allí. Cuando bajamos del camión nos entregaron unas palas. Debíamos cavar unas fosas grandes para enterrar a los muertos. Nos hicieron cruzar el campo de concentración hasta el punto escogido, y yo temí volverme loco, porque sólo veía muertos por todas partes. Incluso los vivos parecían cadáveres, y éstos yacían allí donde se habían desplomado. No sabía por qué se tomaban la molestia de enterrarlos. Pero el hecho es que los rusos se acercaban por el este y los aliados por el oeste, y a aquellos alemanes los aterrorizaba lo que unos y otros iban a ver cuando llegasen.

El crematorio no daba abasto para quemar los cadáveres lo bastante deprisa, de modo que, después de cavar unas zanjas largas, arrastramos los cuerpos hasta ellas y los arrojamos dentro. No se lo va a creer, pero las SS obligaron a la banda de música de los prisioneros a que tocase mientras nosotros empujábamos a los muertos. Espero que después de eso ardan para siempre en el infierno al son de una polca. Una vez que las zanjas estuvieron llenas, las SS vertieron gasolina sobre los cadáveres y les prendieron fuego. Luego tuvimos que cubrirlos con tierra; como si fuera posible ocultar algo así.

Al día siguiente llegaron los británicos y, Dios santo, cuánto nos alegramos de verlos. Yo estaba lo bastante fuerte como para bajar andando por el camino, vi cómo los tanques derribaban las verjas y me fijé en que llevaban la bandera británica pintada en un costado. Me volví hacia un hombre que estaba sentado contra una valla cercana y le dije: «¡Estamos salvados! ¡Son los británicos!» Entonces me percaté de que estaba muerto. Se lo había perdido sólo por unos minutos. Me senté en el barro y me eché a llorar como si aquel hombre fuese mi mejor amigo.

Cuando los Tommies empezaron a salir de los tanques también lloraban, incluso los oficiales. Aquella buena gente nos dio de comer, nos entregó mantas y nos llevó al hospital. Y un mes más tarde, Dios los bendiga, quemaron Belsen hasta los cimientos.

He leído en los periódicos que en esa zona han levantado un campo para refugiados de la guerra. Siento escalofríos al pensar que se están construyendo barracones nuevos, aunque sea para un buen fin. En mi opinión, en ese lugar no debería construirse nada.

No voy a seguir escribiendo sobre este tema y espero que entienda que no quiera hablar de ello. Como dice Séneca: «Las aflicciones pequeñas son locuaces, en cambio las grandes son mudas.»

Sí que me acuerdo de algo que quizá quiera incluir en su libro. Sucedió en Guernsey, en la época en la que aún me hacía pasar por lord Tobias. Alguna que otra tarde, Elizabeth y yo dábamos un paseo hasta los promontorios para ver los aviones, centenares de ellos, que se dirigían a bombardear Londres. Era horrible verlos, sabiendo adónde iban y lo que pretendían hacer. La radio alemana decía que Londres estaba totalmente arrasada, que no quedaban nada más que escombros y cenizas. No nos lo creímos del todo, porque la propaganda alemana era lo que era, pero aun así...

Una de esas tardes estábamos paseando por St. Peter Port cuando pasamos por delante de la mansión McLaren.

Era una casa magnífica, antigua, confiscada por los oficiales alemanes. Había una ventana abierta y se oía una música. Nos paramos a escuchar, pensando que podía tratarse de un programa de radio de Berlín, pero cuando la música terminó oímos las campanadas del Big Ben y una voz con acento británico que decía: «Esto es la BBC, en Londres.» ¡Las campanadas del Big Ben son inconfundibles! ¡Londres seguía en pie! Seguía en pie. Elizabeth y yo nos abrazamos y empezamos a bailar un vals en plena calle. Ésta era una de las cosas en las que no soportaba pensar cuando estaba en Neuengamme.

Con afecto,

JOHN BOOKER

De Dawsey a Juliet

16 de mayo de 1946

Apreciada Juliet:

Ya no queda nada que hacer antes de su llegada, salvo esperar. Isola ha lavado, almidonado y planchado las cortinas de la casa de Elizabeth, ha inspeccionado la chimenea por si hubiera algún murciélago, ha limpiado los cristales, hecho las camas y ventilado todas las habitaciones.

Eli le ha tallado una figura para regalársela, Eben le ha llenado la leñera y Clovis le ha segado la hierba, dejando intactas, según asegura, las flores silvestres para que usted las disfrute. Amelia está preparando una gran fiesta en su honor para la primera noche.

Lo único que yo debo hacer es procurar que Isola siga con vida hasta que usted llegue. Las alturas le producen vértigo, pero de todas formas se subió al tejado de la casita de Elizabeth para detectar tejas que pudieran estar sueltas. Por suerte, Kit la vio antes de que alcanzara los aleros y vino corriendo a buscarme para que la convenciera de que bajase.

Ojalá pudiera hacer algo más. Espero que llegue usted pronto. Me alegra que venga.
Con afecto,

DAWSEY

De Juliet a Dawsey

19 de mayo de 1946

Apreciado Dawsey:
¡Llego pasado mañana! Soy demasiado miedosa para ir en avión, incluso aunque me ayudase con la ginebra, así que tomaré el barco de la tarde.
¿Le importaría darle un mensaje a Isola de mi parte? Dígale, por favor, que no tengo ningún sombrero con velo y que no puedo llevar azucenas porque me hacen estornudar, pero sí poseo una capa roja de lana y me la pondré en el barco.
Dawsey, no hay nada más que pueda hacer usted de lo que ya ha hecho para que me sienta mejor recibida en Guernsey. Me cuesta creer que por fin vaya a conocerlos a todos.
Con afecto,

JULIET

De Mark a Juliet

20 de mayo de 1946

Querida Juliet:
Me pediste que te diera tiempo y lo he hecho. Me pediste que no mencionara la palabra «matrimonio» y no la he mencionado. Pero ahora me dices que te vas a esa maldita isla de Guernsey durante... ¿cuánto? ¿Una semana? ¿Un mes? ¿Para siempre? ¿Piensas que voy a quedarme cruzado de brazos y dejar que te marches?

Te estás comportando de un modo ridículo, Juliet. Cualquier imbécil puede ver que estás intentando escapar, pero lo que nadie puede entender es por qué. Estamos bien juntos, me haces feliz, contigo nunca me aburro, te interesan las mismas cosas que a mí, y espero no equivocarme si digo que me parece que tú sientes lo mismo. Estamos hechos el uno para el otro. Odias que te diga que sé lo que es lo mejor para ti, lo sé, pero es que en este caso es verdad.

Por el amor de Dios, olvídate de esa triste isla y cásate conmigo. Te llevaré allí en nuestra luna de miel... si no hay más remedio.

Besos,

MARK

De Juliet a Mark

20 de mayo de 1946

Querido Mark:

Seguramente tienes razón, pero, aun así, mañana me voy a Guernsey y tú no puedes impedirlo.

Lamento no poder darte la respuesta que quieres. Me gustaría poder hacerlo.

Besos,

JULIET

P.D.: Gracias por las rosas.

De Mark a Juliet

Por el amor de Dios... ¿Quieres que te lleve en coche hasta Weymouth?

MARK

De Juliet a Mark

¿Prometes no sermonearme?

JULIET

De Mark a Juliet

Nada de sermones. Sin embargo, emplearé otras formas de persuasión.

MARK

De Juliet a Mark

No me das miedo. No vas a poder hacer nada mientras conduces.

JULIET

De Mark a Juliet

Te vas a llevar una sorpresa. Hasta mañana.

M.

SEGUNDA PARTE

De Juliet a Sidney

22 de mayo de 1946

Querido Sidney:

Tengo muchas cosas que contarte. Sólo llevo veinte horas en Guernsey, pero cada una de ellas ha estado tan repleta de caras e ideas nuevas como para escribir páginas y páginas. ¿Ves cuán inspiradora puede resultar una isla para un escritor? No hay más que fijarse en Victor Hugo. Puede que si me quedo aquí una temporada me vuelva muy prolífica.

La travesía desde Weymouth fue espantosa, el barco del correo gemía y crujía todo el rato y parecía que iba a hacerse pedazos con el oleaje. Casi llegué a desear que así fuera para que se acabara mi sufrimiento, salvo porque antes de morir quería ver Guernsey. Y en cuanto la isla apareció ante mis ojos, me olvidé totalmente de esos pensamientos, porque el sol asomó por debajo de las nubes y bañó los acantilados con una luz plateada.

Mientras el barco entraba bamboleándose en el puerto, vi St. Peter Port elevándose desde el nivel del mar en forma de terrazas, y en lo alto de las mismas había una iglesia, como si fuera el adorno de una tarta, y caí en la cuenta de que el corazón me latía a toda velocidad. Por mucho que intenté convencerme de que aquello se debía a la emoción que me causaba el paisaje, no me engañé. Todas aquellas personas a las que había llegado a conocer, y hasta a querer un poco, estaban aguardando... para verme a mí. Y yo, sin ningún periódico tras el que esconderme. Sidney, en estos dos o tres últimos años he mejorado mucho más en la escritura que en la tarea de vivir, y piensa lo mucho que tienes tú que ver con lo de la escritura. Sobre el papel soy encantadora, pero eso no es más que un truco que he aprendido. No tiene nada que ver conmigo. Al menos es lo que iba pensando mientras el barco del correo se aproximaba al muelle. Sentí el impulso cobarde de arrojar mi capa roja por la borda y fingir que era otra persona.

Cuando atracamos pude ver los rostros de la gente que estaba esperando, y ya no hubo vuelta atrás. Los reconocí por sus cartas. Estaba Isola, con un sombrero estrafalario y un chal morado sujeto con un broche que brillaba mucho. Sonreía fijamente en la dirección que no era, y la adoré al instante. A su lado había un hombre con la cara surcada de arrugas y junto a éste un muchacho alto y desgarbado. Eben y su nieto, Eli. Lo saludé con la mano, y el chico esbozó una sonrisa radiante y le propinó un codazo a su abuelo. Al instante me entró la timidez y me perdí entre la muchedumbre que empujaba para bajar por la pasarela.

Isola fue la primera en llegar hasta mí, saltando por encima de una caja de langostas, y me abrazó con tal ímpetu que incluso me levantó del suelo. «¡Ay, querida!», exclamó, mientras yo no hacía pie.

¿No te parece conmovedor? Todo el nerviosismo me desapareció de golpe, igual que la respiración. Los otros se me acercaron con más calma, pero no con menos afecto. Eben me estrechó la mano y sonrió. Se podía ver que en otra época había sido alto y corpulento, pero ahora está demasiado delgado. Parece una persona grave y simpática al mismo tiempo. No sé cómo lo consigue. Me descubrí intentando impresionarlo.

Eli se subió a Kit a los hombros y se me acercaron los dos juntos. Kit tiene unas piernecitas regordetas y un semblante serio, además del pelo oscuro y rizado y los ojos grandes y grises, y no le gusté nada. Eli llevaba un jersey salpicado de virutas de madera y en el bolsillo un regalo para mí: un ratoncito adorable, con bigotes retorcidos, tallado en madera de nogal. Le di un beso en la mejilla y sobreviví a la mirada malévola de Kit. Intimida mucho para ser una niña de cuatro años.

Entonces Dawsey me tendió la mano. Esperaba que físicamente se pareciera a Charles Lamb, y así es un poco: tiene la misma mirada serena. Me entregó un ramo de flores de parte de Booker, que no había podido venir: se había dado un golpe en la cabeza durante un ensayo y tenía que permanecer en el hospital, en observación, hasta el día siguiente. Dawsey es moreno y fibroso, con una expresión reservada y atenta, hasta que sonríe. Exceptuando a cierta hermana tuya, tiene la sonrisa más dulce que he visto en mi vida, y en ese momento me acordé de que Amelia me había dicho en una de sus cartas que poseía un don excepcional para la persuasión. Me lo creo. Igual que Eben —y que todos los de aquí— está demasiado delgado, aunque se nota que antes tenía más carnes. Le están saliendo canas y tiene los ojos hundidos, de un color castaño tan oscuro que parece negro. Las arrugas alrededor de los ojos dan la sensación de que va a sonreír, aunque no sea así, pero calculo que ni siquiera habrá cumplido los cuarenta. Sólo es un poco más alto que yo y cojea ligeramente, pero está fuerte, porque subió a su carreta mi equipaje, a Amelia, a Kit y a mí sin ningún problema.

Le estreché la mano (no recuerdo si dijo algo) y después se hizo a un lado para dejar sitio a Amelia, que es una de esas mujeres que están más guapas a los sesenta que a los veinte (ay, ojalá algún día alguien diga eso de mí). Es menuda, de rostro delgado, sonrisa encantadora y pelo canoso, que lleva recogido en una trenza a modo de corona. Me agarró una mano con fuerza y me dijo: «Juliet, me alegra que por fin estés aquí. Recojamos tus cosas y vayamos a casa.» Me sonó maravilloso, como si de verdad estuviera hablando de mi hogar.

Mientras permanecimos allí de pie, en el muelle, notaba que una luz me daba cada dos por tres en los ojos y luego lo recorría todo. Isola, con un bufido, explicó que se trataba de Adelaide Addison, que estaba asomada a la ventana con los prismáticos, siguiendo cada uno de nuestros movimientos. Isola saludó enérgicamente con la mano hacia el lugar del que procedía el reflejo y éste se interrumpió.

Mientras nos reíamos de eso, Dawsey se ocupaba de mis maletas, vigilaba que Kit no se cayera al agua y los ayudaba a todos. Empecé a comprender que eso es lo que suele hacer, y que los demás cuentan con que lo haga.

Los cuatro —Amelia, Kit, Dawsey y yo— fuimos hasta la granja de Amelia en la carreta de Dawsey, y los otros se dirigieron hacia allí a pie. No estaba lejos, pero sí hubo un cambio de paisaje, porque dejamos St. Peter Port para adentrarnos en la campiña. Hay unos pastizales inmensos que se interrumpen de repente al llegar a los acantilados, y todo está impregnado del olor húmedo y salado del mar. A medida que íbamos avanzando, el sol se fue poniendo y se levantó la bruma. ¿Sabías que en la niebla todos los sonidos se oyen ampliados? Pues así es, incluso el gorjeo de un pájaro resultaba potente y parecía cargado de simbolismo. Cuando llegamos a la casa, las nubes ya se descolgaban por las paredes de los acantilados y los campos aparecían cubiertos de un manto gris, pero distinguí unas formas fantasmagóricas que creo que eran los búnkeres de cemento que construyeron los trabajadores de la organización Todt.

Kit iba sentada a mi lado en la carreta y me lanzaba muchas miradas de reojo. No fui tan tonta como para intentar trabar conversación con ella, pero sí le hice el truco del dedo cortado, ya sabes, en el que se crea la ilusión óptica de que uno se ha seccionado el pulgar.

Lo repetí una y otra vez, con naturalidad, sin mirarla, mientras ella me observaba igual que una cría de halcón. Se sintió fascinada, pero no es lo bastante ingenua como para echarse a reír. Al final dijo solamente: «Enséñame cómo lo haces.»

En la cena, sentada frente a mí, rechazó las espinacas estirando un brazo y levantando la mano como si fuera un policía. «Para mí no», dijo, y yo, desde luego, no iba a desobedecerla. Luego acercó su silla a la de Dawsey y se puso a comer con un codo plantado con firmeza en el brazo de él, impidiendo que se moviera. A Dawsey no pareció importarle, aunque tuvo alguna que otra dificultad para cortar el pollo, y una vez terminada la cena, la pequeña se le subió de inmediato a las rodillas. Obviamente, ése es su trono por derecho, y aunque Dawsey parecía estar atento a la conversación, me fijé en que, mientras hablábamos de la escasez de alimentos que hubo durante la ocupación, estaba doblando la servilleta en forma de conejito. ¿Sabías que los isleños utilizaban alpiste molido en vez de harina hasta que se les acabó?

Debí de aprobar un examen al que ni siquiera sabía que me estaba sometiendo, porque Kit me pidió que la acostara. Quería que le contase un cuento sobre un hurón. Me dijo que a ella le gustaban los bichos y me preguntó si a mí también. ¿Le daría un beso en el morro a una rata? Le contesté que nunca, y por lo visto con eso me gané su aceptación, porque vio claramente que era una cobarde, pero no una hipócrita. Le conté un cuento y luego ella me ofreció su minúscula mejilla para que se la besara.

Qué carta tan larga... y eso que sólo contiene las cuatro primeras horas de las veinte que llevo aquí. Vas a tener que esperar para conocer el contenido de las otras dieciséis.

Besos,

JULIET

De Juliet a Sophie

24 de mayo de 1946

Queridísima Sophie:

Sí, estoy aquí. Mark hizo todo lo posible por impedírmelo, pero me resistí tercamente hasta el final. Siempre he pensado que la tozudez es uno de mis rasgos menos atractivos, pero la semana pasada me resultó muy útil.

Fue zarpar a bordo del barco y verlo allí de pie, en el muelle, alto y con el ceño fruncido, queriendo casarse conmigo como fuera, y ya empecé a pensar que tal vez tuviera razón. Quizá soy una completa idiota. Sé de tres mujeres que están locas por él y que me lo quitarían de las manos en un abrir y cerrar de ojos, y en cambio yo pasaré los últimos años de mi vida en una habitación mugrienta alquilada, mientras los dientes se me van cayendo uno a uno. Ya me parece estar viéndolo: nadie comprará mis libros y asediaré a Sidney con manuscritos manoseados, ilegibles, que él, por compasión, fingirá publicar. Chocheando y refunfuñando, vagaré por las calles con unos nabos patéticos en una bolsa de redecilla y papeles de periódico dentro de los zapatos. Tú me enviarás afectuosas felicitaciones de Navidad (¿verdad?), y presumiré ante los desconocidos de que en cierta ocasión estuve a punto de comprometerme con Markham Reynolds, el magnate editorial. Ellos negarán con la cabeza, como diciendo: pobrecilla, está como una cabra pero es inofensiva.

Ay, Dios, esto roza la locura.

Guernsey es preciosa, y mis nuevos amigos me han recibido con tanta generosidad y cariño que ni por un momento he dudado de que haya hecho bien al venir... hasta hace un instante, cuando he empezado a pensar en mis dientes. Voy a dejar de hacerlo. Voy a salir al prado de flores silvestres que tengo justo al otro lado de la puerta y echaré a correr hacia el acantilado lo más rápido que pueda. Luego me dejaré caer en el suelo para contemplar el cielo, que esta tarde está tan resplandeciente como una perla, y aspiraré el olor cálido de la hierba y fingiré que Markham Reynolds no existe.

Acabo de entrar otra vez en casa. Han pasado varias horas, el sol poniente ha ribeteado las nubes de un color dorado intenso y el mar gime al pie de los acantilados. ¿Mark Reynolds? ¿Quién es ése?

Con el cariño de siempre,

JULIET

De Juliet a Sidney

27 de mayo de 1946

Querido Sidney:

Está claro que la casita de Elizabeth fue construida para alguien muy importante, porque es muy espaciosa. En la planta baja hay un cuarto de estar amplio, un baño, una despensa y una cocina enorme. En la de arriba hay tres dormitorios y otro baño. Y lo mejor de todo es que tiene ventanas por todas partes, para que la brisa del mar se cuele en todas las estancias.

He colocado la mesa de escribir junto a la ventana más grande del cuarto de estar. El único fallo de esta distribución es que uno se siente a todas horas tentado de salir a pasear hasta el borde del acantilado. El mar y las nubes nunca están cinco minutos en el mismo sitio, y tengo miedo de perderme algo si me quedo dentro de la casa. Cuando me he levantado esta mañana, el mar resplandecía con los reflejos del sol, y en este momento parece estar cubierto por una gasa de color amarillo. Para poder sacar adelante alguna obra, los escritores deberían vivir tierra adentro o cerca del vertedero municipal. O ser mentalmente más fuertes que yo.

Si necesitara algún aliciente para sentirme fascinada por Elizabeth, lo cual no es el caso, lo encontraría en sus posesiones. Los alemanes fueron a confiscar la casa de sir Ambrose y sólo le dieron seis horas para que se llevara sus pertenencias. Isola me ha dicho que Elizabeth se trajo únicamente unas cuantas ollas y sartenes, parte de la cubertería y la vajilla (los alemanes se quedaron con la plata buena, el cristal, la porcelana y el vino), los útiles de pintar, un fonógrafo antiguo y varios discos, y el resto eran pilas de libros. Tantos libros, Sidney, que no he tenido tiempo de echarles un vistazo. Llenan las estanterías del cuarto de estar e invaden el aparador de la cocina. Incluso tenía un montón a un lado del sofá, para utilizarlos como mesita. ¿A que es una idea magnífica?

En cada rincón encuentro detalles que me hablan de ella. Parece una persona muy observadora, como yo, porque todas las estanterías están abarrotadas de conchas, plumas de aves, algas secas, piedrecillas, cáscaras de huevo y el esqueleto de algo que podría ser un murciélago. Son simplemente cosas que debían de estar tiradas en el suelo, que cualquier otra persona habría pisado o pasado de largo; en cambio, ella vio que eran bonitas y se las trajo a casa. ¿Habrá utilizado algunas para pintar un bodegón? También me gustaría saber si sus cuadernos de bosquejos están por alguna parte. Tengo mucho que explorar. Y aunque lo primero es el trabajo, estoy tan ilusionada que es como si todos los días de la semana fueran Nochebuena.

Elizabeth también se trajo uno de los cuadros de sir Ambrose. Es un retrato de ella, pintado, imagino, cuando tendría unos ocho años. Está sentada en una silla, lista para levantarse de repente y salir corriendo, pero viéndose obligada a quedarse quieta para que la pintase sir Ambrose. Por la expresión de las cejas se le nota que no está a gusto. La mirada ceñuda debe de ser algo que se hereda, porque Kit y ella tienen exactamente la misma.

Mi casita está justo pasada la verja (una verja fuerte, de granja, de las de tres barrotes). El prado que rodea la casa está lleno de flores silvestres que crecen aquí y allá, hasta que se llega al borde del acantilado, dominado por la hierba ruda y los tojos.

La Casa Grande (a falta de un nombre mejor) es la que vino a cerrar Elizabeth para sir Ambrose. Se llega a ella por el camino que parte de la casita y es maravillosa. De dos plantas, con forma de «L» y construida con una hermosa piedra de un tono azul verdoso. Tiene un tejado de pizarra con buhardillas y un porche que arranca de la intersección de la «L» y se extiende a lo largo de toda la fachada. Al final de la «L» hay una torreta provista de una ventana que da al mar. Hubo que talar la mayoría de los árboles grandes que había antes para usarlos como leña, pero el señor Dilwyn ha pedido a Eben y a Eli que planten árboles nuevos: castaños y robles. También va a poner melocotoneros junto a las tapias de ladrillo del huerto en cuanto dichas tapias vuelvan a levantarse.

La casa posee unas buenas proporciones y tiene unos ventanales altos que dan directamente al porche de piedra. El césped está volviendo a crecer verde y tupido y empieza a tapar las rodadas que dejaron los coches y los camiones de los alemanes.

Escoltada a diferentes horas por Eben, Eli, Dawsey o Isola, en estos cinco días he recorrido las diez parroquias de la isla. Guernsey es muy bonita en toda su diversidad: campos, bosques, setos, vaguadas, mansiones, dólmenes, acantilados, rincones encantados, graneros de la época de los Tudor y casitas de piedra de la época normanda. Casi en cada sitio y cada edificio me han contado anécdotas de la historia (bastante anárquica) de esos lugares.

Los piratas de Guernsey tenían un gusto exquisito, porque construyeron unas viviendas preciosas y unos edificios públicos impresionantes. Estos últimos se encuentran en un estado ruinoso y tendrán que ser restaurados, pero arquitectónicamente aún se aprecia en ellos una gran belleza. Dawsey me ha llevado a una iglesia diminuta, construida en su totalidad con un mosaico hecho de fragmentos de loza y de objetos de barro. Lo elaboró un sacerdote con sus propias manos; debía de dirigir sus reuniones pastorales sujetando un martillo.

Mis guías son tan variopintos como los paisajes. Isola me habla de cofres del tesoro malditos, con incrustaciones de huesos blanqueados, traídos por la marea, y de lo que el señor Hallette esconde en su granero (él dice que es un ternero, pero nosotros sabemos que no). Eben me describe cómo eran las cosas antes de la guerra, y Eli desaparece de repente y luego vuelve a aparecer con una sonrisa angelical y la cara manchada de zumo de melocotón. Dawsey es el que menos habla; en cambio, me lleva a ver cosas maravillosas, como la pequeña iglesia que te he mencionado. Luego se queda atrás y deja que yo disfrute todo el rato que quiera. Es la persona más tranquila que he conocido en mi vida. Ayer, mientras caminábamos por la carretera, me fijé en que ésta pasaba muy cerca de los acantilados y en que había un sendero que bajaba hasta la playa. «¿Ahí es donde conoció a Christian Hellman?», le pregunté. Él puso cara de asombro y me respondió que, en efecto, aquél era el sitio. «¿Y cómo era físicamente?», quise saber, porque deseaba imaginarme la escena. Supuse que se trataba de una petición inútil, dado que los hombres no saben describirse unos a otros; sin embargo Dawsey sí supo: «Era el típico alemán: alto, rubio y de ojos azules, pero con la excepción de que era capaz de sentir dolor.»

Con Amelia y Kit he ido varias veces hasta el pueblo a tomar un té. Cee Cee estaba en lo cierto cuando contaba, extasiado, su experiencia al atracar en St. Peter Port. El puerto, con el pueblo ascendiendo en una pendiente empinada hacia el cielo, debe de constituir una de las vistas más hermosas del mundo. Los escaparates de High Street y del Pollet están limpios y relucientes, y empiezan a llenarse otra vez de productos. Es posible que en la actualidad St. Peter Port sea un lugar apagado, con tantos edificios por restaurar, pero no transmite esa impresión de profundo cansancio que transmite Londres. Debe de ser porque en él flota una luz brillante que lo llena todo, se respira un aire limpio y por todas partes crecen flores: en los prados, al borde de los caminos, en los recovecos y entre las losas del pavimento.

En realidad, para ver este mundo como corresponde hay que tener la estatura de Kit. Ella señala determinadas cosas que a mí me pasarían inadvertidas: mariposas, arañas, flores pequeñitas que crecen pegadas al suelo. Son detalles que resultan difíciles de ver cuando uno se topa con una pared deslumbrante llena de fucsias y buganvillas. Ayer me encontré con Kit y Dawsey agachados entre los arbustos que hay junto a la verja, silenciosos como dos ladrones. Pero no estaban robando, sino observando a un mirlo que intentaba sacar un gusano de la tierra. El gusano se resistía mucho, y los tres permanecimos allí sentados, en silencio, hasta que por fin el pájaro consiguió echárselo al buche. Nunca había visto el proceso entero. Es repugnante.

A veces, cuando bajamos al pueblo, Kit lleva consigo una caja pequeña de cartón atada con un cordel y provista de un asa de color rojo confeccionada con cuerda. Incluso cuando estamos tomando el té la sujeta sobre las rodillas con actitud protectora. La caja no tiene agujeros, así que es imposible que dentro haya un hurón. O tal vez, Dios no lo quiera, guarde un hurón muerto. Me encantaría saber qué hay, pero, por supuesto, no puedo preguntárselo.

Me gusta mucho este sitio, y ya estoy lo bastante instalada como para empezar a trabajar. Lo haré esta misma tarde, en cuanto regrese de la excursión de pesca con Eben y Eli.

Besos para ti y para Piers,

JULIET

De Juliet a Sidney

30 de mayo de 1946

Querido Sidney:

¿Te acuerdas de cuando me obligaste a asistir a quince sesiones de la Escuela de la Perfecta Mnemotecnia de Sidney Stark? Dijiste que los escritores que tomaban notas durante una entrevista eran maleducados, vagos e incompetentes, y que ibas a asegurarte de que conmigo no sucediera lo mismo. Mostraste tal arrogancia que te encontré insoportable y te odié por ello, pero aprendí lo que me enseñaste y ahora puedes ver los frutos de tu arduo trabajo.

Anoche fui a mi primera reunión de la Sociedad Literaria del Pastel de Piel de Patata de Guernsey. Se celebró en el cuarto de estar de Clovis y Nancy Fossey (y también invadió un poco la cocina). En esta ocasión el moderador era un miembro nuevo, Jonas Skeeter, que debía hablar de las *Meditaciones* de Marco Aurelio.

El señor Skeeter se puso de pie frente a todos los presentes, nos miró con gesto grave y dijo que él no quería estar allí y que sólo había leído la absurda obra de Marco Aurelio porque Woodrow Cutter, su amigo más antiguo y querido, que ahora había dejado de serlo, lo había abochornado porque no leía. Todos nos volvimos hacia Woodrow Cutter. Éste, boquiabierto, nos miró a su vez con gesto de perplejidad.

«Woodrow —siguió diciendo Jonas Skeeter— cruzó mi campo y vino hasta donde yo estaba amontonando el abono. Traía un librito en las manos y me dijo que acababa de leerlo y que le gustaría que también lo leyera yo, porque era muy "profundo". Yo le respondí que no tenía tiempo para ponerme "profundo". "Pues debes buscarlo, Jonas", me insistió. "Si lo leyeras, tendríamos mejores temas de conversación cuando fuéramos al Crazy Ida's. Nos divertiríamos más mientras bebemos cerveza." Eso hirió mis sentimientos, no os voy a engañar. Mi amigo de la infancia llevaba una temporada tratándome con aires de superioridad sólo porque él leía libros para vuestro grupo y yo no. En anteriores ocasiones se lo había dejado pasar, "cada uno a lo suyo", como decía mi madre. Pero esa vez fue demasiado. Me insultó. Me habló con prepotencia.

»Me explicó que Marco Aurelio había sido un emperador romano y también un guerrero poderoso. Que en aquel libro estaba escrito lo que opinaba de los cuados, una tribu de bárbaros que estaba esperando en el bosque para matar a todos los romanos. Y que, a pesar de la presión de esos cuados, se tomó la molestia de poner por escrito sus pensamientos. Que pensaba mucho, muchísimo, y que algunas de sus reflexiones no nos vendrían mal a nosotros.

»Así que dejé a un lado lo dolido que me sentía y cogí el maldito libro, pero esta noche he venido aquí para decir delante de todos: ¡Qué vergüenza, Woodrow! ¡Es una vergüenza que hayas sido capaz de poner un libro por encima de tu amigo de la infancia!

»Sin embargo, lo he leído y opino lo siguiente: Marco Aurelio era como una vieja, siempre estaba mirándose el ombligo y cuestionándose lo que había hecho o lo que había dejado de hacer. ¿Había obrado bien o había obrado mal? ¿Estaba el resto del mundo equivocado o lo estaba él? No, quienes iban equivocados eran los demás, y él decidió explicarles cómo eran las cosas en realidad. Una gallina clueca, eso es lo que era. Nunca tenía el más mínimo pensamiento que no pudiera convertir en un sermón. Seguro que ni siquiera podía ir a mear sin...»

En ese momento alguien exclamó:

«¡Mear! ¡Ha dicho "mear" delante de las damas!»

«¡Que pida perdón!», gritó otro.

«No tiene por qué pedir perdón. Se supone que ha de decir lo que piensa, y eso es lo que piensa. ¡Nos guste o no!»

«Woodrow, ¿cómo has podido herir a tu amigo de ese modo?»

«¡Qué vergüenza, Woodrow!»

A continuación, Woodrow se levantó y en la habitación se hizo el silencio. Los dos amigos se juntaron en el centro. Jonas le tendió la mano a Woodrow y éste le dio una palmada en la espalda, y acto seguido se fueron cogidos del brazo hacia Crazy Ida's. Espero que sea un pub y no una mujer.

Besos,

JULIET

P.D.: Dawsey fue el único miembro de la sociedad que por lo visto encontró divertida la reunión de anoche. Es demasiado educado para reírse a carcajadas, pero me fijé en que le temblaban los hombros. Por los comentarios del resto, deduje que había sido una velada satisfactoria, pero en modo alguno extraordinaria.

Besos otra vez,

JULIET

De Juliet a Sidney

31 de mayo de 1946

Querido Sidney:

Te ruego que leas la carta que te adjunto, la he encontrado debajo de mi puerta esta mañana.

> Apreciada señorita Ashton:
>
> La señorita Pribby me ha dicho que quería usted saber cosas de la reciente ocupación por parte del ejército alemán, así que por eso le escribo.
>
> Soy un hombre menudo, y aunque mi madre dice que nunca he destacado en nada, no es cierto. Simplemente es que no se lo he contado a ella. Soy un campeón silbando. He ganado concursos y pre-

mios. Y durante la ocupación me serví de ese talento para acobardar al enemigo.

Cuando mi madre se quedaba dormida, yo me iba de casa a escondidas, bajaba sin hacer ruido hasta el burdel de los alemanes (perdone que emplee ese término), que estaba en Saumarez Street, y me escondía entre las sombras hasta que veía salir a un soldado. No sé si las señoras son conscientes de ello, pero después de esas citas los hombres no se encuentran en su mejor condición física. El soldado emprendía el regreso a los barracones y a menudo iba silbando. Entonces yo echaba a andar despacio detrás de él, silbando la misma melodía (pero mucho mejor). Él dejaba de silbar y yo no. Se detenía un instante, pensando que lo que había creído que era el eco en realidad era otra persona, oculta en la oscuridad y que lo estaba siguiendo. Pero ¿quién? Se volvía para mirar, pero yo ya me había escondido en un portal. Como no veía a nadie, reanudaba el camino, esa vez sin silbar. Entonces yo echaba a andar de nuevo, silbando otra vez. Él se detenía, y yo me detenía también. El soldado apretaba el paso, pero yo continuaba silbando, caminando detrás de él con fuertes pisadas. Finalmente, él regresaba a toda prisa a su barracón y yo volvía al burdel a esperar a otro al que acosar. Estoy convencido de que a más de uno lo dejé en no muy buenas condiciones para desempeñar sus obligaciones al día siguiente.

Ahora, si me perdona, voy a seguir hablando de burdeles. No creo que aquellas muchachas estuvieran allí por voluntad propia. Las traían de los territorios ocupados de Europa, igual que a los trabajadores esclavos de la organización Todt. No podía ser un trabajo agradable. Hay que decir a favor de los soldados que exigieron a las autoridades alemanas que dieran a las chicas una ayuda extra para manutención, la misma que se les daba a los que trabajaban duro en la isla. Además, vi que algunas de esas muchachas compartían la comida con los trabajadores de la Todt, que a veces tenían permiso para salir por la noche de sus campos en busca de algo con lo que alimentarse.

La hermana de mi madre vive en Jersey. Y ahora que la guerra ha terminado ya puede venir a vernos... por desgracia. Siendo la clase de mujer que es, nos contó una historia muy triste.

Después del Día D, los alemanes decidieron devolver a las chicas del burdel a Francia, de modo que las subieron a todas en un barco en dirección a St. Malo. Las aguas de dicho trayecto son muy traicioneras, peligrosas y siempre están revueltas. El barco chocó contra las rocas y todos los que iban a bordo se ahogaron. Yo me imaginaba a aquellas pobres mujeres ahogadas, con la melena rubia («fulanas teñidas», las llamaba mi tía) extendida en el agua, golpeándose contra las rocas. «Les está bien merecido, por putas», dijo mi tía, y mi madre y ella se echaron a reír.

¡Aquello no se podía tolerar! Me levanté de un salto y, deliberadamente, volqué sobre ellas la mesita del té. Las llamé «viejas chochas».

Mi tía dice que nunca volverá a poner un pie en nuestra casa, y desde ese día mi madre no me dirige la palabra. Y la verdad es que así está todo mucho más tranquilo.

Atentamente,

HENRY A. TOUSSANT

De Juliet a Sidney

Sr. Sidney Stark
Stephens & Stark Ltd.
21 St. James's Place
Londres S.W. 1

6 de junio de 1946

Querido Sidney:

Apenas podía creer que fueras tú el que anoche me llamaba por teléfono desde Londres. Fue muy acertado por tu parte no decirme que volvías a casa, ya sabes que los aviones me dan mucho miedo, incluso cuando no lanzan bombas. Es maravilloso saber que ya no estás a cinco océanos de distancia, sino en la otra orilla del canal. ¿Vendrás a vernos cuando puedas?

Isola es la mejor. Ha conseguido que vinieran siete personas a contarme sus historias de la época de la ocupación, y tengo un montón de anotaciones de esas entrevistas, que no hacen más que crecer. Pero por ahora sólo son notas. Todavía no sé si de ellas podría salir un libro ni qué forma debería darle.

Kit ha cogido la costumbre de pasar de vez en cuando la mañana aquí. Trae piedras o conchas, se sienta en el suelo en silencio —bueno, más o menos en silencio— y juega con ellas mientras yo trabajo. Una vez que he terminado, bajamos a almorzar a la playa. Si hay demasiada niebla, nos quedamos jugando dentro de casa: al Salón de Belleza —nos cepillamos el pelo la una a la otra hasta que se nos carga de electricidad estática— o a la Novia Muerta.

La Novia Muerta no es un juego complicado como Serpientes y Escaleras. La novia se cubre con un visillo de encaje a modo de velo y se mete en la cesta de la ropa sucia, donde se tumba como si estuviera muerta, mientras el angustiado novio la busca por todas partes. Cuando por fin la descubre sepultada entre la ropa, se echa a llorar a pleno pulmón. Entonces, y sólo entonces, la novia se levanta y grita «¡Sorpresa!» y se abraza a él. Luego todo es euforia, sonrisas y besos. Entre tú y yo, a mí no me parece que ese matrimonio tenga ninguna posibilidad.

Ya sabía que los niños eran morbosos, pero no sé si debería alentar dicho comportamiento. No me atrevo a preguntar a Sophie si la Novia Muerta es un juego demasiado macabro para una niña de cuatro años. Si me responde que sí, tendremos que dejar de jugar a él, algo que no quiero hacer. Porque me encanta.

Cuando uno pasa tantas horas con un niño le surgen muchas preguntas. Por ejemplo, si te gusta poner los ojos bizcos todo el rato, ¿se te podrían quedar así para siempre? ¿O es un rumor? Mi madre decía que sí, y yo la creía, pero Kit está hecha de una pasta más dura y lo pone en duda.

Estoy intentando acordarme de lo que opinaban mis padres de la educación de los hijos, pero, como soy la hija, difícilmente puedo ser buen juez. Sé que en una ocasión me llevé un cachete por escupir los guisantes contra la señora Morris, que estaba sentada al otro lado de la mesa, pero no recuerdo nada más. A lo mejor se lo merecía. Kit no parece sufrir ningún efecto negativo por estar criándose entre todos los miembros de la sociedad, desde luego eso no la ha convertido en una niña temerosa ni retraída. Ayer lo comenté con Amelia; ella sonrió y me dijo que ninguna hija de Elizabeth podría ser de ningún modo temerosa ni retraída. A continuación me contó una anécdota encantadora de su hijo, Ian, y Elizabeth, de cuando ambos eran pequeños. Él estaba a punto de marcharse a estudiar a Inglaterra y no le apetecía nada hacerlo, así que decidió escaparse de casa. Lo consultó con Jane y Elizabeth y ésta lo convenció de que le comprara la barca para huir en ella. El problema era que Elizabeth no tenía ninguna barca, pero eso no se lo dijo. En tres días construyó una y cuando llegó la tarde señalada, la bajaron a la playa e Ian se subió a bordo mientras

Jane y Elizabeth lo despedían en la orilla, agitando unos pañuelos. A unos ochocientos metros de la orilla, la barca empezó a hundirse rápidamente. Jane quiso ir a buscar a su padre, pero Elizabeth afirmó que no había tiempo y que, como aquello era culpa suya, iría ella a socorrer a Ian. Se descalzó, se metió en el agua y fue nadando hasta donde estaba el chico. Juntos llevaron la barca a la playa y después Elizabeth lo acompañó a la residencia de sir Ambrose para que se secara. Le devolvió el dinero que él le había pagado por la barca y, mientras estaban los dos secándose delante de la chimenea, se volvió hacia él y le dijo con gesto grave: «Tendremos que robar un bote, no hay más remedio.» Ian le dijo a su madre que había llegado a la conclusión de que, después de todo, era más sencillo irse a Inglaterra a estudiar.

Sé que va a costarte muchísimo tiempo ponerte al día con el trabajo, pero si te sobra un minuto, ¿podrías buscarme un álbum de muñecas recortables? Uno que esté lleno de vestidos de fiesta elegantes, por favor.

Sé que Kit me está cogiendo afecto, porque me toca la rodilla cuando pasa por mi lado.

Besos,

JULIET

De Juliet a Sidney

10 de junio de 1946

Querido Sidney:

Acabo de recibir el paquete maravilloso que me ha enviado tu nueva secretaria. ¿De verdad se llama Billee Bee Jones? No importa, de todas maneras es un genio. Ha encontrado dos álbumes de muñecas recortables para Kit, y no son precisamente de los corrientes, sino los de Greta Garbo y *Lo que el viento se llevó*. Están llenos de vestidos preciosos, abrigos de piel, sombreros, echarpes... Son una maravilla. Billee Bee también nos ha enviado unas tijeras de punta redondeada, algo que a mí nunca se me habría ocurrido. Kit las está utilizando en este momento.

Esto no es una carta, sino una nota de agradecimiento. También voy a escribirle una a Billee Bee. ¿Cómo has hecho para encontrar a una persona tan eficiente? Espero que sea regordeta y cariñosa, porque así es como me la imagino. Ha adjuntado una nota en la que dice que los ojos no se quedan bizcos para siempre, que eso son sólo cuentos de viejas. Kit está muy emocionada y piensa ponerse bizca hasta la hora de cenar.

Con cariño,

JULIET

P.D.: Me gustaría señalar que, al contrario de lo que insinúas en ciertos comentarios de tu última carta, el señor Dawsey Adams no aparece mencionado en ésta. Llevo sin verlo desde el viernes por la tarde, cuando vino a recoger a Kit. Nos encontró a las dos engalanadas con nuestras mejores joyas y desfilando por la habitación a los conmovedores compases de *Pompa y circunstancia*, que estaba sonando en el gramófono. Kit le hizo una capa con un trapo de cocina y desfiló con nosotras. Me da a mí que en su árbol genealógico debe de tener a algún aristócrata, porque sabe mirar con benevolencia a media distancia, igual que hacen los duques.

Carta recibida en Guernsey el 12 de junio de 1946

Para: Eben o Isola o cualquier otro miembro de un círculo literario de Guernsey, islas del Canal, Gran Bretaña.

(Entregada a Eben el 14 de junio de 1946.)

Apreciado círculo literario de Guernsey:

Los saludo como personas queridas por mi amiga Elizabeth McKenna y les escribo para comunicarles que falleció en el campo de concentración de Ravensbrück. Fue ejecutada en marzo de 1945.

En los días anteriores a la llegada del ejército ruso que vino a liberar el campo, las SS llevaron al crematorio camiones llenos de documentos y los quemaron en los hornos. Por esa razón temía que quizá no hubieran tenido ustedes noticia del encarcelamiento y la muerte de Elizabeth.

Ella me hablaba con frecuencia de Amelia, Isola, Dawsey, Eben y Booker. No recuerdo los apellidos, pero creo que los de Eben e Isola eran poco habituales, por lo que espero que puedan localizarlos con facilidad en Guernsey.

Sé también que Elizabeth los quería como si fueran su familia, y que se sentía agradecida y tranquila al saber que su hija, Kit, estaba a su cuidado. Así pues, escribo esto para que tanto ustedes como la niña sepan de ella y de la fortaleza que demostró en el campo de concentración. No sólo de la fortaleza, sino también de una capacidad especial para hacernos olvidar durante unos momentos dónde estábamos. Elizabeth era amiga mía, y en aquel lugar la amistad era lo único que nos ayudaba a seguir siendo seres humanos.

Actualmente resido en el Hospice La Fôret, en Louviers, Normandía. Todavía no hablo muy bien inglés, así que la hermana Touvier me corrige las frases conforme las va escribiendo.

Ahora tengo veinticuatro años. En 1944, la Gestapo me capturó en Plouha, Bretaña, con un paquete de tarjetas de racionamiento falsificadas. Me interrogaron, bueno, tan sólo me golpearon, y luego me enviaron al campo de concentración de Ravensbrück. Me asignaron al pabellón once, y allí fue donde conocí a Elizabeth.

Voy a contarles cómo nos conocimos. Una tarde, ella se acercó a mí y me llamó por mi nombre, Remy. Me provocó mucha alegría oír que alguien lo pronunciaba. Me dijo: «Ven conmigo, tengo una sorpresa maravillosa para ti.» No entendí a qué se refería, pero fui con ella hasta el fondo de los barracones. Allí había una ventana rota tapada con periódicos y los sacó todos. Salimos y echamos a correr hacia el Lagerstrasse.

Entonces entendí lo que había querido decir con «sorpresa maravillosa». El cielo que se veía por encima de los muros parecía estar en llamas, lleno de nubes bajas de tonos morados y rojos, iluminadas desde abajo con una luz dorada. Iban cambiando de tonalidad y de forma a medida que avanzaban rápidamente. Nos quedamos las dos de pie, cogidas de la mano, hasta que oscureció.

Creo que quien no haya estado en un sitio así no puede entender lo mucho que significó aquello para mí, el hecho de poder pasar un instante de tranquilidad las dos juntas.

En nuestro barracón, el número once, había casi cuatrocientas mujeres. Y delante de cada barracón un camino de gravilla en el que se pasaba lista dos veces al día: a las cinco y media de la madrugada y por la tarde, después del trabajo. Las mujeres de cada barracón formaban grupos de cien mujeres, en diez filas de diez. Los grupos llegaban hasta tan lejos a derecha e izquierda que, con la niebla, a menudo no se veía dónde acababan.

Nuestras camas eran unas baldas de madera colocadas en plataformas de tres. Dormíamos sobre montones de paja que despedían un olor desagradable y estaban llenos de pulgas y piojos. Había unas ratas enormes y amarillas que por la noche nos corrían por los pies. Eso era bueno, porque las guardianas odiaban las ratas y el mal olor, así que por la noche nos dejaban en paz.

Elizabeth me habló de la isla de Guernsey y del círculo literario. Y cuando lo hacía, a mí me parecía que me estaba describiendo el paraíso. En las literas, el aire que respirábamos estaba cargado de enfermedades y suciedad, pero cuando ella hablaba yo me imaginaba la brisa del mar, sana y fresca, y el olor de la fruta bajo el sol. Aunque no puede ser, porque no recuerdo que en Ravensbrück tuviéramos un solo día soleado. También me encantó enterarme de cómo nació esa sociedad literaria de ustedes. Estuve a punto de estallar en carcajadas cuando me contó lo del cerdo asado, pero no lo hice; en los barracones reír traía problemas.

Teníamos varios grifos de agua fría para lavarnos. Una vez por semana nos llevaban a las duchas y nos daban una pastilla de jabón. Anhelábamos ese momento, porque lo que más temíamos era estar sucias y coger una infección. No nos atrevíamos a caer enfermas, porque entonces no podríamos trabajar, dejaríamos de ser útiles para los alemanes y nos matarían.

Todas las mañanas, a las seis, Elizabeth y yo íbamos andando con nuestro grupo hasta la fábrica de Siemens en la que trabajábamos. Estaba fuera de los muros de la prisión. Allí empujábamos unas carretillas hasta un apartadero del ferrocarril y las cargábamos con planchas metálicas pesadas. A mediodía nos daban una pasta de trigo con guisantes y a las seis volvíamos al campo para pasar lista y cenar una sopa de nabos.

Nuestras funciones iban cambiando según las necesidades, y un día nos ordenaron que caváramos una zanja en la que plantar patatas para el invierno. Nuestra amiga Alina se escondió una patata, pero se le cayó al suelo. Nos mandaron que parásemos de cavar hasta que la guardiana identificase a la ladrona.

A Alina le habían salido úlceras en la córnea de los ojos, pero las guardianas no podían enterarse, porque hubieran pensado que se estaba quedando ciega. Elizabeth dijo enseguida que había sido ella quien había robado la patata y la enviaron al búnker de castigo durante una semana.

Las celdas de aquel búnker eran muy pequeñas. Un día, mientras Elizabeth estaba allí, un guardia se dedicó a ir abriendo la puerta de cada celda para a continuación rociar a las prisioneras con una manguera de agua a presión. La fuerza del chorro tiró a Elizabeth al suelo, pero tuvo la suerte de que no se le mojó la manta. Gracias a eso pudo tumbarse debajo de ésta hasta que dejó de tiritar. Pero en la celda de al lado había una joven embarazada que no tuvo tanta suerte, o la energía suficiente para levantarse, y murió de frío aquella misma noche, en el suelo.

Quizá le esté explicando muchas cosas que ustedes no quisieran conocer, pero tengo que hacerlo para que sepan cómo vivía Elizabeth y cómo se mantuvo firme gracias a su bondad y coraje. También me gustaría que lo supiera su hija.

Ahora debo contarles cómo murió. A menudo, después de pasar varios meses en el campo de concentración, las mujeres dejaban de menstruar. Aunque no todas. Los médicos del campo no habían tenido en cuenta la higiene de las prisioneras durante esos días, por lo que no había paños, ni compresas, ni jabón. Las mujeres que menstruaban simplemente dejaban que la sangre les resbalase por las piernas.

A las guardianas eso les gustaba, aquella sangre tan antiestética les daba una excusa para gritarnos y golpearnos. Una mujer llamada Binta, que era la encargada de pasar lista por la tarde, empezó a chillarle a una chica que sangraba. Le chillaba y la amenazaba con la vara en alto, y entonces comenzó a golpearla.

Al momento, Elizabeth se salió de la fila, agarró la mano de Binta, la volvió contra ella y se puso a pegarle. Unos guardias llegaron a la carrera y dos de ellos arrojaron a Elizabeth al suelo golpeándola con los rifles. Luego la subieron a un camión y se la llevaron otra vez a la celda de castigo.

Uno de los guardias me contó que al día siguiente varios soldados fueron a la celda donde estaba encerrada Elizabeth y la sacaron de allí. Al otro lado de los muros del campo había un bosquecillo de chopos. Los troncos formaban un sendero, y Elizabeth lo recorrió por su propio pie, sin que la ayudaran. Se arrodilló en el suelo y le dispararon un tiro en la nuca.

Ya termino. Muchas veces he sentido la presencia de mi amiga a mi lado, como cuando estuve enferma después de salir de aquel campo. Tuve fiebre e imaginaba que navegábamos hasta Guernsey en un barco pequeño. Así lo habíamos planificado cuando estábamos en Ravensbrück, que viviríamos las dos juntas en su casita, con su hija pequeña, Kit. Eso me ayudaba a conciliar el sueño.

Espero que ustedes sientan a Elizabeth a su lado, como me ocurre a mí. Su fortaleza nunca la abandonó, ni su salud mental tampoco, nunca; simplemente vio demasiada crueldad.

Les ruego que acepten mis mejores deseos,

REMY GIRAUD

Nota de la hermana Cecile Touvier,
colocada dentro del sobre junto con la carta de Remy

Les escribe la hermana Cecile Touvier, enfermera. He mandado a Remy a descansar. No apruebo esta carta tan larga, pero ella ha insistido en escribirla.

Remy no quiere contarles lo enferma que ha estado, pero se lo contaré yo. Pocos días antes de que llegaran los rusos a Ravensbrück, esos sucios nazis ordenaron que todas las mujeres que fueran capaces de andar se marcharan. Abrieron las verjas y soltaron a las prisioneras en medio del campo devastado. «Marchaos —les dijeron—. Marchaos a buscar a las tropas de los aliados.»

Abandonaron a aquellas mujeres agotadas y hambrientas, que tuvieron que caminar kilómetros y kilómetros sin comida ni agua. Ni siquiera quedaban restos que aprovechar en los sembrados por los que iban pasando. No es de extrañar que aquello se convirtiera en una marcha de la muerte. Cientos de mujeres perecieron por el camino.

Al cabo de varios días, Remy tenía las piernas y el cuerpo tan hinchados a causa del hambre que no pudo seguir andando, de modo que se tumbó en el suelo a esperar morir. Por suerte, la encontró una compañía de soldados estadounidenses. Intentaron darle algo de comer, pero no fue capaz de asimilarlo. Entonces la trasladaron a un hospital, donde le extrajeron una gran cantidad de líquido del cuerpo. Después de pasar varios meses allí, mejoró lo suficiente como para que la trajeran a este asilo de Louviers. Les diré que cuando llegó aquí pesaba menos de cuarenta kilos. De lo contrario, seguro que se hubiera puesto en contacto con ustedes antes.

Estoy segura de que recuperará las fuerzas ahora que les ha escrito esta carta y puede, por fin, dejar que su amiga descanse. Por supuesto, pueden ustedes contestarle, pero les ruego que no le pregunten nada de Ravensbrück; lo mejor para ella es olvidar.

Atentamente,

HERMANA CECILE TOUVIER

De Amelia a Remy Giraud

Mlle. Remy Giraud
Hospice La Forêt
Louviers
Francia

16 de junio de 1946

Querida mademoiselle Giraud:

Ha sido muy buena al escribirnos, buena y amable. Tiene que haberle sido muy difícil revivir esos recuerdos tan terribles para informarnos de la muerte de Elizabeth. Hemos rezado para que volviera con nosotros, pero es mejor saber la verdad que vivir en la incertidumbre. Nos sentimos agradecidos por su amistad con ella y al pensar en el consuelo que se procuraron la una a la otra.

¿Nos permite que el señor Dawsey Adams y yo vayamos a Louviers a verla? Nos gustaría mucho, pero si nuestra visita le resulta demasiado turbadora no iremos. Deseamos conocerla, y tenemos una idea que proponerle, pero, repito, si prefiere que no vayamos, no iremos.

La bendecimos por su bondad y su coraje.

Atentamente,

AMELIA MAUGERY

De Juliet a Sidney

16 de junio de 1946

Querido Sidney:

Fue muy reconfortante oírte decir eso de «Maldita sea, Dios, maldita sea». Es lo único sincero que se puede decir, ¿verdad? La muerte de Elizabeth es una abominación, y nunca será otra cosa.

Supongo que es raro guardar luto por alguien a quien nunca se ha conocido, pero yo lo estoy haciendo. He sentido la presencia de Elizabeth desde el principio: cuando entro en una habitación, y no sólo en la casa, sino también en la biblioteca de Amelia, que está llena de libros suyos, en la cocina de Isola, donde preparaba brebajes. Todo el mundo habla de ella en presente, incluso ahora, y al final me había convencido de que iba a volver. Deseaba mucho conocerla.

Para los demás es peor. Ayer, cuando vi a Eben, me pareció que había envejecido. Me alegro de que Eli esté con él. Isola ha desaparecido; Amelia dice que no debemos preocuparnos, que suele hacerlo cuando está muy triste.

Dawsey y Amelia han decidido ir a Louviers para intentar persuadir a mademoiselle Giraud de que venga a Guernsey. En su carta había un pasaje desgarrador en el que contaba que Elizabeth la ayudaba conciliar el sueño en el campo de concentración planificando un futuro para ambas en Guernsey. Decía que este lugar le parecía el paraíso. La pobre bien se merece un trocito de cielo; ya ha pasado por el infierno.

Yo cuidaré de Kit mientras ellos están fuera. Estoy muy apenada por ella, nunca conocerá a su madre, salvo por los relatos de los demás. También me preocupa su futuro, porque ahora es oficialmente una huérfana. El señor Dilwyn me ha dicho que hay tiempo de sobra para tomar una decisión. «Por el momento, dejaremos las cosas tal como están.» No habla como los otros banqueros o administradores que he conocido, bendito sea.

Con todo mi cariño,

JULIET

De Juliet a Mark

17 de junio de 1946

Querido Mark:

Lamento que anoche nuestra conversación terminara mal. Se hace muy difícil transmitir matices por teléfono cuando se está gritando. Es cierto, no quiero que vengas este fin de semana, pero no tiene nada que ver contigo. Mis amigos acaban de sufrir un mazazo tremendo. Elizabeth era el corazón de esta comunidad, y la noticia de su muerte nos ha conmocionado a todos. Qué raro, cuando te imagino leyendo esta frase, te veo preguntándote qué tendrá que ver la muerte de esa mujer contigo o conmigo, o con tus planes para el fin de semana. Pues mucho. Me siento como si hubiera perdido a un ser muy querido. Estoy de luto.

¿Ahora lo entiendes un poco mejor?

Besos,

JULIET

De Dawsey a Juliet

Srta. Juliet Ashton
Grand Manoir, Cottage
La Bouvée
St. Martin's, Guernsey

21 de junio de 1946

Querida Juliet:

Estamos en Louviers, aunque todavía no hemos ido a ver a Remy. A Amelia el viaje la ha dejado agotada, y quiere descansar una noche antes de ir al asilo.

El trayecto a través de Normandía ha sido horrible. Las calles de los pueblos estaban llenas de muros derrumbados por las bombas y hierros retorcidos. Hay unos huecos enormes entre los edificios y los que quedan en pie parecen dientes mellados y negros. Fachadas enteras han desaparecido y el interior de las casas ha quedado a la vista, desde el papel floreado de las paredes hasta los cabeceros de las camas, inclinados y todavía sujetos al suelo. Ahora me doy cuenta de la suerte que tuvo Guernsey durante la guerra.

Sigue habiendo mucha gente en las calles, retirando ladrillos y piedras y cargándolos en carros y carretillas. Han cubierto los escombros con mallas metálicas para que los tractores puedan circular por encima de ellos. En las afueras de los pueblos, el campo está totalmente destrozado, lleno de unos cráteres enormes, con la tierra removida y la vegetación arrancada.

Da pena ver los árboles. Ya no hay chopos, ni olmos, ni castaños; los únicos que aguantan están quemados, ennegrecidos y mutilados, no son más que muñones que no proyectan ninguna sombra.

El señor Piaget, el dueño del hostal en el que nos hospedamos, nos ha contado que los ingenieros alemanes ordenaron a centenares de soldados que talasen árboles, sotos y bosques enteros. Luego arrancaron las ramas, untaron los troncos con alquitrán y los clavaron en unos hoyos que habían cavado en los campos. Los llamaban «espárragos de Rommel» y tenían como finalidad impedir que los planeadores de los aliados aterrizasen y que sus soldados se lanzaran en paracaídas.

Amelia se ha acostado nada más cenar, así que yo he salido a dar un paseo por Louviers. El pueblo tiene algunos rincones bonitos, aunque gran parte de él fue bombardeado y los alemanes lo incendiaron antes de retirarse. No veo cómo van a conseguir que el pueblo vuelva a tener vida.

Luego he regresado y me he sentado en el porche a pensar en lo de mañana, hasta que ha oscurecido del todo.

Dale a Kit un abrazo de mi parte.

Con afecto,

DAWSEY

De Amelia a Juliet

23 de junio de 1946

Querida Juliet:

Ayer conocimos a Remy. En cierto modo me sentía incapaz de hacerlo, pero, gracias a Dios, Dawsey estuvo ahí. Él, con toda calma del mundo, cogió unas sillas de jardín, nos ayudó a acomodarnos a la sombra de un árbol y le preguntó a una enfermera si podíamos tomar un té.

Yo deseaba caerle bien a Remy, que se sintiera a salvo con nosotros. Quería saber más cosas de Elizabeth, pero me daba miedo la fragilidad de la joven y las advertencias que nos había hecho la hermana Touvier. Remy es muy menuda y está delgadísima. Tiene el pelo oscuro y rizado y lo lleva muy corto, y unos ojos grandes y de expresión atemorizada. Se nota que en épocas mejores fue una belleza, pero ahora es como de cristal. Le tiemblan mucho las manos, así que procura mantenerlas en el regazo. Nos dio la bienvenida como pudo, pero se mostró muy reservada hasta que nos preguntó por Kit: quería saber si se había ido a Londres, con sir Ambrose.

Dawsey le explicó que sir Ambrose había fallecido y que a Kit la estamos criando nosotros. Le enseñó la fotografía en la que aparecéis Kit y tú. Remy sonrió y dijo: «No hay duda de que es hija de Elizabeth. ¿Es fuerte?» El recuerdo de nuestra querida Elizabeth me impedía hablar, pero Dawsey respondió que sí, que es una niña muy fuerte, y le habló de la pasión que siente por los hurones. Eso la hizo sonreír otra vez.

Remy está sola en el mundo. Su padre murió mucho antes de la guerra, y en 1943 a su madre la enviaron a Drancy por haber dado refugio a enemigos del gobierno, y más tarde falleció en Auschwitz. Sus dos hermanos están desaparecidos. Le pareció ver a uno de ellos en una estación de tren en Alemania cuando se dirigía a Ravensbrück, pero no volvió la cabeza cuando ella lo llamó. Al otro no lo ve desde 1941. Está convencida de que también han muerto. Me alegré de que Dawsey tuviera valor para hacerle preguntas, porque sólo parecía hallar consuelo hablando de su familia.

Al final le propuse que viniera a Guernsey y se quedase una temporada en casa. Remy volvió a mostrarse reservada y explicó que no tardaría en abandonar el asilo. El gobierno francés ofrece pensiones a los supervivientes de los campos de concentración por el tiempo pasado en dichos campos, por las lesiones permanentes y como reconocimiento de su sufrimiento. Y también les paga un pequeño estipendio a aquellos que deseen reanudar los estudios.

Además, la Association Nationale des Anciennes Déportées et Internées de la Résistance la ayudará a pagar el alquiler de una habitación o de un piso compartido con otros supervivientes, de modo que ha decidido irse a París y buscar trabajo de aprendiza en una panadería.

Se mantuvo muy firme en su decisión, de modo que dejé el tema, pero creo que Dawsey no está tan dispuesto a olvidarlo como yo. Cree que debemos ofrecerle refugio, como si fuera una obligación moral que hubiéramos contraído con Elizabeth. Tal vez tenga razón, o tal vez sea simplemente una manera de aliviar nuestro sentimiento de impotencia. En cualquier caso, le prometió regresar mañana para llevarla a dar un paseo por el canal y visitar una *pâtisserie* que ha visto en Louviers. A veces me pregunto qué ha sido de nuestro antiguo Dawsey, y de su timidez.

Me siento bien, aunque estoy más cansada que nunca. A lo mejor es por haber visto mi querida Normandía tan destrozada. Tengo ganas de regresar a casa, querida.

Un beso para ti y otro para Kit,

AMELIA

De Juliet a Sidney

28 de junio de 1946

Querido Sidney:

Qué regalo tan acertado le mandaste a Kit: unos zapatos de claqué de satén rojo cubiertos de lentejuelas. ¿Se puede saber dónde los encontraste? ¿No hay otros iguales para mí?

Amelia está cansada desde que volvió de Francia, así que es mejor que Kit se quede conmigo, sobre todo si Remy decide venir a su casa cuando salga del asilo. A Kit parece que también le gusta la idea, gracias a Dios. Ya sabe que su madre está muerta, se lo ha dicho Dawsey. No sé muy bien lo que siente; no ha expresado nada, y Dios me libre de preguntarle. Procuro no estar encima de ella todo el tiempo ni darle caprichos especiales. En mi caso, cuando fallecieron mis padres, la cocinera del señor Simpless me traía unos trozos enormes de tarta y después se quedaba allí de pie, mirándome con compasión, mientras yo hacía esfuerzos por tragar. La odiaba por pensar que aquella tarta iba a compensar la pérdida de mis padres. Por supuesto, yo era una mocosa difícil de doce años y Kit sólo tiene cuatro, y seguramente a ella le gustaría recibir una porción extra de tarta, pero tú ya me entiendes.

Sidney, tengo un problema con el libro. He reunido muchos de los datos que figuran en los registros de los Estados y he hecho un montón de entrevistas personales, material suficiente para empezar a escribir la historia de la ocupación, pero no consigo unirlos en una estructura que me satisfaga. El orden cronológico me resulta demasiado aburrido. ¿Quieres que lo empaquete todo y te lo mande? Me vendría bien una mirada más crítica e impersonal que la mía. ¿Tienes tiempo de echarle un vistazo, o todavía estás poniéndote al día tras el viaje a Australia? En ese caso no te preocupes, de todas formas sigo trabajando, y a lo mejor se me ocurre alguna idea brillante.

Besos,

JULIET

P.D.: Por cierto, gracias por mandarme también el encantador recorte de Mark bailando con Ursula Fent. Si lo que esperabas era provocarme un ataque de celos, has fallado. Más que nada porque Mark ya me había comunicado por teléfono que Ursula lo persigue por todas partes igual que un sabueso. ¿Te das cuenta? Los dos tenéis una cosa en común: queréis que me sienta fatal. ¿Por qué no fundáis un club?

De Sidney a Juliet

1 de julio de 1946

Querida Juliet:

No me mandes nada, quiero ir yo mismo a Guernsey. ¿Te viene bien este fin de semana?

Tengo ganas de veros a ti, a Kit y Guernsey, por ese orden. No tengo intención de leer lo que has escrito contigo delante paseando nerviosa arriba y abajo; ya me traeré el manuscrito a Londres.

Podría llegar el viernes por la tarde, en el avión de las cinco, y quedarme hasta el lunes por la mañana. ¿Te importaría reservarme un hotel? ¿Y también organizar una pequeña cena? Me gustaría conocer a Eben, Isola, Dawsey y Amelia. El vino lo llevaré yo.

Besos,

SIDNEY

De Juliet a Sidney

Miércoles

Querido Sidney:

¡Maravilloso! Isola no quiere ni oír hablar de que te alojes en el hostal (ha insinuado que hay chinches). Tiene intención de que lo hagas en su casa, y necesita saber si te molestan los ruidos al amanecer. A esa hora es cuando se levanta *Ariel*, la cabra. *Zenobia*, la hembra loro, es un poco más remolona.

Dawsey, yo y su carreta iremos a recogerte al aeródromo. Ya estoy deseando que llegue el viernes.

Besos,

JULIET

De Isola a Juliet (metida por debajo de la puerta de Juliet)

Viernes, cerca del amanecer

Cielo, no puedo detenerme, voy camino del puesto del mercado y tengo que darme prisa. Me alegra que tu amigo vaya a alojarse a mi casa. Le he puesto ramitos de lavanda entre las sábanas. ¿Quieres que le eche alguno de mis elixires en el café? Basta con que en el mercado me hagas una señal con la cabeza y sabré a cuál te refieres.

Besos,

ISOLA

De Sidney a Sophie

6 de julio de 1946

Querida Sophie:

Por fin estoy en Guernsey con Juliet, preparado para contarte tres o cuatro de la docena de cosas que me pediste que averiguase.

La primera y más importante es que Kit parece haberle cogido tanto cariño a Juliet como el que le tenemos tú y yo. Es una criatura llena de energía, afectuosa de un modo reservado (algo que no es tan contradictorio como parece) y de sonrisa rápida cuando está en compañía de alguno de sus padres adoptivos, los miembros de la sociedad literaria.

Además es adorable, de mofletes redondos, rizos redondos y ojos redondos. Despierta la tentación casi irresistible de estrujarla, pero eso sería un desaire a su dignidad, y no soy lo bastante valiente como para atreverme a hacerlo. Cuando ve algo que no le gusta, mira con una expresión que convertiría en cenizas a la mismísima Medea. Isola dice que reserva esa mirada para el cruel señor Smythe, que golpea a su perro, y para la malvada señora Guilbert, que dijo que Juliet es una metomentodo y que debería volverse a Londres, que es donde debe estar.

Voy a contarte una anécdota de Kit y Juliet. Dawsey (luego te hablaré de él) vino a recoger a Kit para ir juntos a ver llegar el barco de pesca de Eben. Kit se despidió de nosotros, salió volando por la puerta, luego entró volando otra vez, se acercó a Juliet, le levantó la falda unos centímetros, le dio un beso en la rodilla y volvió a salir corriendo. Juliet se quedó primero estupefacta y después más feliz de lo que ni tú ni yo la hemos visto en la vida.

Ya sé que cuando estuviste con Juliet el invierno pasado la encontraste cansada, pálida, hecha polvo y sin ganas de nada. Creo que no eres consciente de lo muy agotadores que pueden ser los encuentros para tomar el té y las entrevistas. Pues bien, ahora se la ve más sana que una manzana, y llena de la vitalidad de antes. Está tan pletórica, Sophie, que me parece que no va a querer regresar a Londres, aunque ella no lo sabe todavía. La brisa marina, el sol, los prados verdes, las flores silvestres, el cielo y el mar, siempre cambiantes, y sobre todo la gente; todo eso la ha seducido para que abandone la gran ciudad.

Y no resulta difícil entender por qué. Este lugar es muy hogareño y acogedor. Isola es exactamente la anfitriona que uno desearía encontrarse en una visita al campo pero que nunca encuentra. La primera mañana me sacó a rastras de la cama para que la ayudase a secar pétalos de rosa, a hacer mantequilla, a remover no sé qué (sabe Dios qué sería) en una olla enorme, a dar de comer a *Ariel* y para que luego fuese al mercado de pescado a comprarle una anguila. Todo eso con *Zenobia*, el loro hembra, subida en mi hombro.

Pasemos ahora a Dawsey Adams. Lo he escrutado a fondo, siguiendo tus instrucciones. Y me ha gustado lo que he visto. Es un hombre tranquilo, competente, digno de confianza... Dios, lo he descrito como si fuera un perro. Y además posee sentido del humor. Dicho en pocas palabras, es totalmente distinto de los otros novios que ha tenido Juliet, lo cual resulta elogiable. En nuestro primer encuentro no habló mucho, ni tampoco en los encuentros siguientes, ahora que lo pienso. Pero cuando entra en una habitación, todo el mundo parece exhalar un suspiro de alivio. Yo en mi vida nunca he provocado ese efecto en nadie, y no entiendo por qué. A Juliet se la ve un tanto nerviosa en su presencia —lo cierto es que el silencio de Dawsey resulta un poco inquietante—, y ayer armó un verdadero desastre con la vajilla del té cuando vino a buscar a Kit. Claro que Juliet siempre ha sido un poco torpe con las tazas de té: ¿recuerdas lo que le hizo a la porcelana que tenía mamá? Así que tal vez eso no sea significativo. En cuanto a él, la estudia fijamente con sus ojos oscuros, hasta que ella lo mira también, y entonces aparta la vista (espero que sepas apreciar mis dotes de observación).

Una cosa sí puedo decirte sin temor a equivocarme: Dawsey vale más que una docena de Mark Reynolds. Ya sé que crees que no soy razonable respecto a Reynolds, pero es que tú no lo conoces tanto como yo. Es todo encanto y brillantina, y siempre consigue lo que quiere. Ése es uno de sus pocos principios. Quiere conseguir a Juliet porque es guapa e «intelectual» al mismo tiempo, y le parece que ambos formarán una pareja impresionante. Si Juliet se casa con él, pasará el resto de su vida exhibiéndose delante de la gente en teatros, clubes y saliendo por ahí los fines de semana, y no volverá a escribir. Como editor suyo que soy, me siento consternado ante dicha perspectiva, pero como amigo estoy horrorizado. Sería el final de nuestra Juliet.

Es difícil saber qué opina Juliet de él, si es que opina algo. Le he preguntado si lo echa de menos y me ha contestado: «¿A Mark? Supongo que sí.» Como si fuera un tío lejano, y ni siquiera uno favorito. Me encantaría que se olvidase de él, pero no creo que Reynolds vaya a permitírselo.

Volviendo a temas menos importantes, como la ocupación y el libro de Juliet: esta tarde me ha invitado a que la acompañase a visitar a varios isleños. Les ha preguntado por el Día de la Liberación de Guernsey, que se celebró el 9 de mayo del año pasado.

¡Menuda mañana debió de ser! La multitud se congregó en la bahía de St. Peter Port. Todo el mundo en absoluto silencio, mirando los barcos de la Marina británica situados enfrente del puerto. Después, cuando los Tommies desembarcaron, estalló todo. Abrazos, besos, llantos, gritos.

Muchos de los soldados que pisaron tierra eran de la misma Guernsey. Hombres que no habían visto a sus familias ni sabían nada de ellas desde hacía cinco años. Ya te puedes imaginar cómo buscarían a sus parientes entre la multitud, ansiosos, y la euforia que debió de embargarlos al reunirse con ellos.

El señor LeBrun, un cartero jubilado, nos ha contado una anécdota realmente insólita. Varios barcos británicos se separaron de la flota de St. Peter Port y partieron hacia el puerto de St. Sampson's, situado unos cuantos kilómetros al norte. Allí se había congregado otra multitud que esperaba ver cómo la lancha de desembarco atravesaba las barreras antitanque de los alemanes y llegaba a la playa. Cuando se abrieron los portones, lo que salió no fue un pelotón de soldados uniformados, sino un solo hombre. Iba vestido como la caricatura de un caballero inglés, con pantalón a rayas, chaqué y sombrero de copa, y llevaba un paraguas cerrado y un ejemplar del *Times* del día anterior en la mano. Durante unos segundos se hizo el silencio, hasta que el chiste caló y la multitud estalló en vítores y se abalanzó sobre él para darle palmadas en la espalda, cubrirlo de besos y subirlo a hombros entre cuatro hombres para pasearlo por la calle. Alguien gritó: «¡Noticias, noticias frescas de Londres!» y le arrebató el periódico de la mano. Quienquiera que fuera aquel soldado, lo que hizo fue brillante y merece una medalla.

Cuando salieron los demás soldados, llevaban bombones, naranjas, tabaco y té para repartir entre la multitud. El general de brigada Snow anunció que estaban reparando el sistema de comunicaciones con Inglaterra y que pronto podrían hablar con los niños que habían sido evacuados y con los familiares que tuviesen allí. Los barcos vinieron cargados también de alimentos, toneladas de ellos, medicinas, parafina, pienso para animales, ropa, telas, semillas y zapatos.

Seguro que hay anécdotas suficientes para llenar tres libros, será cuestión de seleccionarlas. No te preocupes si Juliet parece nerviosa de vez en cuando, tiene motivos para estarlo. Se trata de una tarea abrumadora.

Ahora tengo que dejarte e ir a vestirme para la cena que ha organizado Juliet. Isola se ha puesto tres chales y un pañuelo de encaje, y yo quiero estar a su altura.

Besos a todos,

SIDNEY

De Juliet a Sophie

7 de julio de 1946

Querida Sophie:

Te escribo sólo unas líneas para decirte que Sidney está aquí y que ya podemos dejar de preocuparnos por él... y por su pierna. Está estupendo: bronceado, en buena forma y la cojera no se le nota nada. De hecho, hemos arrojado su bastón al mar y estoy segura de que ya está a medio camino de Francia.

Anoche organicé una pequeña cena para él, la preparé yo solita y resultó bastante comestible. Will Thisbee me ha regalado *Libro de cocina para principiantes*. Era justo lo que necesitaba. El autor presupone que el lector no sabe nada de cocina y da consejos tan útiles como: «Cuando se echan los huevos, antes hay que romperles la cáscara.»

Sidney se lo está pasando en grande como huésped de Isola. Por lo visto, anoche se quedaron charlando hasta muy tarde. A ella no le gusta hablar de trivialidades, y cree que el mejor método para romper el hielo es golpeándolo con un mazo.

Le preguntó si estábamos prometidos. Y si no, cuál era el motivo, porque es evidente para todo el mundo que nos adoramos.

Sidney le respondió que, en efecto, él me quiere mucho, que siempre me ha querido y siempre me querrá, pero que no podemos casarnos porque... es homosexual.

Sidney me ha dicho que Isola no soltó ninguna exclamación ni se desmayó, que ni siquiera parpadeó; que simplemente lo taladró con esa mirada penetrante que tiene y le dijo: «¿Y Juliet lo sabe?»

Cuando él le contestó que sí, que lo sabía desde siempre, se levantó, se inclinó, le plantó un beso en la frente y añadió: «Qué encantador, igual que nuestro querido Booker. No se lo diré a nadie, puedes confiar en mí.»

Acto seguido, volvió a sentarse y empezó a hablar de las obras de teatro de Oscar Wilde. Para partirse de risa. Sophie, ¿no te habría encantado verlos a los dos por un agujerito? A mí sí.

Ahora Sidney y yo vamos a ir a comprarle un regalo a Isola, en agradecimiento por su hospitalidad. Yo creo que le encantaría un chal abrigado y colorido, en cambio Sidney quiere regalarle un reloj de cuco. ¿¿¿Por qué???

Un abrazo,

JULIET

P.D.: Mark no me escribe, me telefonea. Precisamente me llamó la semana pasada. Fue una de esas conexiones horrorosas en la que nos vimos obligados a interrumpirnos el uno al otro cada dos por tres para gritar «¡¿Qué?!», pero conseguí entender lo fundamental de la conversación: que debería volver a Londres y casarme con él. Discrepé con educación. Me molestó mucho menos de lo que me habría molestado hace un mes.

De Isola a Sidney

8 de julio de 1946

Querido Sidney:

Eres un huésped maravilloso. Me gustas. Y también le gustas a *Zenobia*, de lo contrario no se te habría posado en el hombro durante tanto rato.

Estoy contenta de que disfrutes quedándote a hablar hasta tan tarde. A mí también me gusta hacerlo de vez en cuando. Voy a acercarme ahora hasta la casa de Amelia para buscar el libro que me comentaste. ¿Cómo es que Juliet y ella nunca me han mencionado a la señorita Jane Austen?

Espero que vuelvas a visitarnos pronto. ¿Te gustó la sopa que preparó Juliet? ¿A que estaba muy rica? Dentro de poco aprenderá a hacer masa para tartas y salsa para carne; en la cocina hay que empezar poco a poco, de lo contrario todo sale fatal.

Ayer cuando te fuiste me sentí sola, falta de compañía, así que invité a Dawsey y a Amelia a tomar el té. Deberías haberme visto: no dije ni una palabra cuando ella comentó que creía que Juliet y tú ibais a casaros. Incluso asentí con la cabeza y entorné los ojos, como si supiera algo que ellos no sabían, para despistar.

Me gusta el reloj de cuco, es muy alegre. No hago más que entrar en la cocina para verlo. Lamento que *Zenobia* le haya arrancado la cabeza al pajarito, es que es muy celosa, pero Eli me ha dicho que me fabricará otra y que quedará como nuevo. El cuerpecillo todavía sale a dar las horas.

Con afecto, tu anfitriona,

ISOLA PRIBBY

De Juliet a Sidney

9 de julio de 1946

Querido Sidney:

¡Lo sabía! Sabía que Guernsey te iba a encantar. Lo mejor después del hecho de estar aquí yo misma ha sido que también estuvieras tú, aunque haya sido en una visita tan corta. Estoy contenta de que ahora conozcas a todos mis amigos y de que ellos te conozcan a ti. Sobre todo estoy contenta de que hayas disfrutado tanto de la compañía de Kit. Siento decirte que parte del cariño que te tiene se debe a que le regalaste *Elspeth, la conejita que ceceaba.* Es tal la admiración que siente por ella que ha empezado a imitar su ceceo, y lamento reconocer que se le da muy bien.

Dawsey acaba de traerla a casa, han estado viendo a su nuevo cerdito. Kit me ha preguntado si le estaba escribiendo a *Zidni*, y cuando le he dicho que sí, me ha contestado: «*Puez* dile que tengo *ganaz* de que vuelva pronto.» ¿Ves a qué me refiero con lo de Elspeth?

Ha conseguido arrancarle una sonrisa a Dawsey, y eso me ha hecho feliz. Me temo que este fin de semana no has llegado a conocer su mejor versión, nunca lo había visto tan callado como durante la cena. Tal vez fue por la sopa, pero me parece más probable que fuera porque le está dando vueltas al asunto de Remy. Por lo visto, está convencido de que no mejorará hasta que venga a recuperarse a Guernsey.

Me alegro de que te llevases mis notas para leerlas. Bien sabe Dios que todavía no he logrado discernir qué es exactamente lo que falla en ellas, pero estoy segura de que algo falla.

¿Se puede saber qué le dijiste a Isola? Hizo un alto en casa para llevarse *Orgullo y prejuicio* y echarme la bronca porque nunca le había hablado de Elizabeth Bennet y el señor Darcy. ¿Cómo es que nadie le había dicho que existían mejores historias de amor? ¡Historias que no están plagadas de hombres inadaptados, de angustia, muerte y cementerios! ¿Qué más le hemos ocultado?

Le pedí perdón por el olvido y reconocí que tenías toda la razón, que *Orgullo y prejuicio* es una de las historias de amor más grandes que jamás se han escrito... y que bien podía ser que la matara el suspense antes de terminarla.

Me ha dicho que *Zenobia* está muy triste porque te has ido y que no quiere comer. Yo estoy igual de triste, pero al mismo tiempo muy agradecida de que por lo menos hayas venido.

Un abrazo,

JULIET

De Sidney a Juliet

12 de julio de 1946

Querida Juliet:

He leído tus anotaciones varias veces, y tienes razón: algo falla. Una serie de anécdotas no conforman un libro.

Juliet, tu libro necesita tener un centro. Y no me refiero a entrevistas de mayor profundidad, sino a la voz de alguien que narre lo que va sucediendo a su alrededor. Tal como está escrito, los hechos, por interesantes que sean, parecen disparos desperdigados y aleatorios.

Me duele tener que decirte esto, pero lo hago sólo por una razón. Y es que ya tienes el núcleo de la historia, aunque aún no lo sabes.

Estoy hablando de Elizabeth McKenna. ¿No te has fijado en que todas las personas a las que has entrevistado tarde o temprano terminan hablando de ella? A ver, Juliet, ¿quién pintó el retrato de Booker para salvarle la vida y acabó bailando con él por la calle? ¿A quién se le ocurrió la mentira sobre la sociedad literaria y luego la convirtió en una realidad? Guernsey no era su hogar, pero se adaptó a él y a la pérdida de su libertad. ¿Cómo? Debió de echar mucho de menos a sir Ambrose y Londres, en cambio, nunca se quejó, o eso me parece deducir. Acabó en Ravensbrück por dar refugio a un trabajador esclavo. Fíjate en cómo y por qué murió.

Juliet, ¿cómo consiguió una muchacha, una estudiante de bellas artes que nunca había tenido un empleo, convertirse en enfermera y trabajar seis días a la semana en un hospital? Tenía amigos que la querían, pero al principio estaba sola. Se enamoró de un oficial enemigo y lo perdió; tuvo una hija durante la guerra. Eso debió de ser terrible, a pesar de los buenos amigos que la apoyaban. Las responsabilidades sólo se pueden compartir hasta cierto punto.

Voy a devolverte las notas y las cartas; léelo todo otra vez y verás lo a menudo que se la menciona. Pregúntate por qué. Habla con Dawsey y con Eben. Habla con Isola y con Amelia. Habla con el señor Dilwyn y con todo aquel que la conociera bien.

Estás viviendo en su casa. Mira a tu alrededor, sus libros, sus pertenencias.

En mi opinión, deberías escribir centrándote en su figura. Creo que Kit apreciaría mucho que contases la historia de su madre; le proporcionaría algo a lo que aferrarse en el futuro. De modo que, o abandonas el proyecto, o te pones manos a la obra para conocer bien a Elizabeth.

Reflexiona largo y tendido, y dime si ella podría convertirse en el alma de tu libro.

Con cariño para ti y para Kit,

SIDNEY

De Juliet a Sidney

15 de julio de 1946

Querido Sidney:

No necesito más tiempo para reflexionar: en cuanto leí tu carta supe que estabas en lo cierto. ¡Qué tonta soy! Estoy aquí, deseando haber conocido a Elizabeth, echándola de menos como si en efecto la hubiera conocido... ¿Cómo es que ni una sola vez se me ha ocurrido escribir sobre ella?

Empezaré mañana. Primero me gustaría hablar con Dawsey, Amelia, Eben e Isola. Considero que Elizabeth les pertenece más a ellos que a los demás y quiero que me den su bendición.

Al final, Remy sí quiere venir a Guernsey. Dawsey ha estado escribiéndole y ya sabía yo que acabaría convenciéndola. Cuando le da por hablar, algo que no ocurre lo bastante a menudo para mi gusto, es capaz de convencer a un ángel de que baje del cielo. Remy se quedará en casa de Amelia, de modo que Kit seguirá conmigo.

Mi cariño y gratitud eternos,

JULIET

P.D.: ¿Crees que Elizabeth escribía un diario?

De Juliet a Sidney

17 de julio de 1946

Querido Sidney:

No escribía ningún diario, pero la buena noticia es que continuó dibujando hasta que se le acabaron el lápiz y el papel. He encontrado varios bosquejos guardados en una carpeta, en la primera balda de la estantería del salón. Son unos dibujos de trazos rápidos que a mí me parecen unos retratos maravillosos: Isola pillada por sorpresa mientras golpeaba algo con una cuchara de madera; Dawsey cavando en un jardín; Eben y Amelia juntos, hablando.

Cuando estaba sentada en el suelo examinándolos, se presentó Amelia a hacerme una visita. Entre las dos encontramos varios lienzos de gran tamaño, todos repletos de retratos de Kit. Kit durmiendo, Kit moviéndose o en el regazo de alguien, o mecida por Amelia, hipnotizada por los dedos de sus propios pies, feliz haciendo burbujas con la saliva. Quizá todas las madres miran así a sus pequeños, con esa misma concentración, pero Elizabeth lo plasmó en el papel. Sólo había un dibujo de trazo tembloroso: Kit de muy pequeña y con la carita surcada de arrugas; según Amelia, su madre se lo hizo al día siguiente de nacer.

Después encontré el de un hombre de rostro bondadoso, fuerte y más bien ancho; se lo nota relajado y parece estar mirando hacia atrás, sonriendo a la artista. Supe enseguida que se trataba de Christian, porque tenía un remolino en el pelo exactamente en el mismo sitio que Kit. Amelia cogió el dibujo; yo nunca la había oído hablar de él, y le pregunté si le caía bien.

«Pobrecillo —me dijo—. Yo estaba totalmente en contra de esa historia. Me parecía demencial que Elizabeth lo hubiera elegido a él, un enemigo, un alemán, y tenía miedo por ella. Y también por el resto de nosotros. Pensaba que era demasiado confiada y que él la traicionaría, a ella y a nosotros, así que le dije que creía que debía dejarlo. Fui muy dura.

»Elizabeth se limitó a adoptar una actitud desafiante y no me contestó. Pero al día siguiente recibí una visita de Christian. Me quedé horrorizada. Abrí la puerta y me encontré con aquel alemán enorme, uniformado, de pie ante mí. Tuve la seguridad de que venía a comunicarme que me requisaban la casa y empecé a protestar, pero de pronto sacó un ramo de flores (un poco mustias, de tan fuerte como las estaba agarrando). Me di cuenta de que estaba muy nervioso, así que dejé de protestar y le pregunté cómo se llamaba. Se presentó como el capitán Christian Hellman y se sonrojó igual que un muchacho. Yo todavía desconfiaba, no sabía qué andaba buscando, y le pregunté cuál era el propósito de su visita. Él se sonrojó aún más y me dijo en voz baja: "Vengo a explicarle cuáles son mis intenciones." "¿Respecto a mi casa?", salté yo. "No, respecto a Elizabeth" , respondió él.

»Y eso fue lo que hizo, como si estuviéramos en la época victoriana y yo fuera el padre de la chica y él el pretendiente. Se sentó en el borde de una silla del cuarto de estar y me dijo que su idea era regresar a la isla en cuanto terminase el conflicto, casarse con Elizabeth, dedicarse a cultivar fresias y a leer, y olvidarse de la guerra. Cuando hubo terminado, yo misma estaba ya un poco enamorada de él.»

Amelia estaba medio llorando, así que dejamos los bosquejos a un lado y le preparé un té. Luego llegó Kit con un huevo de gaviota roto que quería recomponer con pegamento, y gracias a Dios nos distrajimos un rato.

Ayer apareció Will Thisbee en mi puerta con un plato de magdalenas cubiertas con batido de ciruelas, así que lo invité a que pasara a tomar un té. Quería pedirme consejo acerca de dos mujeres y que le dijera con cuál de las dos me casaría yo si fuera hombre, cosa que sabía que no era. (¿Tú entiendes algo?)

La señorita X ha sido siempre una indecisa, ya lo era cuando tenía diez meses y desde entonces no ha mejorado en absoluto. Cuando se enteró de que venían los alemanes, enterró la tetera de plata de su madre al pie de un olmo y ahora no se acuerda de cuál. Está cavando hoyos por toda la isla y jura que no se detendrá hasta que la encuentre. Will asegura que semejante empeño es totalmente impropio de ella. (Intentó ser discreto, pero la señorita X es Daphne Post. Tiene los ojos redondos e inexpresivos de una vaca y es famosa por su vibrato de soprano en el coro de la iglesia.)

Y luego está la señorita Y, una costurera de Guernsey. Cuando llegaron los alemanes llevaban una sola bandera nazi en el equipaje, y la necesitaban para ponerla en el cuartel, pero no tenían ninguna otra para colgarla en lo alto de un mástil y recordar a los habitantes de la isla que habían sido conquistados.

Fueron a ver a la señorita Y y le ordenaron que les confeccionase una. Y ella lo hizo: una desagradable esvástica negra, cosida sobre un círculo de un desvaído tono rojizo. Lo que puso alrededor no era seda de color escarlata, sino franela rosada como el culito de un bebé. «Fue tan ingeniosa —dijo Will—. ¡Tan contundente!» (La señorita Y es la señorita Le Roy, una mujer tan delgada como las agujas con las que cose, con un mentón saliente y unos labios muy apretados.)

¿Cuál consideraba yo que sería mejor compañera para un hombre en los últimos años de su vida, la señorita X o la señorita Y? Le respondí que si necesitaba preguntarlo, era porque ninguna de las dos le valía.

Él me contestó que aquello era exactamente lo que le había dicho Dawsey, con aquellas mismas palabras. Isola opinaba que la señorita X le haría llorar de aburrimiento y que la señorita Y lo mataría de tanto atosigarlo.

«Gracias, gracias, seguiré buscando. La mujer adecuada para mí por fuerza tiene que estar en alguna parte.»

Acto seguido se puso la gorra, se despidió con una leve inclinación de la cabeza y se fue. Debe de habérselo consultado a toda la isla, pero me sentí muy halagada de que me incluyera también a mí: logró que me sintiera como una verdadera isleña, en vez de como una forastera.

Un abrazo,

JULIET

P.D.: Ha sido interesante descubrir que Dawsey tiene opiniones respecto al matrimonio. Me gustaría conocerlas más a fondo.

De Juliet a Sidney

19 de julio de 1946

Querido Sidney:

Encuentro anécdotas de Elizabeth por todas partes, y no sólo entre los miembros de la sociedad literaria. Escucha esto: esta tarde he ido con Kit al cementerio. Ella se ha puesto a jugar entre las tumbas y yo me he tendido encima de la lápida de un tal Edwin Mulliss, que es lisa y tiene cuatro patas fuertes. De pronto se ha detenido a mi lado Sam Withers, el viejo encargado. Me ha dicho que le recuerdo a la señorita McKenna de jovencita, porque solía tumbarse a tomar el sol encima de esa misma lápida hasta que se ponía más morena que una nuez.

Me he incorporado, recta como una flecha, y le he preguntado si conocía bien a Elizabeth.

Ha contestado: «Bueno... tanto como para decir que realmente bien, no, pero me gustaba. Jane, la hija de Eben, y ella venían aquí de vez en cuando, a esta misma lápida. Le ponían un mantel y merendaban, justo encima de los huesos del señor Mulliss.»

Luego ha seguido hablando de ellas, de lo inquietas que eran aquel par de crías, siempre urdiendo alguna travesura. En una ocasión intentaron invocar a un fantasma y le dieron un susto de muerte a la esposa del vicario. Después ha vuelto la vista hacia Kit, que había llegado ya a la puerta de la iglesia, y ha comentado: «Esa pequeña, la hija que tuvo con el capitán Hellman, es realmente encantadora.»

Eso me ha hecho dar un brinco. ¿Conoció al capitán Hellman? ¿Le caía bien?

Sam me ha mirado con gesto ceñudo antes de decir: «Así es. Era un tipo estupendo, a pesar de ser alemán. No irá usted a rechazar a la hijita de la señorita McKenna por eso, ¿verdad?»

«¡Ni se me ocurriría!», he exclamado yo.

Me ha amenazado con un dedo. «Más le vale, señorita. Antes de intentar escribir un libro sobre la ocupación, es mejor que conozca la verdad acerca de ciertas cosas. Yo también odiaba la ocupación, me pongo furioso al recordar esa época. Algunos de aquellos cabrones eran unos absolutos canallas que se te metían en casa sin llamar y te empujaban a un lado. Eran de esos que disfrutan teniendo poder porque nunca lo han tenido. Pero no todos eran iguales, todos no, ni mucho menos.»

Según Sam, Christian no era así. A Sam le caía bien. En cierta ocasión, Christian y Elizabeth lo encontraron intentando cavar una fosa en una tierra que estaba dura y helada, como el propio encargado. Christian cogió la pala y se puso a la faena. «Era un hombre fuerte y acabó la tarea en un santiamén —me ha contado—. Le dije que cuando quisiera podía trabajar conmigo, y él se rió.»

Al día siguiente, Elizabeth se presentó con un termo de café caliente. Café de verdad, hecho con granos de verdad que Christian había llevado a su casa. Además, le regaló un jersey grueso que había sido del capitán.

«Si quiere que le sea sincero —ha continuado—, mientras duró la ocupación conocí a más de un soldado alemán bueno. A lo largo de cinco años, coincidías con algunos a diario. Al final, incluso nos saludábamos.

»A algunos de ellos no podías evitar compadecerlos, después de todo se encontraban aquí atrapados, sabiendo que los familiares que habían dejado en su país estaban siendo destrozados por las bombas. Ya daba igual quién hubiera empezado. Por lo menos a mí me daba igual.

»Había soldados que escoltaban a los camiones de patatas que se dirigían al comedor del ejército. Los niños los seguían con la esperanza de que alguna patata cayera al suelo. Y los soldados, aunque iban con la vista al frente y la expresión seria, les arrojaban alguna que otra... a propósito.

»Con las naranjas hacían lo mismo. Y también con el carbón, que empezó a ser muy codiciado cuando se nos acabó el combustible. Hubo muchos episodios similares. No tiene más que preguntar a la señora Godfray por su hijo. El chico tenía neumonía, y ella estaba muerta de preocupación porque no disponía de nada para mantenerlo caliente ni con qué alimentarlo. Un día llamaron a su puerta y al abrir vio a un camillero del hospital alemán. Sin pronunciar palabra, éste le entregó una ampolla de sulfonamida, se tocó la gorra y se fue. La había robado del dispensario para llevársela a ella. Más tarde lo sorprendieron intentando robar otra vez y lo enviaron a una cárcel de Alemania, puede que lo ahorcaran. No llegamos a saber qué fue de él.»

De repente ha vuelto a mirarme con el ceño fruncido. «¡Y le digo ya que si alguno de esos británicos estirados se presenta aquí insinuando que hubo colaboracionismo, antes tendrá que hablar con la señora Godfray y conmigo!»

Me habría gustado decirle algo, pero Sam ha dado media vuelta y se ha ido. He recogido a Kit y hemos regresado a casa. Entre las flores marchitas que le llevó a Amelia y el café auténtico que le dio a Sam Withers, siento que estoy empezando a conocer al padre de Kit, y también a entender por qué Elizabeth se enamoró de él.

La semana que viene Remy llegará a Guernsey. Dawsey se va a Francia el martes a buscarla.

Un abrazo,

JULIET

De Juliet a Sophie

22 de julio de 1946

Querida Sophie:

Quema esta carta; no me gustaría que apareciera entre tus papeles.

Ya te he hablado de Dawsey, por supuesto. Ya sabes que él fue el primero en escribirme, que le gusta mucho

Charles Lamb, que está ayudando a criar a Kit y que ella lo adora.

Lo que no te he contado es que el día que llegué a la isla, en el instante en que me tendió las manos al pie de la pasarela del barco, me embargó una emoción indescriptible. Es tan callado y reservado que no tenía ni idea de si había sido sólo cosa mía, así que en estos dos meses me he esforzado por mostrarme razonable y actuar con naturalidad y normalidad. Y me estaba saliendo muy bien... hasta esta noche.

Dawsey ha venido a pedirme prestada una maleta para el viaje a Louviers, porque va a recoger a Remy y traerla aquí. ¿Qué clase de hombre no tiene siquiera una maleta? Kit estaba profundamente dormida, así que hemos subido mi maleta a su carro y después hemos ido dando un paseo hasta el acantilado. La luna estaba saliendo, y el cielo tenía una tonalidad nacarada, como el interior de una concha. El mar, por una vez, estaba en calma; sólo se veían unas olas plateadas que apenas se movían. No soplaba brisa. Nunca había visto el mundo tan en silencio, y me he dado cuenta de que el propio Dawsey estaba igual de silencioso, caminando a mi lado. Al verme más cerca de él que nunca, he empezado a fijarme en sus muñecas y en sus manos. Y me han dado ganas de tocarlas. Ese pensamiento me ha resultado embriagador. He notado una sensación especial, ya sabes, en la boca del estómago.

De improviso, Dawsey se ha vuelto hacia mí. Tenía el rostro en sombra, pero se le veían los ojos, unos ojos muy oscuros que me miraban, esperando. Quién sabe lo que podría haber sucedido a continuación... ¿tal vez un beso? ¿Una palmadita en la cabeza? ¿Nada? Porque al momento siguiente hemos oído llegar a mi casa el coche de caballos de Wally Beall (es nuestro taxi) y la voz de un pasajero que exclamaba: «¡Sorpresa, cariño!»

Era Mark. Markham V. Reynolds, hijo, resplandeciente con su exquisito traje hecho a medida y con un ramo de rosas rojas en la mano.

Te juro que he deseado verlo muerto, Sophie.

Pero ¿qué podía hacer? He ido a recibirlo y, cuando me ha besado, lo único que he pensado ha sido: «¡No! ¡No me beses delante de Dawsey!» Ha depositado las rosas en mi brazo y luego se ha vuelto hacia Dawsey con su sonrisa petrificada. Así que los he presentado, deseando en todo momento que la tierra me tragase —aunque no sé exactamente por qué— y me he quedado allí, muda, viendo cómo Dawsey le estrechaba la mano a Mark, luego se volvía hacia mí, me la estrechaba a mí también y me decía: «Gracias por la maleta, Juliet. Buenas noches.» Después se ha subido a la carreta y se ha ido. Sin añadir nada, sin mirar atrás ni una sola vez.

Me han dado ganas de llorar. Pero en vez de eso he invitado a Mark a entrar en casa y he procurado actuar como una mujer a la que le acaban de dar una sorpresa maravillosa. El coche de caballos y las presentaciones han despertado a Kit, que ha mirado a Mark con gesto suspicaz y ha preguntado adónde se había ido Dawsey, porque no le había dado un beso de buenas noches. «A mí tampoco», he pensado yo.

He vuelto a meter a Kit en la cama y he convencido a Mark de que mi reputación iba a quedar hecha trizas si no se iba al hotel Royal de inmediato. Al final lo ha hecho, aunque con mucha renuencia y muchas amenazas de presentarse otra vez en mi puerta a las seis de la mañana.

Después de eso me he quedado sentada y he pasado las tres horas siguientes mordiéndome las uñas. ¿Debería ir a casa de Dawsey e intentar retomar las cosas donde las hemos dejado? Pero ¿dónde las hemos dejado? No lo sé con seguridad. No quiero ponerme en ridículo. ¿Y qué pasa si él me mira con educación sin entender nada o, peor aún, compadeciéndome?

Además, ¿en qué estoy pensando? Mark está aquí. Mark, que es rico y elegante y quiere casarse conmigo. Mark, sin el cual me las estaba arreglando muy bien. ¿Por qué no puedo dejar de pensar en Dawsey, al que probablemente no le importo un comino? Aunque a lo mejor sí le importo. A lo mejor estaba a punto de averiguar qué hay al otro lado de ese silencio.

Maldición, maldición y maldición.

Son las dos de la madrugada. Ya no me quedan uñas y parezco como mínimo una vieja de cien años. Tal vez Mark se sienta horrorizado ante mi cara demacrada cuando me vea. Quizá me rechace. No sé si me sentiré decepcionada si eso ocurre.

Besos,

JULIET

De Amelia a Juliet (metida por debajo de la puerta de Juliet)

23 de julio de 1946

Querida Juliet:

Mis frambuesas han crecido con ganas. Esta mañana recogeré unas cuantas para preparar unas tartas esta tarde. ¿Te apetecería venir luego con Kit a casa a tomar un té (con tarta)?

Un abrazo,

AMELIA

De Juliet a Amelia

23 de julio de 1946

Querida Amelia:

Lo siento muchísimo, pero no puedo ir. Tengo un invitado.

Un abrazo,

JULIET

P.D.: Esta carta te la lleva Kit con la esperanza de que le des un trozo de tarta. ¿Puedes quedártela durante la tarde?

De Juliet a Sophie

24 de julio de 1946

Querida Sophie:

Probablemente deberías quemar también esta carta junto con la anterior. Al final he rechazado a Mark de forma definitiva e irrevocable, y la alegría que siento resulta indecente. Si fuera una joven educada como Dios manda, echaría las cortinas y me sumiría en la melancolía, pero no puedo. ¡Soy libre! Hoy me he levantado de la cama con más ganas de divertirme que un corderito y he pasado la mañana echando carreras con Kit por el prado. Ha ganado ella, pero eso es porque hace trampas.

El día de ayer fue un horror. Ya sabes cómo me sentí cuando vi aparecer a Mark, pero es que a la mañana siguiente fue peor aún. Se presentó en la puerta de casa a las siete, irradiando seguridad y totalmente convencido de que antes del mediodía tendríamos ya fijada la fecha de la boda. No mostró el más mínimo interés en la isla, en la ocupación, en Elizabeth, ni en lo que he estado haciendo desde que llegué; no me hizo ni una sola pregunta al respecto. Entonces Kit bajó a desayunar, y eso lo sorprendió, porque, en realidad, anoche no se percató de su presencia. Se mostró amable con ella, estuvieron hablando de perros, pero pasados unos minutos se hizo obvio que esperaba que la niña se largase. Supongo que, en su mundo, las niñeras se llevan a los críos antes de que puedan empezar a molestar a los padres. Por supuesto, procuré ignorar su irritación y le preparé a Kit el desayuno, como de costumbre, pero percibía su malestar flotando en la estancia.

Por fin Kit salió a jugar y, en el instante mismo en que se cerró la puerta, Mark me dijo: «Tus nuevos amigos deben de ser muy inteligentes, porque en menos de dos meses se las han arreglado para cargarte a ti con sus responsabilidades.» Negó con la cabeza, compadeciéndome por ser tan ingenua.

Yo me lo quedé mirando y él continuó:

«Es una niña muy mona, Juliet, pero no tiene ningún derecho sobre ti, y vas a tener que mostrarte firme al respecto. Cómprale una muñeca o algo y despídete de ella antes de que empiece a pensar que vas a ser su cuidadora durante el resto de su vida.»

A esas alturas yo ya estaba tan furiosa que no podía hablar. Me quedé allí de pie, aferrando el cuenco de gachas de Kit con tanta fuerza que tenía los nudillos blancos. No se lo arrojé, pero estuve a punto de hacerlo. Al final, cuando recuperé el habla, le dije con un siseo: «Fuera.»

«¿Perdona?»

«No quiero volver a verte.»

«¿Juliet?»

Realmente Mark no tenía ni idea de qué iba aquello. De modo que se lo expliqué. Sintiéndome mejor a cada momento que pasaba, le dije que nunca me casaría con él ni con nadie que no quisiera a Kit y a quien no le gustasen Guernsey y Charles Lamb.

«¡¿Qué diablos tiene que ver Charles Lamb en todo esto?!», chilló (a pleno pulmón).

No quise aclarárselo. Mark intentó primero discutir conmigo y después persuadirme por las buenas, darme besitos, discutir otra vez, pero... lo nuestro se había acabado, incluso él lo sabía. Por primera vez en muchísimo tiempo, en concreto desde febrero, que fue cuando lo conocí, estuve segura de que había actuado bien. No entiendo siquiera cómo llegué a pensar en casarme con él. Al cabo de un año de matrimonio me habría convertido en una de esas mujeres desdichadas y temblorosas que cuando alguien les hace una pregunta miran a su marido. Siempre he despreciado a las mujeres así, pero ahora entiendo cómo se llega a eso.

Dos horas después, Mark estaba de camino hacia el aeródromo, para nunca (espero) volver. Y yo, con el corazón vergonzosamente intacto, atiborrándome de tarta de frambuesas en casa de Amelia. Durante diez benditas horas he dormido el sueño de los justos y esta mañana me siento otra vez como una mujer de treinta y dos años y no como una vieja de cien.

Kit y yo vamos a pasar la tarde en la playa, buscando ágatas. Qué día tan maravilloso.

Besos,

JULIET

P. D.: Nada de esto tiene que ver con Dawsey. Lo de Charles Lamb me salió por pura casualidad. Dawsey ni siquiera vino a despedirse antes de irse de viaje. Cuanto más lo pienso, más convencida estoy de que cuando estábamos en el acantilado y se volvió hacia mí era para preguntarme si podía prestarle un paraguas.

De Juliet a Sidney

27 de julio de 1946

Querido Sidney:

Ya sabía que Elizabeth había sido detenida por dar cobijo a un trabajador de la organización Todt, pero hasta hace unos días, cuando Eben mencionó por casualidad a un tal Peter Sawyer, al que «arrestaron junto con Elizabeth», desconocía que hubiera tenido un cómplice. «¡¿Cómo?!», chillé, y Eben dijo que me lo contaría mejor el propio Peter.

Actualmente vive en una residencia de ancianos situada en Vale, cerca de Le Grand Havre, así que lo llamé por teléfono y me respondió que con mucho gusto me recibiría... sobre todo si llevaba conmigo una petaca de coñac.

«Siempre la llevo», le aseguré.

«Estupendo. Pues venga mañana», contestó, y acto seguido colgó.

Peter está en una silla de ruedas, pero es un conductor magnífico. Corre con ella como un loco, dobla las esquinas derrapando y es capaz de girar en el espacio de un baldosín. Nos sentamos al aire libre, debajo de una pérgola, y empezamos a hablar mientras él iba achispándose poco a poco con el coñac. Sidney, esta vez tomé notas; no quería perderme nada.

Peter ya iba en silla de ruedas, pero aún vivía en su casa de St. Sampson's cuando se encontró con el trabajador de la organización Todt: Lud Jaruzki, un joven polaco de dieciséis años.

Cuando se hacía de noche, a muchos de los trabajadores de la Todt se les permitía salir del recinto en el que estaban confinados para que intentaran buscar comida, siempre y cuando después regresaran a trabajar. Tenían que estar de vuelta a la mañana siguiente, y si no se presentaban, salía una patrulla a buscarlos. Esa «libertad condicional» era el método que empleaban los alemanes para que los obreros no se murieran de hambre y ellos no tuvieran que malgastar demasiados de sus propios recursos.

Casi todos los habitantes de la isla tenían un huerto, algunos incluso gallineros y conejeras, un rico botín para los saqueadores. Porque eso eran los trabajadores esclavos de la Todt: saqueadores. La mayoría de los isleños montaban guardia en su huerto durante la noche, armados con bastones o con palos para defender sus verduras.

Peter también vigilaba a la sombra de su gallinero. Pero él no empuñaba ningún palo, sino una sartén grande de hierro y una cuchara de metal para armar tal escándalo que diera la voz de alarma a los vecinos.

Una noche oyó —y después vio— a Lud colándose a gatas por un hueco del seto. Esperó unos instantes; el chico intentó incorporarse, pero cayó al suelo, lo intentó de nuevo y no pudo, y al final se quedó tendido. Peter se le acercó rápidamente y lo miró.

«Era un crío, Juliet, nada más que un crío tumbado en el suelo boca arriba. Delgadísimo, Dios mío si lo estaba, exhausto y vestido con harapos. Y lleno de insectos que le salían por debajo del pelo, le corrían por la cara y se le metían en los ojos. Aquel pobre chico ni siquiera se percataba de la presencia de todos aquellos bichos, ni siquiera se inmutaba. Lo único que quería era una maldita patata y no tenía fuerzas para sacarla de la tierra. ¡Mira que hacerles eso a unos críos!

»En serio te lo digo, sentí un odio profundo por aquellos alemanes. No podía agacharme para ver si respiraba, pero bajé los pies de los pedales de la silla y, a base de moverlo y empujarlo, conseguí que sus hombros quedaran orientados hacia mí. A continuación, como tengo los brazos fuertes, tiré de él y me lo subí a medias sobre las rodillas. No sé cómo, pero logré ascender por la rampa cargando con él y entrar en la cocina, donde lo dejé caer al suelo. Encendí la lumbre, cogí una manta, puse agua a calentar, le limpié la cara y las manos y ahogué en el agua cada piojo y cada gusano que le iba quitando de encima.»

Peter no podía pedir ayuda a sus vecinos, porque corría el riesgo de que lo delataran. El comandante alemán había dicho que todo el que diera cobijo a un trabajador de la Todt sería enviado a un campo de concentración o ejecutado de inmediato allí mismo.

Al día siguiente, Elizabeth iba a acudir a su casa, pues era su enfermera y lo visitaba una vez por semana, en ocasiones más. La conocía lo suficiente como para estar seguro de que lo ayudaría a mantener a aquel chico con vida y además guardaría silencio al respecto.

«Llegó a media mañana. Cuando fui a abrirle la puerta le dije que tenía una complicación esperando dentro y que si no quería complicaciones no debería entrar. Elizabeth entendió lo que estaba intentando decirle, asintió con la cabeza y pasó. Se arrodilló en el suelo, al lado de Lud, con los dientes apretados (el chico olía bastante mal), pero se puso manos a la obra. Le quitó los andrajos y los quemó. Después lo bañó y le lavó el pelo con jabón de brea. Resultó bastante divertido, y no te lo creerás pero incluso nos reímos. No sé si fue por nuestras risas o por el agua fría, pero el muchacho se despejó un poco. Primero nos miró sorprendido y luego asustado, hasta que vio quiénes éramos.

»Elizabeth le hablaba en voz baja; el chico no entendía nada de lo que estaba diciendo, pero se calmó. Después lo llevamos a mi dormitorio porque en la cocina no podíamos dejarlo, ya que podía venir algún vecino y verlo. Elizabeth empezó a cuidar de él. No tenía medicinas que pudiera darle, pero sí trajo unos huesos para hacer caldo, y también pan de verdad, todo comprado en el mercado negro. Yo tenía huevos y, poco a poco, día tras día, el muchacho fue recuperando las fuerzas. Dormía mucho. A veces Elizabeth tenía que venir cuando ya había oscurecido, pero antes del toque de queda. No convenía que la vieran entrar en casa con demasiada frecuencia, porque la gente delataba a sus vecinos en un intento de obtener favores o comida de los alemanes.

»Sin embargo, alguien terminó dándose cuenta y se chivó, aunque no sé quién. Se lo contaron a los de la Feldpolizei y vinieron un martes por la noche. Elizabeth había comprado carne de pollo, la había guisado y estaba dándole de comer a Lud, conmigo junto a la cama.

»Rodearon la casa, que había estado en completo silencio hasta que ellos irrumpieron. En fin, nos atraparon con las manos en la masa. Nos detuvieron a los tres y sabe Dios lo que le hicieron al muchacho. No hubo ningún juicio, y al día siguiente a Elizabeth y a mí nos subieron a un barco con rumbo a St. Malo. Ésa fue la última vez que la vi, mientras uno de los guardias de la cárcel la conducía al interior del barco. Parecía aterida de frío. Cuando llegamos a Francia no volví a verla, y tampoco supe adónde la habían enviado. A mí me mandaron a la prisión federal de Coutances, pero no sabían qué hacer con un prisionero que iba en silla de ruedas, así que al cabo de una semana me devolvieron a casa. Me dijeron que debía estarles agradecido por su indulgencia.»

Peter me contó que Elizabeth dejaba a Kit con Amelia cada vez que acudía a su casa. Nadie sabía que estaba ayudando a aquel trabajador de la organización Todt. Está convencido de que le decía a todo el mundo que tenía guardia en el hospital.

Ésta es la historia contada a grandes rasgos, pero Peter me preguntó si pensaba volver. Le contesté que sí, que me encantaría, y me dijo que la próxima vez no era necesario que llevase coñac. Que bastaba con que fuera yo. Me dijo que le gustaría ver alguna revista con fotos, por si yo tenía alguna a mano; quiere saber quién es Rita Hayworth.

Un abrazo,

JULIET

De Dawsey a Juliet

27 de julio de 1946

Querida Juliet:

Dentro de un rato iré a recoger a Remy al asilo, pero, como aún tengo unos minutos, aprovecho para escribirte.

A Remy se la ve más fuerte ahora que el mes pasado, aunque todavía está muy débil. La hermana Touvier me ha llevado a un aparte para decirme que he de asegurarme de que coma lo suficiente, no coja frío y no se altere. Tiene que estar siempre acompañada, de gente alegre, si es posible.

No me cabe la menor duda de que tendrá suficiente comida y de que Amelia se encargará de que no coja frío, pero ¿cómo voy a conseguir que esté alegre? No soy una persona muy dada a hacer bromas y chistes. Como no he sabido qué responder a la hermana Touvier, me he limitado a asentir con la cabeza y he procurado adoptar una expresión jovial. Pero me parece que no lo he conseguido, porque me ha taladrado con la mirada.

En fin, haré todo lo que pueda, pero tú, con ese bendito carácter que tienes tan alegre y desenfadado, serías mejor compañía para Remy que yo. Estoy seguro de que se encariñará contigo, como nos ha ocurrido a todos en estos meses, y que le harás mucho bien.

Dale un abrazo y un beso a Kit de mi parte. Os veré a las dos el martes.

DAWSEY

De Juliet a Sophie

29 de julio de 1946

Querida Sophie:

Por favor, olvida todo lo que he dicho sobre Dawsey Adams.

Soy una idiota.

Acabo de recibir una carta suya en la que ensalza las cualidades medicinales de mi «bendito carácter tan alegre y desenfadado».

¿Cómo que «alegre»? ¿Cómo que «desenfadado»? Nunca me había sentido tan insultada. Para mí, el desenfado está a un paso de la estupidez. Un bufón que se carcajea todo el rato, eso es lo que soy para Dawsey.

También me siento humillada: mientras yo experimentaba aquella atracción intensa cuando paseábamos a la luz de la luna, él estaba pensando en Remy y en cómo podría divertirla yo con mi cháchara frívola.

Está claro que vivía engañada y que a Dawsey le importo un comino.

Ahora estoy demasiado irritada para continuar escribiendo.

Con el cariño de siempre,

JULIET

De Juliet a Sidney

1 de agosto de 1946

Querido Sidney:

Al fin está aquí Remy. Es menuda y está delgadísima, lleva el pelo corto y lo tiene negro y sus ojos también son casi negros. Había imaginado que parecería una persona herida, pero no es así, salvo por una leve cojera que se manifiesta como un mero titubeo al caminar y una cierta rigidez a la hora de mover el cuello.

Vaya, tal como la he descrito parece un ser endeble, y lo cierto es que no lo es. Desde lejos puede dar esa impresión, pero de cerca no. Posee una intensidad grave que resulta casi inquietante. No es fría, y desde luego no es antipática, pero es como si desconfiara de la espontaneidad. Supongo que si yo hubiera pasado por lo que ha pasado ella sería igual: alguien un poco alejado de la vida cotidiana.

Puedes olvidar todo lo que acabo de escribir en lo que se refiere a su relación con Kit. Al principio parecía inclinada a seguir a la niña con la mirada en vez de hablarle, pero eso cambió cuando Kit se ofreció a enseñarle a cecear. Remy puso cara de sorpresa, pero aceptó recibir las lecciones y se fue con ella al invernadero de Amelia. Le cuesta un poco cecear a causa de su acento, pero Kit no se lo tiene en cuenta y se ha mostrado de lo más generosa al darle unos consejos adicionales.

La noche en que llegó Remy, Amelia organizó una pequeña cena. Todo el mundo hizo gala de sus mejores modales. Isola se presentó con un frasco enorme de tónico bajo el brazo, pero en cuanto le echó una mirada a la joven se lo pensó mejor. «Podría matarla», me murmuró en la cocina, y se lo guardó en el bolsillo del abrigo. Eli le estrechó la mano con nerviosismo y después se apartó; creo que tenía miedo de hacerle daño sin querer. Me alegré de ver que Remy se sentía cómoda con Amelia, las dos van a disfrutar de su mutua compañía, pero su preferido es Dawsey. Cuando éste entró en el comedor, un poco después que el resto, ella se relajó visiblemente e incluso le dedicó una sonrisa.

Ayer hizo un día frío y con niebla, pero Remy, Kit y yo fuimos a la diminuta playa de Elizabeth a construir un castillo de arena. Le dedicamos mucho rato y nos salió alto y majestuoso. Yo llevé cacao con leche en un termo, así que después nos sentamos a tomar una taza y a esperar impacientes a que subiese la marea y se llevase el castillo.

Kit corría por la orilla, incitando a las olas a que subieran un poco más cada vez. Remy, sonriente, me tocó en el hombro y dijo: «Elizabeth debió de ser igual que Kit de pequeña: la emperatriz de los mares.» Me sentí como si me hubiera hecho un regalo, porque incluso un pequeño gesto como ése requiere confianza, y me alegré de que se sintiera a salvo conmigo.

Mientras Kit bailaba entre las olas, Remy empezó a hablarme de Elizabeth. Me contó que su intención era no hacerse notar, conservar las fuerzas que le quedaban y regresar a casa rápidamente cuando terminase la guerra. «Creíamos que era posible. Nos habíamos enterado de la invasión, habíamos visto los bombarderos de los aliados sobrevolando el campo, sabíamos lo que estaba ocurriendo en Berlín. Los guardias no podían disimular el miedo que tenían. Pasábamos las noches en vela, esperando a oír llegar los tanques de los aliados al campo de concentración. Nos decíamos en voz baja que al día siguiente seríamos libres. Estábamos convencidas de que no íbamos a morir.»

No parecía que después de eso hubiese mucho que decir... aunque yo me quedé pensando que si Elizabeth hubiera podido aguantar unas pocas semanas más, podría haber vuelto a casa con Kit. ¿Por qué, por qué estando tan cerca del fin, agredió a la guardiana?

Remy contemplaba el ir y venir del mar. De pronto dijo: «Habría sido mejor para ella no tener el corazón que tenía.»

Sí, pero peor para el resto de nosotros.

Al final subió la marea. Vítores, gritos y el castillo dejó de existir.

Un abrazo,

JULIET

De Isola a Sidney

1 de agosto de 1946

Querido Sidney:

Soy la nueva secretaria de la Sociedad Literaria del Pastel de Piel de Patata de Guernsey. He pensado que a lo mejor te gustaría ver una muestra de mis primeras actas, dado que te interesa todo lo que le interesa a Juliet. Aquí están:

30 de julio de 1946, 19.30 h

Noche fría. Mar revuelto. Will Thisbee era el anfitrión. La casa estaba limpia de polvo, pero las cortinas necesitaban un lavado.

La esposa de Winslow Daubbs leyó un capítulo de su autobiografía, *Vida y amores de Delilah Daubbs*. El público estuvo atento, pero después guardó silencio. Excepto Winslow, que quiere el divorcio.

La situación nos violentó a todos, así que Juliet y Amelia sirvieron el postre que habían preparado, una tarta multicolor preciosa, en platos de porcelana auténtica, algo que no es habitual entre nosotros.

Entonces, la señorita Minor se levantó para preguntar si, ya que íbamos a empezar a ser nosotros los autores sobre los que comentábamos, podía leer ella un pasaje de un libro en el que había plasmado sus pensamientos. Se titula *El libro de lo cotidiano de Mary Margaret Minor*.

Todo el mundo sabe ya lo que piensa Mary Margaret de todo, pero respondimos que sí porque nos cae bien. Will Thisbee se aventuró a decir que a lo mejor Mary Margaret abreviaba un poco al expresarse por escrito, algo que nunca hace cuando se expresa hablando, de modo que quizá no fuera tan mala idea.

Presenté una petición para convocar una reunión especial la semana próxima y así no tener que esperar más para hablar de Jane Austen. ¡Dawsey me apoyó! Todos dijeron que sí. Se levantó la sesión.

Señorita Isola Pribby
Secretaria oficial de la Sociedad Literaria
del Pastel de Piel de Patata de Guernsey

Ahora que soy la secretaria oficial, podría tomarte juramento para hacerte miembro, si así lo deseas. Va contra las normas, porque no eres de Guernsey, pero podría hacerlo en secreto.

Tu amiga,

ISOLA

De Juliet a Sidney

3 de agosto de 1946

Querido Sidney:

Alguien —no se me ocurre quién— le ha mandado un regalo a Isola de parte de Stephens & Stark. El libro en cuestión se publicó a mediados del siglo XIX y se titula *La nueva guía ilustrada de frenología y psiquiatría: con tablas de tamaños y formas y más de cien ilustraciones*. Por si eso no fuera suficiente, el subtítulo reza: *Frenología: la ciencia de interpretar la forma del cráneo.*

Anoche, Eben nos invitó a cenar a Kit y a mí, a Dawsey, Isola, Will, Amelia y Remy. Isola llegó con tablas, bocetos, papel milimetrado, una cinta métrica, un compás y una libreta nueva. A continuación carraspeó y leyó la frase que figuraba en la primera página: «¡Usted también puede aprender a interpretar la forma de los cráneos! Asombre a sus amigos y desconcierte a sus enemigos con su incuestionable conocimiento de sus facultades humanas o la falta de ellas.»

Luego dejó el libro sobre la mesa con un golpe, a la vez que declaraba que iba a convertirse en una experta a tiempo para la Fiesta de la Cosecha.

Le ha dicho al pastor Elstone que no piensa seguir envolviéndose en chales y fingiendo leer la palma de la mano. No, de ahora en adelante adivinará el futuro empleando un método científico: ¡leyendo la forma de las cabezas! La parroquia recogerá mucho más dinero con la frenología del que consigue la señorita Sybil Beddoes con su puesto «GÁNESE UN BESO DE SYBIL BEDDOES».

Will dijo que tenía toda la razón, que la señorita Beddoes no besa nada bien y que él, por lo menos, ya estaba cansado de besarla, aunque fuese por hacer una obra de caridad.

Sidney, ¿te das cuenta de lo que has desatado en Guernsey? Isola ya ha interpretado la forma de la cabeza del señor Singleton (tiene una parada en el mercado al lado de la de ella) y le ha dicho que en su caso la protuberancia que indica «amor a los animales» presenta una hendidura poco profunda en el centro y que probablemente por eso no le da suficiente de comer a su perro.

¿Imaginas dónde puede desembocar esto? Algún día encontrará a alguien que tenga una «protuberancia de asesino en potencia» y la matará... si es que antes no acaba con ella la señorita Beddoes.

Sin embargo, de tu regalo ha surgido algo maravilloso e inesperado. Tras el postre, Isola empezó a examinarle el cráneo a Eben, y me iba dictando a mí las medidas que iba tomando, para que las anotase. Miré a Remy, preguntándome qué estaría pensando al ver a Eben con los pelos de punta y a Isola hurgando en ellos. Parecía que estuviese intentando contener la risa, pero finalmente no pudo aguantar más y estalló en carcajadas. ¡Dawsey y yo nos quedamos estupefactos, mirándola de hito en hito! Es una mujer tan callada que ninguno de nosotros podía imaginar semejante reacción. Su risa suena como el correr del agua. Espero que se repita alguna vez.

Mi relación con Dawsey ya no es tan fluida como antes, aunque continúa viniendo a menudo para ver a Kit o para traer a Remy. Las carcajadas de Remy han sido la excusa para que hayamos intercambiado una mirada por primera vez en dos semanas. Pero quizá Dawsey estuviese admirando cómo le he contagiado mi carácter alegre y desenfadado. Porque, según algunas personas, poseo un carácter así, Sidney. ¿Lo sabías?

Billee Bee le ha enviado a Peter un ejemplar de la revista *Screen Gems*. En ella había un reportaje fotográfico de Rita Hayworth. Peter está encantado, aunque se ha sorprendido al ver a la señorita Hayworth, ¡posando en camisón! ¡De rodillas encima de una cama! ¿Adónde vamos a ir a parar?

Sidney, ¿no se cansa Billee Bee de hacerme recados personales?

Un abrazo,

JULIET

De Susan Scott a Juliet

5 de agosto de 1946

Querida Juliet:

Ya sabes que Sidney no guarda tus cartas junto a su corazón; las deja abiertas en su escritorio, donde todo el mundo puede verlas, de modo que, como es natural, yo las leo.

Te escribo para tranquilizarte respecto a los recados que hace Billee Bee. No se los pide Sidney, ella misma se ofrece para prestar cualquier servicio que pueda, ya sea para él, para ti o para «esa querida niña». Ante Sidney prácticamente ronronea, y a mí prácticamente me da náuseas. Lleva un gorrito de angora atado con un lazo a la barbilla, como el de Sonja Henie cuando patina. ¿Hace falta que diga más?

Al contrario de lo que piensa Sidney, no es un ángel caído del cielo, sino de una agencia de trabajo. Al principio iba a ser una empleada temporal, pero se ha atrincherado en el puesto y ahora se ha vuelto indispensable y permanente. ¿Sabes si a Kit le gustaría tener algún animal de las Galápagos? Billee Bee zarparía con la próxima marea para ir a buscárselo... y tardaría meses en regresar. Es muy posible que nunca volviera, si por casualidad la devorase algún animal de los que hay por allí.

Mis mejores deseos para Kit y para ti,

SUSAN

De Isola a Sidney

5 de agosto de 1946

Querido Sidney:

Sé que fuiste tú el que me envió *La nueva guía ilustrada de frenología y psiquiatría: con tablas de tamaños y formas y más de cien ilustraciones*. Es un libro muy útil, y te doy las gracias por habérmelo mandado. He estado estudiando mucho, tanto que ya soy capaz de descubrir al tacto todas las protuberancias de una cabeza sin necesidad de consultar el libro más de tres o cuatro veces.

Espero recoger un buen dinero para la parroquia en la Fiesta de la Cosecha, porque ¿quién no va querer que la ciencia de la frenología le revele los mecanismos internos de su personalidad, tanto los buenos como los malos? Es evidente que nadie.

Esta ciencia de la frenología es verdaderamente un rayo de luz. He descubierto más cosas en estos tres últimos días que en toda mi vida. La señora Guilbert siempre ha sido una persona muy desagradable, pero ahora me doy cuenta de que no puede evitarlo, porque tiene un hundimiento muy pronunciado en el punto de la benevolencia. De pequeña se cayó en la cantera, y deduzco que se le quebró la benevolencia y desde entonces ya no ha sido la misma.

Incluso mis propios amigos están llenos de sorpresas. ¡Eben es un bocazas! No me lo habría imaginado, pero tiene bolsas debajo de los ojos, y por lo tanto es algo irrefutable. Se lo he comentado con delicadeza.

En cuanto a Juliet, al principio no quería que le palpara el cráneo, pero accedió cuando le dije que se estaba interponiendo en el camino de la ciencia. Vi que está rebosante de amatividad, y también de amor conyugal. Le dije que resulta sorprendente que no se haya casado, teniendo semejantes protuberancias.

Will se rió y le soltó: «¡Tu señor Stark será un tipo afortunado, Juliet!» Ella se puso colorada como un tomate, y yo me sentí tentada de decirle a Will que no se entera de nada, porque el señor Stark es homosexual, pero me callé y te guardé el secreto, tal como te prometí.

En ese momento, Dawsey se levantó y se marchó, así que no llegué a palparle la cabeza, pero no tardaré en atraparlo. Aunque a veces no lo entiendo. Llevaba una temporada bastante hablador, en cambio últimamente no dice ni dos palabras seguidas.

Gracias otra vez por este libro tan estupendo.

Tu amiga,

ISOLA

Telegrama de Sidney a Juliet

6 de agosto de 1946

AYER LE COMPRÉ A DOMINIC UNA GAITA PEQUEÑA EN GUNTHERS. ¿LE GUSTARÍA UNA A KIT? DIME ALGO LO ANTES POSIBLE, SÓLO LES QUEDA UNA. ¿QUÉ TAL VAS CON EL LIBRO? ABRAZO PARA KIT Y PARA TI. SIDNEY.

De Juliet a Sidney

7 de agosto de 1946

Querido Sidney:

A Kit le encantaría tener una gaita. A mí no.

Creo que voy de maravilla con el libro, pero me gustaría enviarte los dos primeros capítulos, porque no sentiré que he arrancado con él hasta que los hayas leído tú. ¿Tienes tiempo?

Toda biografía debería escribirse durante la generación en la que ha vivido el protagonista, mientras aún perdura en el recuerdo. Imagínate lo que podría haber hecho yo con Anne Brontë si hubiera podido hablar con quienes la conocieron. Tal vez no fuera tan sumisa y melancólica, quizá tenía un temperamento violento y todas las semanas rompía algún plato arrojándolo al suelo.

Por cierto, cada día me entero de algo nuevo acerca de Elizabeth. ¡Cuánto me gustaría haberla conocido! Mientras escribo, me sorprendo a mí misma considerándola una amiga, recordando cosas que hizo como si yo hubiera estado presente. Está tan llena de vida que debo recordarme que ha muerto, y entonces vuelvo a sentir el dolor de su pérdida.

Hoy me han contado una anécdota suya que me ha dado ganas de echarme en la cama a llorar. Hemos estado cenando con Eben y, al terminar, Eli y Kit han salido a buscar lombrices (una actividad que se practica mejor a la luz de la luna). Eben y yo nos hemos llevado el café fuera, y por primera vez él ha decidido hablarme de Elizabeth.

Sucedió en el colegio, cuando Eli y Kit se encontraban esperando a que llegaran los barcos que iban a evacuarlos. Eben no estaba, porque a las familias no se les permitió quedarse, pero Isola lo vio y se lo contó aquella misma noche.

La sala estaba repleta de niños, y Elizabeth, que era voluntaria, estaba abrochándole el abrigo a Eli cuando éste le confió que le daba miedo subir al barco y separarse de su madre y de su hogar. Si bombardeaban el barco, le preguntó, ¿de quién se despediría? Según Isola, Elizabeth no se dio prisa en contestarle, como si se hubiera tomado el tiempo de reflexionar sobre la pregunta. Luego se levantó el jersey y cogió un alfiler que llevaba prendido en la blusa. Era la medalla de su padre, de la primera guerra, y la llevaba siempre encima.

Con ella en la mano, le explicó a Eli que era una insignia mágica y que mientras la tuviera consigo no podría ocurrirle nada malo. Le hizo escupir dos veces sobre ella para invocar el hechizo. Isola vio la expresión de Eli y le contó a Eben que detectó en el chico la maravillosa luz que irradian los niños antes de tener uso de razón.

De todas las cosas que ocurrieron durante la guerra, evacuar a los niños para intentar ponerlos a salvo fue sin duda la más terrible. No sé cómo lo soportaron los padres. Va contra el instinto animal de proteger a las crías. Yo misma veo que empiezo a comportarme como una mamá osa con Kit. Incluso cuando no estoy vigilándola la vigilo. Si corre algún peligro (algo que sucede a menudo, dado el afán que tiene por trepar), enseguida se me pone el vello de punta en la nuca (ni siquiera sabía que tuviera vello en la nuca) y acudo rápidamente al rescate. Aquella vez que su enemigo, el sobrino del párroco, le arrojó unas ciruelas, respondí con un rugido tremendo. Y, por una extraña clase de intuición, sé siempre dónde está —con la misma seguridad con que sé dónde tengo las manos—, y si no lo sé me pongo enferma de preocupación. Supongo que así es como sobrevive nuestra especie, pero la guerra lo desbarató todo. ¿Cómo hicieron los padres de Guernsey para seguir viviendo sin saber dónde estaban sus hijos? No puedo ni imaginarlo.

Un abrazo,

JULIET

P.D.: ¿Qué tal una flauta?

De Juliet a Sophie

9 de agosto de 1946

Querida Sophie:

¡Qué noticia tan maravillosa! ¡Otro bebé! ¡Es fantástico! Espero de veras que esta vez no tengas antojo de comer galletitas saladas y chupar limones. Ya sé que a ninguno de los dos os importa el sexo de lo que venga, pero a mí me encantaría que fuera niña. De hecho, estoy tejiendo una chaquetita y un gorrito, todo de lana rosa. Alexander estará encantado, naturalmente, pero ¿qué me dices de Dominic?

Le he contado la noticia a Isola y me temo que es posible que te envíe un frasco de su tónico para embarazadas. Sophie, te ruego que no lo bebas y que tampoco lo tires a la basura, donde puedan cogerlo los perros. Tal vez no contenga ningún ingrediente venenoso, pero no deberías correr riesgos.

Tus indagaciones sobre Dawsey no van bien encaminadas. Mándaselas a Kit, o a Remy. Yo apenas lo veo, y cuando lo hago se queda mudo. No mudo en plan romántico, melancólico, como el señor Rochester, sino mudo de una forma grave y seria que indica desaprobación. No sé cuál es el problema, de verdad que no. Cuando llegué a Guernsey, Dawsey era amigo mío. Hablábamos de Charles Lamb y paseábamos juntos por toda la isla, y yo disfrutaba de su compañía más que de la de ninguna otra persona que haya conocido en mi vida. Luego, después de aquella noche horrible en el acantilado, dejó de hablar, o por lo menos dejó de hablarme a mí. Me he llevado una decepción tremenda. Echo de menos la sensación de que nos entendíamos el uno al otro, pero empiezo a pensar que durante todo el tiempo fue tan sólo una fantasía mía.

Como yo no soy en absoluto callada, siento una viva curiosidad por las personas que sí lo son. Y dado que Dawsey no habla de sí mismo —aunque conmigo no habla de nada—, no me ha quedado más remedio que preguntar a Isola por la forma de su cabeza, a fin de obtener información sobre su pasado. Sin embargo, Isola está empezando a temer que, después de todo, la forma de la cabeza pueda mentir, y como prueba me ha señalado el hecho de que la protuberancia que indica la tendencia a la violencia que posee Dawsey no es tan grande como debería, ¡¡¡teniendo en cuenta que casi mató de una paliza a Eddie Meares!!!

Las exclamaciones son mías. Isola, por lo que me pareció, no le da ninguna importancia a ese hecho.

Por lo visto, Eddie Meares era un tipo corpulento y una mala persona que regalaba/canjeaba/vendía información a los alemanes a cambio de favores. Lo sabía todo el mundo, pero a él le daba igual, porque entraba en el bar y se ponía a alardear y presumir de las cosas nuevas que tenía: una hogaza de pan blanco, tabaco, medias de seda... que sin duda agradecería profusamente cualquier chica de la isla.

Una semana después de que detuvieran a Elizabeth y a Peter, estuvo exhibiendo una pitillera de plata e insinuando que era una recompensa por haber informado de ciertas cosas que estaban ocurriendo en casa de Peter Sawyer.

Dawsey se enteró y al día siguiente se dirigió al Crazy Ida's. Parece ser que entró, fue directo hacia Eddie Meares, lo agarró por el cuello de la camisa, lo levantó del taburete y empezó a golpearle la cabeza contra la barra. Le dijo que era un pedazo de escoria y con cada palabra le golpeó la cabeza de nuevo. Luego lo bajó del taburete y empezaron a pelearse en el suelo.

Según Isola, Dawsey acabó hecho un desastre: sangrando por la nariz y por la boca, con un ojo hinchado, una costilla rota... pero Eddie Meares quedó todavía peor: con los dos ojos morados, dos costillas rotas y varios puntos de sutura. El tribunal condenó a Dawsey a pasar tres meses en el calabozo de Guernsey, aunque lo dejaron salir al cabo de uno. Los alemanes necesitaban espacio para quienes habían cometido crímenes más graves, como los que operaban en el mercado negro y los ladrones que robaban gasolina de los camiones del ejército.

«Y en la actualidad, cada vez que Eddie Meares ve a Dawsey entrar por la puerta del Crazy Ida's, se pone nervioso, derrama la cerveza, y no han pasado ni cinco minutos que ya está escabulléndose por la puerta de atrás», concluyó.

Como es natural, yo me quedé estupefacta y le supliqué que me contara más. Sin embargo, como está desilusionada con la frenología, pasó a la realidad pura y dura.

Dawsey no tuvo una infancia muy feliz. Su padre falleció cuando él tenía once años, y la señora Adams, que siempre había estado mal, empeoró. Se volvió una persona temerosa, primero le daba miedo ir al pueblo, luego salir a su propio terreno y al final terminó por no atreverse a cruzar la puerta de casa. Se quedaba sentada en la cocina, meciéndose y con la mirada perdida. Murió poco antes de que empezara la guerra.

Isola me contó que con todo eso —su madre, el trabajo en la granja y el tartamudeo intenso que lo afectó durante una temporada— Dawsey se volvió tímido y nunca tuvo amigos, a excepción de Eben. Amelia y ella lo conocían de vista, pero nada más.

Y así estaban las cosas cuando de repente llegó Elizabeth... y se hizo su amiga. La verdad es que lo obligó a que participara en la sociedad literaria. Y después de eso, dijo Isola, ¡había que ver cómo había cambiado! Ahora tiene libros de los que hablar, y no sólo de la gripe porcina, y amigos con los que hacerlo. Cuanto más iba hablando, dice Isola, menos tartamudeaba.

Es una persona misteriosa, ¿no te parece? A lo mejor resulta que sí es como el señor Rochester y guarda una pena oculta. O esconde a una esposa loca en el sótano. Supongo que cualquier cosa es posible, pero durante la guerra habría sido difícil dar de comer a una esposa loca con una sola cartilla de racionamiento. Ay, Dios, cómo me gustaría que fuéramos amigos otra vez (Dawsey y yo, no con la esposa loca).

Mi intención era zanjar el tema con una o dos frases escuetas, pero veo que me ha ocupado varias hojas. Ahora tengo que darme prisa, quiero ponerme presentable para la reunión de hoy de la sociedad. Tengo sólo una falda decente y últimamente siento que visto un poco anticuada. Remy, a pesar de su fragilidad y su delgadez, se las arregla para estar estilosa en todo momento. ¿Qué será lo que tienen las francesas?

Hasta pronto.

Con cariño,

JULIET

De Juliet a Sidney

11 de agosto de 1946

Querido Sidney:

Me alegra saber que estás contento con cómo llevo la biografía de Elizabeth. Pero luego volveré sobre ese tema, porque ahora tengo que contarte una cosa que no puede esperar. Me cuesta trabajo creerlo, pero es cierto. ¡Lo he visto con mis propios ojos!

Si, y mira que digo tan sólo «si», no estoy equivocada, Stephens & Stark podrá publicar el éxito editorial más importante de este siglo. Se escribirán ensayos científicos al respecto, se concederán doctorados, e Isola será objeto de estudio por parte de todos los eruditos, las universidades, bibliotecas y los coleccionistas privados más ricos del hemisferio occidental.

Los hechos son los siguientes: anoche, en la reunión de la sociedad, Isola tenía que hablar de *Orgullo y prejuicio*, pero justo antes de cenar, *Ariel* se comió sus notas. De modo que, en lugar de Jane, y acuciada por la prisa, tomó varias cartas dirigidas a su querida abuela Pheen (diminutivo de «Josephine»). Dichas cartas más o menos conformaban una historia.

Se las sacó del bolsillo, y Will Thisbee, viendo que estaban envueltas en seda rosa y atadas con una cinta de satén, exclamó: «¡No doy crédito, eso son cartas de amor! ¿Contienen algún secreto? ¿Alguna intimidad? ¿Debemos los caballeros abandonar la sala?»

Isola le dijo que cerrase el pico y se sentase. Explicó que eran unas cartas que le había escrito a su abuela Pheen un caballero muy amable, un desconocido, cuando apenas era una chiquilla. Su abuela las había guardado en una lata de galletas y con frecuencia se las había leído a ella como si fueran un cuento para dormir.

Había ocho cartas, y no voy a intentar describirte el contenido, porque fracasaría estrepitosamente.

Isola nos contó que cuando su abuela tenía nueve años, su padre ahogó a su gata, *Muffin*. Por lo visto, se había subido a la mesa y había lamido el plato de la mantequilla. Eso fue suficiente para el brutal padre de Pheen: metió a *Muffin* en un saco de lona, añadió unas cuantas piedras, le hizo un nudo y lo arrojó al mar. A continuación se encontró con Pheen, que volvía del colegio, le contó lo que había hecho ¡y adiós muy buenas! Se fue a la taberna y dejó a la pobre niña desolada en medio de la carretera, llorando a moco tendido.

Un carruaje que iba demasiado rápido estuvo a punto de atropellarla. El cochero se levantó del pescante y empezó a increparla, pero el pasajero, un hombre muy grande, con un abrigo oscuro con cuello de piel, se apeó de un salto. Le ordenó al conductor que guardase silencio, se agachó junto a Pheen y le preguntó si podía ayudarla.

Ella respondió que no, que nadie podía. ¡Se había quedado sin su gata, *Muffin*! Su padre la había ahogado y ahora estaba muerta..., muerta para siempre.

«*Muffin* no está muerta —dijo el caballero—. ¿Acaso no sabes que los gatos tienen siete vidas?» Pheen contestó que sí, porque no era la primera vez que lo oía. Entonces el caballero continuó: «Resulta que me he enterado de que tu gata estaba viviendo sólo su tercera vida, de modo que aún le quedan cuatro.»

Pheen le preguntó cómo lo sabía. Él respondió que simplemente lo sabía, era un don que tenía de nacimiento. Desconocía cómo ni por qué le pasaba, pero a menudo los gatos se le aparecían en la mente y empezaban a charlar con él. Bueno, no con palabras, claro está, pero sí con imágenes.

Luego se sentó en la carretera, al lado de la pequeña, y le dijo que tenían que quedarse muy muy quietos. Iba a ver si *Muffin* quería visitarlo. Permanecieron varios minutos allí sentados, ¡hasta que de pronto el caballero aferró a Pheen de la mano!

«Ah, sí, ¡aquí está! ¡Está naciendo en este preciso instante! En una mansión..., no, en un castillo. Creo que es en Francia..., sí, en Francia. Hay un niño acariciándola... Está pasándole la mano por el pelaje. Ya le ha cogido cariño y va a ponerle un nombre... Qué raro, va a ponerle *Solange*. Es un nombre extraño para una gata, pero en fin... Tendrá una vida larga y llena de aventuras. *Solange* tiene mucho valor, mucha energía, ¡ya lo estoy notando!»

La abuela Pheen le contó a Isola que se quedó tan fascinada por el nuevo destino de su gata que dejó de llorar. Pero le dijo al caballero que de todas maneras iba a echar mucho de menos a *Muffin*. Él la ayudó a incorporarse y le contestó que por supuesto que sí, que era lógico que llorase la pérdida de una gata tan estupenda como *Muffin* y que estaría triste durante una temporada. Sin embargo, él invocaría a *Solange* de vez en cuando para averiguar qué tal le iba y qué estaba haciendo. Le preguntó a la abuela Pheen cómo se llamaba y en qué granja vivía. Lo anotó todo en una libretita con un lápiz de plata, le dijo que ya tendría noticias suyas, le dio un beso en la mano, subió de nuevo al carruaje y se marchó.

Sidney, por absurdo que pueda parecer, la abuela de Isola empezó a recibir cartas. Ocho largas cartas en el espacio de un año, todas hablándole de la vida que llevaba *Muffin* en Francia bajo el nombre de *Solange*. Por lo visto era una especie de gata mosquetera. No era precisamente una gata ociosa que se pasara el día entero dormitando entre cojines y comiendo nata, más bien vivía una aventura tras otra. De hecho, fue la única gata a la que le concedieron la Legión de Honor.

Menuda historia se inventó aquel hombre para Pheen: amena, ingeniosa, llena de emoción y suspense. No te imaginas el efecto que me causó, en realidad a todos. Nos quedamos embelesados, incluso Will se quedó sin habla.

Y ahora viene el motivo por el que necesito una mente cuerda y un consejo sensato. Cuando terminó la sesión (tras una ovación fuerte), le pregunté a Isola si podía dejarme ver las cartas, y ella me las entregó.

El remitente las había firmado con una rúbrica elegante:

MUY ATENTAMENTE,
O.F.O'F.W.W.

Sidney, ¿qué opinas? ¿Es posible que Isola haya heredado ocho cartas escritas por Oscar Wilde? Ay, Dios, estoy fuera de mí.

Yo lo creo porque quiero creerlo, pero ¿hay constancia en alguna parte de que Oscar Wilde viniera alguna vez a Guernsey? Ay, bendita sea Speranza por haberle puesto a su hijo un nombre tan ridículo como «Oscar Fingal O'Flahertie Wills Wilde».

Con prisa y con cariño, y por favor contéstame enseguida, porque me cuesta respirar.

JULIET

Carta nocturna de Sidney a Juliet

13 de agosto de 1946

¡Creámoslo! Billee Bee ha estado investigando un poco y ha descubierto que Oscar Wilde visitó Jersey en 1893 durante una semana, de modo que es posible que en aquella ocasión fuera también a Guernsey. El viernes llegará el famoso grafólogo sir William Otis, con varias cartas de Oscar Wilde tomadas en préstamo de la colección de su universidad. Le he reservado habitación en el hotel Royal. Es un caballero muy digno y dudo que le gustase tener a *Zenobia* en el hombro.

Si Will Thisbee halla el Santo Grial en su trastero, no me lo digas. Mi corazón ya no puede aguantar mucho más.

Un abrazo para ti, Kit e Isola,

SIDNEY

De Isola a Sidney

14 de agosto de 1946

Querido Sidney:

Juliet dice que vas a hacer venir a uno de esos que estudian los rasgos de la escritura para que eche un vistazo a las cartas de mi abuela Pheen y decida si las escribió Oscar Wilde. Yo estoy segura de que sí, y aunque fuera que no, creo que te gustará mucho la historia de *Solange*. A mí me encantó, a Kit también, y sé que a la abuela Pheen también. Daría saltos de alegría en su tumba si supiera la de gente que hoy conoce a aquel caballero tan encantador y de ideas tan divertidas.

Juliet me ha dicho que si, en efecto, el autor de esas cartas es Oscar Wilde, muchos maestros, escuelas y bibliotecas querrán hacerse con ellas y me ofrecerán grandes sumas de dinero. Que con toda seguridad las guardarían en un lugar seguro, seco y debidamente aireado.

Pero ¡les diré que no! Ya están en un lugar seguro y aireado. La abuela las guardaba en su lata de galletas y ahí es donde van a quedarse. Por supuesto, todo el que quiera venir a verlas puede hacerme una visita y le permitiré que les eche una ojeada. Juliet dice que es probable que vengan muchos eruditos, lo cual sería muy bueno para *Zenobia* y para mí, porque nos gusta tener compañía.

Si tú quieres las cartas para hacer un libro, puedes llevártelas, aunque espero que me dejes escribir lo que Juliet llama «prólogo». Me gustaría hablar de la abuela Pheen, y tengo una foto de ella y de *Muffin* al lado de un surtidor. Juliet me ha hablado también de los derechos de autor, así que podría comprarme una motocicleta con sidecar; he visto una de color rojo, de segunda mano, en el taller de Lenoux.

Tu amiga,

ISOLA PRIBBY

De Juliet a Sidney

18 de agosto de 1946

Querido Sidney:

Sir William llegó y ya se ha ido. Isola me invitó a que estuviera presente durante la inspección y, por supuesto, no dejé pasar la oportunidad. Puntualmente, a las nueve, apareció sir William en la entrada de la cocina. Me entró el pánico al verlo tan serio con su sobrio traje negro; ¿qué pasaría si las cartas de la abuela Pheen fueran tan sólo la obra de algún agricultor con mucha imaginación? ¿Qué nos haría sir William, a nosotras y a ti, por haberle hecho perder el tiempo?

Con gesto grave, se sentó entre los manojos de cicuta y de hisopo de Isola, se limpió los dedos con un pañuelo blanco como la nieve, se colocó un pequeño monóculo en un ojo y sacó muy despacio la primera carta de la lata de galletas.

Siguió un largo silencio. Isola y yo nos miramos la una a la otra. Sir William cogió otra carta de la lata. Isola y yo contuvimos la respiración. Sir William suspiró. Nosotras nos estremecimos. Él murmuró: «Mmm...» Nosotras asentimos con la cabeza para alentarlo, pero no conseguimos nada... porque volvió a guardar silencio. Esta vez fue un silencio que pareció durar varias semanas.

Entonces nos miró a ambas e hizo un gesto afirmativo.

«¿Sí?», dije yo, que a duras penas podía respirar.

«Madame, me complace comunicarle que se encuentra en posesión de ocho cartas escritas por Oscar Wilde», le dijo sir William a Isola con una leve inclinación de la cabeza.

«¡Gracias a Dios!», exclamó ella, y acto seguido rodeó la mesa y le dio un abrazo fuerte a sir William.

Él, en un primer momento, se quedó perplejo, pero después sonrió y, cauteloso, le dio una palmadita en la espalda.

Se llevó consigo una de las cartas para solicitar la corroboración de otro estudioso del escritor, pero me dijo que era solamente para «mostrarla», porque tenía la total seguridad de que estaba en lo cierto.

Seguro que no te habrá contado que Isola lo llevó con ella a hacer una prueba de conducción en la motocicleta del señor Lenoux: Isola al manillar y él sentado en el sidecar con *Zenobia* posada en su hombro. Les pusieron una multa por conducción temeraria, la cual sir William le aseguró que tendría el «privilegio de abonar». Tal como dice Isola, para ser un famoso grafólogo, no es mal tipo.

Pero no puede sustituirte a ti. ¿Cuándo vas a venir a ver las cartas, y de paso a mí? Kit realizará un número de claqué en tu honor y yo haré el pino. Todavía puedo, que lo sepas.

Sólo por torturarte, no pienso darte más noticias. Tendrás que venir y averiguar qué contienen por ti mismo.

Un abrazo,

JULIET

Telegrama de Billee Bee a Juliet

20 de agosto de 1946

QUERIDO SEÑOR STARK HA TENIDO QUE VIAJAR REPENTINAMENTE A ROMA. ME PIDE QUE VAYA A RECOGER LAS CARTAS ESTE JUEVES. RUEGO ME CONFIRMES POR TELEGRAMA SI VA BIEN. ESTOY DESEANDO PASAR UNOS DÍAS EN LA PRECIOSA ISLA. BILLEE BEE JONES.

Telegrama de Juliet a Billee Bee

ESTARÉ ENCANTADA. RUEGO ME INFORMES HORA DE LLEGADA E IRÉ A RECOGERTE. JULIET.

De Juliet a Sophie

22 de agosto de 1946

Querida Sophie:

Tu hermano se está volviendo demasiado exquisito para mi gusto, ¡ha enviado a una emisaria a que recoja por él las cartas de Oscar Wilde! Billee Bee ha llegado en el barco del correo de la mañana. Ha tenido una travesía muy mala, de modo que venía con las piernas temblorosas y la cara de color verde, pero muy dispuesta. No ha podido almorzar, aunque se ha recuperado para la hora de la cena y se ha mostrado muy alegre en la reunión de esta noche de la sociedad literaria.

Ha habido un momento de tensión, porque a Kit no le ha caído bien. Cuando Billee Bee ha intentado darle un beso, ha retrocedido diciendo que ella «no da besos». ¿Qué haces tú cuando Dominic es maleducado? ¿Lo castigas en ese momento, lo cual resulta un poco violento para todos, o esperas a hacerlo más tarde, cuando estás a solas con él? Billee Bee ha resuelto la situación de maravilla, pero eso demuestra sus buenos modales, no los de Kit. Yo no he hecho nada, pero quisiera que me dieras tu opinión.

Desde que supe que Elizabeth había muerto y que Kit es huérfana, no dejo de preocuparme por su futuro, y también por mi propio futuro sin ella. Sería insoportable. Voy a concertar una cita con el señor Dilwyn cuando regrese de sus vacaciones con su esposa. Es su tutor legal, y quiero hablar con él de la posibilidad de que yo tutele/adopte/sea madre de acogida de Kit. Por supuesto, quiero la adopción total, pero no estoy segura de que el señor Dilwyn considere que una solterona de ingresos variables y sin residencia fija sea la persona que a Kit le conviene como madre.

No he dicho ni una palabra sobre esto a nadie de aquí, y tampoco a Sidney. Hay tantos aspectos que analizar... ¿Qué diría Amelia? ¿A Kit le gustaría la idea? ¿Tiene edad suficiente para decidir? ¿Dónde viviríamos? ¿Puedo arrancarla del lugar que ama para llevármela a Londres? ¿Darle una restringida vida de ciudad, en vez de la libertad de pasear en barca y jugar en los cementerios? En Inglaterra, Kit nos tendría a ti, a mí y a Sidney, pero ¿qué pasa con Dawsey, Amelia y toda la familia de la isla? A ellos sería imposible reemplazarlos o reproducirlos. ¿Te imaginas a una maestra de primaria de Londres con el estilo de Isola? Por supuesto que no.

Analizo cada una de estas preguntas varias veces al día. Sin embargo, de una cosa sí estoy segura: quiero cuidar de Kit para siempre.

Un abrazo,

JULIET

P. D.: Si el señor Dilwyn dice que no, que no es posible, puede que me lleve a Kit sin más y me vaya contigo, a esconderme en tu granero.

De Juliet a Sidney

23 de agosto de 1946

Querido Sidney:

Tuviste que irte repentinamente a Roma, ¿verdad? ¿Te han elegido papa? Más vale que haya sido por algo igual de urgente y que te sirva de excusa para haber mandado a Billee Bee a recoger las cartas por ti. Además, no entiendo por qué no pueden valerte unas copias; Billee Bee insiste en que quieres ver los originales. Isola no concedería semejante petición a ninguna otra persona en el mundo, en cambio a ti te lo hará. Te ruego que vayas con muchísimo cuidado con ellas, Sidney, Isola las tiene en grandísima estima. Y procura devolvérselas en persona.

No es que Billee Bee no nos haya caído bien. Es una invitada muy entusiasta, en este preciso momento está fuera, dibujando flores silvestres. Distingo su gorrito entre la vegetación. Le gustó mucho que anoche la presentáramos a los miembros de la sociedad literaria. Al finalizar la velada pronunció un breve discurso e incluso le pidió a Will Thisbee la receta de su delicioso hojaldre de manzana. Tal vez fuera excederse un poco con los buenos modales, porque lo único que veíamos los demás era un pegote de masa que no había querido subir, cubierta con una sustancia amarillenta en el centro y salpicada profusamente de semillas.

Lamenté que tú no estuvieras presente, porque anoche le tocaba hablar a Augustus Sarre y lo hizo de tu libro favorito, los *Cuentos de Canterbury*. Explicó que decidió leer primero el «Cuento del párroco», porque sabía cómo se ganaba la vida un párroco, al contrario de lo que le sucedía con los demás personajes que aparecen en el libro: un administrador, un terrateniente y un alguacil. Pero el «Cuento del párroco» le disgustó tanto que no pudo seguir leyendo.

Por suerte para ti, tuve la precaución de tomar notas mentalmente, así que puedo hacerte un resumen de lo que dijo. A saber: Augustus nunca permitiría que un hijo suyo leyera a Chaucer, pues eso lo pondría en contra de la vida en general y de Dios en particular. ¡Tener que oír al párroco decir que la vida es una «cloaca» (o lo más parecido a eso) en la que un hombre ha de vadear el lodo lo mejor que pueda, que el mal lo persigue eternamente y acaba por alcanzarlo...! (¿No te parece que Augustus tiene un poco de poeta? A mí sí.)

Los pobres hombres deben vivir haciendo penitencia eternamente, o expiando sus pecados, o ayunando, o fustigándose con cuerdas de nudos. Porque el hombre nació en pecado y así permanecerá hasta el último minuto de su vida, cuando reciba la misericordia de Dios.

«Pensad en ello, amigos —dijo Augustus—. Una vida entera de sufrimientos sin que Dios nos permita ni un mínimo respiro. Y luego, en los últimos minutos, ¡zas!, uno recibe la misericordia divina. «Gracias por nada», eso es lo que digo yo.

»Y eso no es todo, amigos: el hombre nunca ha de pensar bien de sí mismo, porque eso es un pecado de orgullo. Amigos, ¡mostradme a un hombre que se odie a sí mismo y yo os mostraré a un hombre que odia todavía más a su prójimo! Y con razón, porque nadie concedería a otro algo que no pueda tener para sí, ¡ni amor, ni bondad, ni respeto! Así que yo digo: ¡qué vergüenza de párroco! ¡Qué vergüenza, Chaucer!» Y a continuación se sentó de golpe.

Siguieron dos horas de animado debate sobre el pecado original y la predestinación. Finalmente, Remy se puso en pie para hablar, algo que no había hecho hasta ese instante, y todos los presentes guardaron silencio. «Si existe la predestinación —dijo en voz baja—, entonces Dios es el diablo.» Nadie fue capaz de discutirlo; ¿qué Dios habría diseñado de forma intencionada un lugar como Ravensbrück?

Esta noche, Isola nos ha invitado a unos cuantos a cenar y Billee Bee será la invitada de honor. Dice que, aunque no le gusta hurgar en el pelo de desconocidos, le palpará la cabeza como un favor a su querido amigo Sidney.

Un abrazo,

JULIET

Telegrama de Susan Scott a Juliet

24 de agosto de 1946

QUERIDA JULIET: ESTOY HORRORIZADA PORQUE BILLEE BEE HAYA IDO A GUERNSEY A RECOGER LAS CARTAS. ¡IMPÍDELO! NO TE FÍES, REPITO, NO TE FÍES DE ELLA. NO LE DES NADA. IVOR, NUESTRO NUEVO REDACTOR, LA VIO CON GILLY GILBERT (EL DEL *LONDON HUE AND CRY* Y VÍCTIMA DE TU LANZAMIENTO DE TETERA) INTERCAMBIANDO BESOS LARGOS Y APASIONADOS EN EL PARQUE. ESOS DOS JUNTOS NO AUGURAN NADA BUENO. MÁNDALA PARA AQUÍ SIN LAS CARTAS DE WILDE. ABRAZO, SUSAN.

De Juliet a Susan

25 de agosto de 1946
dos de la madrugada

Querida Susan:

¡Eres una heroína! Por la presente, Isola te concede la categoría de miembro honorario de la Sociedad Literaria del Pastel de Piel de Patata de Guernsey, y Kit va a hacerte un regalo especial que lleva arena y engrudo (será mejor que abras el paquete al aire libre).

Tu telegrama llegó justo a tiempo. Isola y Kit habían salido a recoger hierbas aromáticas, y Billee Bee y yo estábamos en casa —o eso creía yo— cuando leí tu telegrama. Al instante corrí a la planta de arriba, a su habitación, pero había desaparecido todo: ella, su maleta, su bolso y también las cartas.

Estaba aterrorizada. Me dirigí a toda prisa a la planta de abajo y telefoneé a Dawsey para decirle que viniera rápidamente y me ayudara a buscarla. Lo hizo, pero primero llamó a Booker y le pidió que mirase en el puerto. ¡Tenía que impedir como fuera que Billee Bee se marchase de Guernsey!

Dawsey llegó enseguida y ambos echamos a correr por la carretera que lleva al pueblo. Yo iba medio trotando detrás de él, mirando entre los setos y los arbustos. Habíamos llegado a la altura de la granja de Isola cuando de repente Dawsey paró en seco y se echó a reír.

Allí, sentadas en el suelo, delante del ahumadero de Isola, estaban Isola y Kit. La pequeña tenía en brazos a su nuevo hurón de trapo (regalo de Billee Bee) y un sobre marrón de gran tamaño. Isola estaba sentada encima de la maleta de Billee Bee. Ambas eran la viva imagen de la inocencia, ajenas a los alaridos que provenían del interior del ahumadero.

Corrí a abrazar a Kit (y al sobre), mientras Dawsey quitaba el taco de madera que atrancaba la puerta. Allí, acuclillada en un rincón, maldiciendo y agitando los brazos, estaba

Billee Bee acosada por *Zenobia*, el loro hembra de Isola, que no dejaba de revolotear a su alrededor. Ya le había arrebatado el gorrito de la cabeza y había un montón de trocitos de lana de angora flotando en el aire.

Dawsey la levantó del suelo y la sacó. Ella no dejaba de gritar. Había sido agredida por una bruja loca, atacada por su mascota compinche y por una niña... ¡que claramente era hija del diablo! ¡Lo íbamos a lamentar! ¡Habría demandas judiciales, detenciones y penas de cárcel para todos nosotros! ¡No volveríamos a ver la luz del día!

«¡Tú eres la que no volverá a ver la luz del día, fisgona! ¡Ladrona! ¡Ingrata!», le chilló Isola.

«¡Has robado las cartas! —grité yo—. ¡Las has sacado de la lata de galletas de Isola y has intentado huir con ellas! ¿Qué pensabais hacer con ellas Gilly Gilbert y tú?»

«¡Eso no es de tu incumbencia! —replicó Billee Bee—. ¡Verás cuando le cuente lo que me habéis hecho!»

«¡Hazlo! —exclamé—. Cuéntale a todo el mundo lo tuyo con Gilly. Ya estoy viendo los titulares: "GILLY GILBERT SEDUCE A UNA CHICA PARA ARRASTRARLA A UNA VIDA DE DELINCUENCIA." "DEL NIDITO DE AMOR A LA CELDA DE LA PRISIÓN." "CONTINÚA EN LA PÁGINA TRES."»

Eso la hizo callar un momento, y entonces, con la exquisita sincronización y la presencia de un gran actor, llegó Booker, enorme y proyectando una cierta imagen oficial con su viejo abrigo del ejército. Venía acompañado de Remy, ¡que traía una azada! Booker, tras observar la escena, le dirigió a Billee Bee una mirada tan fulminante que casi sentí pena por ella.

La agarró por el brazo y le dijo: «Bien, recoja sus cosas y márchese. No voy a detenerla, al menos por esta vez. La escoltaré hasta el puerto y me encargaré personalmente de que suba a bordo del próximo barco que zarpe para Inglaterra.»

Billee Bee, andando a trompicones, recogió su maleta y su bolso. Luego se acercó a Kit y le arrebató el hurón de trapo de las manos. «Me arrepiento de habértelo regalado, mocosa.»

¡Me entraron tales ganas de darle una bofetada...! Que se la di, y estoy segura de que le temblaron todas las muelas. No sé, pero creo que el hecho de vivir en una isla me está afectando.

Se me están cerrando los ojos, pero debo contarte por qué motivo Isola y Kit habían salido a primera hora de la mañana a buscar hierbas aromáticas. Anoche, Isola le palpó la cabeza a Billee Bee y no le gustó nada lo que descubrió. Su protuberancia de la hipocresía era tan grande como un huevo de ganso. Luego, Kit le dijo que la había visto en la cocina, rebuscando entre las baldas. Isola no necesitó más y puso en marcha su plan de vigilancia: iban a seguir a Billie Bee como si fueran su sombra, a ver qué descubrían.

Madrugaron, se escondieron detrás de unos arbustos y la vieron saliendo de puntillas de mi casa por la puerta de atrás, con un sobre de gran tamaño en la mano. La siguieron durante un trecho hasta que llegaron a la altura de la granja de Isola. Entonces ésta se abalanzó sobre ella y la encerró a la fuerza en el ahumadero. Kit recogió del suelo las cosas de Billie Bee e Isola fue a buscar a su claustrofóbico loro hembra, *Zenobia*, y lo metió también en el ahumadero.

Pero, Susan, ¿qué demonios pensaban hacer Gilly Gilbert y ella con las cartas? ¿No los preocupaba que los detuvieran por haberlas robado?

Os estoy muy agradecida a Ivor y a ti. Por favor, dale las gracias por todo: por su vista certera, su suspicacia y su sentido común. Mejor todavía, dale un beso. ¡Me parece un hombre maravilloso! En mi opinión, Sidney debería ascenderlo de simple redactor a redactor jefe.

Un abrazo,

JULIET

De Susan a Juliet

26 de agosto de 1946

Querida Juliet:

Pues sí, Ivor es maravilloso, y así se lo he dicho. Le he dado un beso de tu parte y otro de la mía. En efecto, Sidney lo ha ascendido, no a redactor jefe, pero imagino que no tardará.

¿Que qué pensaban hacer Billie Bee y Gilly? Tú y yo no estábamos en Londres cuando salió en los titulares el «incidente de la tetera», y nos perdimos el revuelo que se armó. Todos los periodistas y editores que aborrecen a Gilly Gilbert y al *London Hue and Cry* —que son muchos— estaban encantados.

Lo encontraron divertidísimo, y la declaración que hizo Sidney a la prensa no sirvió de mucho para calmar los ánimos, más bien provocó nuevos ataques de risa. En fin, que ni Gilly ni su periódico creen en el perdón. Su lema consiste en tomarse la revancha: callar, ser paciente y esperar a que llegue el día de la venganza, porque acabará llegando.

Billee Bee, pobre tonta enamorada y amante de Gilly, se sintió aún más avergonzada. ¿No te los imaginas a los dos abrazaditos urdiendo su plan? La idea era que Billee Bee se introdujera en Stephens & Stark y encontrara algo, lo que fuera, que os perjudicase a Sidney y a ti, o, mejor todavía, que os pusiera en ridículo.

Ya sabes que en el mundillo editorial los rumores se propalan como un reguero de pólvora. Todo el mundo está al corriente de que tú estás en Guernsey escribiendo un libro sobre la ocupación, y en estas dos últimas semanas ha empezado a correr la voz de que has descubierto una obra inédita de Oscar Wilde (puede que sir William sea un caballero distinguido, pero no es nada discreto).

Era demasiado jugoso para que Gilly pudiera resistirse. Billie Bee debía robar las cartas, el *London Hue and Cry* las publicaría y a Sidney y a ti os habrían arrebatado la exclusiva. ¡Cómo iban a divertirse! Ya se preocuparían más tarde de las demandas judiciales. Y, por supuesto, les importaban un comino las consecuencias que ello pudiera tener para Isola.

Se me retuerce el estómago sólo de pensar en lo cerca que han estado de salirse con la suya. Gracias a Dios que Ivor e Isola actuaron, y gracias también a la protuberancia de la hipocresía de Billie Bee.

Ivor irá el martes, en avión, para copiar las cartas. Ha encontrado un hurón de terciopelo de color amarillo, con unos ojos felinos verde esmeralda y colmillos de marfil, para Kit. Yo creo que cuando lo vea le van a entrar ganas de darle un beso. Tú también puedes besarlo... pero procura no regocijarte. No es ninguna amenaza, tranquila, pero ¡Ivor es mío!

Un abrazo,

SUSAN

Telegrama de Sidney a Juliet

26 de agosto de 1946

NO VOLVERÉ A MARCHARME. ISOLA Y KIT MERECEN UNA MEDALLA, Y TÚ TAMBIÉN. ABRAZO, SIDNEY.

De Juliet a Sophie

29 de agosto de 1946

Querida Sophie:

Ivor llegó y se marchó, y las cartas de Oscar Wilde vuelven a estar a salvo dentro de la lata de galletas de Isola. Intento estar tranquila, todo lo que puedo, hasta que Sidney las lea, pero me muero por saber qué opina.

El día de nuestra aventura estuve muy calmada. Fue después, una vez que Kit ya estaba durmiendo, cuando empecé a sentirme nerviosa e inquieta y a dar vueltas por la habitación.

De repente llamaron a la puerta. Me quedé asombrada —y un poco azorada— al asomarme a la ventana y ver a Dawsey. Abrí la puerta para dejarlo entrar... y descubrí que lo acompañaba Remy. Venían a ver cómo me encontraba. Qué amables. Y qué decepción.

Digo yo que a estas alturas Remy ya debería sentir nostalgia de Francia, ¿no? He leído un artículo de una tal Giselle Pelletier, una presa política que pasó cinco años en Ravensbrück. Cuenta lo difícil que es seguir adelante cuando se es superviviente de un campo de concentración. En Francia nadie, ni tus amigos ni tus familiares, quiere saber nada de la vida que llevabas allí, y opinan que cuanto antes lo borres de tu mente, y cuanto menos les hables del tema, más feliz serás.

Según la señorita Pelletier, no es que uno quiera bombardear a los demás con los detalles, pero es algo que te ha ocurrido de verdad y no puedes fingir que no ha pasado. «Dejémoslo todo atrás —parece ser el lema de Francia—. Todo: la guerra, Vichy, la milicia, Drancy, los judíos. Todo ha terminado. Al fin y al cabo hemos sufrido todos, no sólo tú.» Ante la amnesia de las instituciones, escribe ella, lo único que sirve es hablar con otros supervivientes. Ellos saben lo que era la vida en los campos de concentración. Tú hablas y ellos saben qué responderte. Hablan a su vez, despotrican, lloran, cuentan una anécdota tras otra, unas trágicas, otras absurdas. A veces incluso pueden reírse contigo. Supone un alivio enorme.

Tal vez la comunicación con otros supervivientes sea mejor cura para la angustia de Remy que la bucólica vida en una isla. Ahora se encuentra psicológicamente más fuerte, ya no se la ve tan delgada como antes, pero todavía es un alma torturada.

El señor Dilwyn ya ha vuelto de sus vacaciones, y debo concertar una cita con él, pronto, para hablarle de Kit. Lo estoy posponiendo... tengo mucho miedo de que se niegue a estudiar mi propuesta. Ojalá pareciera una persona más maternal, quizá debería comprarme una pañoleta de punto. Si me pide referencias, ¿puedo mencionarte a ti? ¿Dominic ya ha aprendido a escribir? En ese caso, podría mandarle lo siguiente:

> Apreciado señor Dilwyn:
>
> Juliet Dryhurst Ashton es una mujer encantadora, seria, decente y responsable. Debería permitirle ser la madre de Kit McKenna.
>
> Atentamente,
>
> JAMES DOMINIC STRACHAN

Me parece que no te he contado los planes que tiene el señor Dilwyn respecto a lo que Kit ha heredado en Guernsey. Ha encargado a Dawsey, y a un equipo de trabajadores que éste debe seleccionar, que restaure la Casa Grande. Hay que cambiar los pasamanos, limpiar las pintadas de las paredes y de los cuadros, sustituir las cañerías rotas por otras nuevas, reponer los cristales de las ventanas, limpiar las chimeneas y las salidas de humos, revisar la instalación eléctrica y rejuntar las baldosas del porche, o lo que se haga con las baldosas viejas. El señor Dilwyn todavía no está seguro de lo que se puede hacer con el revestimiento de madera de la biblioteca; tenía un hermoso friso tallado con frutas y cintas que los alemanes utilizaron para hacer prácticas de tiro.

Ya que nadie va a querer ir de vacaciones por Europa en los próximos años, el señor Dilwyn tiene la esperanza de que las islas del Canal vuelvan a ser un destino turístico, y la casa de Kit sería perfecta para alquilársela a familias que vengan de vacaciones.

Pero pasemos a asuntos más extraños: las hermanas Benoit nos han invitado a merendar esta tarde a Kit y a mí.

No las conozco personalmente, y fue una invitación bastante rara. Me preguntaron si Kit tenía buen ojo y buena puntería, y si le gustaban los rituales. Desconcertada, le pregunté a Eben si las conocía. ¿Están en su sano juicio? ¿Es seguro llevar a Kit a esa casa? Eben soltó una carcajada y me respondió que no había ningún peligro, que las hermanas Benoit no estaban mal de la cabeza. Durante cinco años Jane y Elizabeth las visitaban cada verano; siempre muy arregladas, con vestidos almidonados, zapatos limpios y guantes de encaje. Me aseguró que nos divertiríamos y añadió que se alegraba de ver que empezaban a retomar las antiguas tradiciones. Al parecer, nos agasajarían con una merienda magnífica y luego nos entretendríamos con algo; teníamos que ir.

Nada de esto me había preparado para lo que debía esperar. Son hermanas gemelas, octogenarias. Muy remilgadas y finas, con vestidos de organza negros que les llegan a los tobillos, cargados de abalorios también negros en el escote y en el dobladillo, y con el cabello blanco y recogido en la coronilla en un moño que parece una espiral de nata montada. Realmente encantadoras, Sophie. En efecto, hemos tomado una merienda opípara, y cuando yo apenas había dejado mi taza en la mesa, Yvonne (la mayor de las dos, por un margen de diez minutos) ha dicho:

«Hermana, creo que la hija de Elizabeth todavía es demasiado pequeña.»

«Creo que tienes razón, hermana —ha contestado la otra—. ¿A lo mejor la señorita Ashton nos haría un favor?»

Considero que ha sido muy valiente de mi parte responderles que estaría encantada de hacérselo, sin tener la menor idea de lo que pensaban proponerme.

«Es usted muy amable, señorita Ashton. Durante la guerra nos abstuvimos, porque nos parecía una muestra de deslealtad hacia la Corona. Nuestra artritis ha empeorado mucho, ni siquiera podremos ayudarla en los ritos, pero ¡será un placer contemplarla!»

Yvette ha ido hasta un cajón del aparador, mientras Yvonne abría una de las hojas de la puerta que separa el comedor de la salita de dibujo. En un panel que antes quedaba oculto había un retrato en sepia sacado de un diario, a toda página y de cuerpo entero, de la duquesa de Windsor, «la señora Wallis Simpson tal como era». Recortado, deduzco, de las páginas de sociedad del *Baltimore Sun* a finales de los años treinta.

Yvette me ha entregado cuatro dardos temibles con la punta de plata y bien equilibrados.

«Apunte a los ojos, querida», me ha indicado.

Y yo he obedecido.

«¡Espléndido! Tres de cuatro, hermana. ¡Es casi tan buena como nuestra querida Jane! ¡Elizabeth siempre titubeaba en el último instante! ¿Quiere probar otra vez el año que viene?»

Es una simple anécdota, pero triste. Yvette e Yvonne adoraban al Príncipe de Gales. «Estaba encantador con su pantalón bombacho.» «¡Y cómo bailaba el vals!» «¡Qué elegante estaba vestido de gala!» Tan apuesto, tan regio... hasta que lo pescó esa lagarta. «Le arrebató el trono! ¡Le quitó la corona!» Eso les dolió en lo más hondo. Kit se ha quedado fascinada, y no era para menos. Voy a practicar la puntería, mi nuevo objetivo en la vida será acertar cuatro de cuatro.

¿No te habría gustado conocer a las hermanas Benoit cuando éramos jóvenes?

Besos y abrazos,

JULIET

De Juliet a Sidney

2 de septiembre de 1946

Querido Sidney:

Esta tarde ha ocurrido algo que, aunque ha terminado bien, ha sido un tanto inquietante, y me está costando conciliar el sueño. Te escribo a ti en vez de a Sophie porque ella está embarazada y tú no. Tú no te encuentras en un estado demasiado delicado como para alterarte y ella lo hace. Ay, ya me falla incluso la gramática.

Kit estaba con Isola, haciendo galletas de jengibre con forma de muñeco. Remy y yo necesitábamos tinta y Dawsey masilla para la Casa Grande, así que hemos ido andando los tres a St. Peter Port.

Hemos tomado el camino del acantilado que pasa por la bahía de Fermain; es un paseo muy bonito, con un sendero accidentado que serpentea por el borde de los precipicios. Yo iba un poco por delante de Remy y de Dawsey, porque el camino se había estrechado.

De repente, al doblar una gran roca que hay en un punto del sendero, ha aparecido una mujer alta y pelirroja que se dirigía hacia nosotros. Llevaba un perro, un pastor alemán de gran tamaño. No iba sujeto con correa y se ha vuelto loco de alegría al verme. Yo le he reído las gracias y la mujer me ha dicho:

«No se preocupe, no muerde.»

El perro se ha apoyado en mis hombros con la intención de darme un lametón.

En eso que he oído un ruido a mi espalda, una especie de grito ahogado horrible, unas arcadas violentas que no cesaban... No sé cómo describirlo. Me he vuelto y he visto que era Remy. Estaba doblada hacia delante, vomitando. Dawsey había corrido a ayudarla y la sujetaba mientras ella continuaba vomitando, sacudida por unos fuertes espasmos. Era algo espantoso de ver y de oír.

«¡Juliet, llévate a ese perro, rápido!», me ha gritado Dawsey.

Yo, frenética, lo he hecho. La propietaria, que también estaba muy alterada, lloraba y nos pedía perdón, mientras yo, sin soltar el collar del pastor alemán, le repetía una y otra vez: «¡No pasa nada! ¡No pasa nada! No es culpa suya. Váyase, por favor. ¡Váyase!»

Finalmente se ha ido, tirando del collar de su pobre perro, que no entendía nada.

Remy ha empezado a tranquilizarse, e intentaba recuperar el resuello. Y, mirando por encima de su cabeza, Dawsey ha dicho:

«Vamos a llevarla a tu casa, Juliet. Es la que está más cerca.»

Acto seguido la ha cogido en brazos. Y yo he ido tras ellos, impotente y asustada.

Remy tenía mucho frío y temblaba, así que le he preparado un baño. Cuando ha entrado en calor, la he acostado. Ya estaba medio dormida, de modo que he hecho un hatillo con su ropa y he ido al piso de abajo. Dawsey estaba de pie junto a la ventana, mirando hacia fuera. Sin volverse, me ha dicho:

«El otro día me contó que las guardianas del campo llevaban unos perros enormes. Los provocaban y los encolerizaban para después soltarlos contra las mujeres que aguardaban en fila para pasar lista, sólo para divertirse. ¡Dios! Qué ingenuo he sido, Juliet. Creía que el hecho de estar aquí con nosotros podría ayudarla a olvidar. Pero la buena voluntad no es suficiente, ¿verdad? No lo es en absoluto.»

«No —he respondido yo—, no lo es.»

Ya no ha dicho nada más. Simplemente se ha despedido con un gesto de la cabeza y se ha ido. Yo he llamado por teléfono a Amelia para decirle dónde estaba Remy y por qué, y me he puesto a lavarle la ropa. Isola me ha traído a Kit, hemos cenado y hemos estado jugando hasta la hora de irnos a la cama.

Pero no puedo dormir.

Me siento profundamente avergonzada. ¿De verdad pensaba que Remy se encontraba lo bastante bien para volver a casa, o es que quería que se marchara? ¿Pensaba que ya era hora de que regresara a Francia, a seguir con lo suyo, fuera lo que fuese eso? Creo que sí, y es repugnante.

Un abrazo,

JULIET

P. D.: Ya que estoy haciendo confesiones, voy a contarte otra cosa. Ya era bastante malo que me quedara allí de pie con la ropa sucia de Remy en la mano y notando el olor que despedía la de Dawsey, pero es que además sólo podía pensar: «Ha dicho "la buena voluntad...", "la buena voluntad no es suficiente".» ¿Significa que eso es lo único que siente por ella? Llevo toda la noche dándole vueltas a esa idea.

Carta nocturna de Sidney a Juliet

4 de septiembre de 1946

Querida Juliet, el hecho de que le estés dando tantas vueltas a esa idea significa que estás enamorada de Dawsey. ¿Te sorprende? A mí no. No sé por qué has tardado tanto en darte cuenta, cuando se supone que el aire del mar despeja la mente. Quiero ir a verte a ti y ver las cartas de Oscar con mis propios ojos, pero no puedo escaparme hasta el día 13. ¿Va bien? Un abrazo. Sidney.

Telegrama de Juliet a Sidney

5 de septiembre de 1946

QUERIDO SIDNEY: ERES INSUFRIBLE, SOBRE TODO CUANDO TIENES RAZÓN. DE TODAS MANERAS ME ENCANTARÁ VERTE EL DÍA 13. ABRAZO. JULIET.

De Isola a Sidney

6 de septiembre de 1946

Querido Sidney:

Juliet dice que vas a venir a ver las cartas de mi abuela Pheen con tus propios ojos, y yo digo que ya era hora. No es que me molestara que viniese Ivor, no es mal chico, aunque debería dejar de usar esas pajaritas. Le expliqué que no le sentaban bien, pero a él le interesaba más que le hablase de mis sospechas sobre Billie Bee Jones, que le contase cómo la seguí a escondidas y cómo la encerré en el ahumadero. Me dijo que había llevado a cabo una excelente labor de detective y que ni Miss Marple lo habría hecho mejor.

Miss Marple no es una amiga suya, sino un personaje de ficción que se vale de todos sus conocimientos sobre ¡la naturaleza del ser humano! para esclarecer misterios y resolver crímenes que a la policía se le escapan.

Me dejó pensando en lo mucho que me gustaría a mí resolver misterios. Ojalá supiera de alguno.

Ivor me dijo que en todas partes abundan las trampas y los embustes, y que yo, con mi fino instinto, podría entrenarme para ser otra Miss Marple. «Está claro que posee grandes dotes de observación. Lo único que le falta es práctica. Tome nota de todo y póngalo por escrito.»

Fui a casa de Amelia y le pedí prestados varios libros en los que aparecía Miss Marple. Es divertidísima, ¿a que sí?

Ahí sentada tan tranquila, haciendo punto, viendo cosas que a todo el mundo se le pasan por alto. Yo podría aguzar el oído para detectar algo que no suene bien, y captar cosas con el rabillo del ojo. Quiero decir que en Guernsey no tenemos ningún misterio sin resolver, pero eso no quita que podamos tenerlos algún día, y cuando llegue ese día estaré preparada.

Aún disfruto del libro de frenología que me regalaste, pero espero no herir tus sentimientos si te digo que quiero dedicarme a otra vocación. Confío en la verdad de dicha disciplina, pero ya he examinado la cabeza de todas las personas que me importan, excepto la tuya, y se me hace tedioso.

Juliet dice que vendrás el próximo viernes. Puedo ir a recogerte al avión y llevarte a su casa. Al día siguiente, Eben organizará una fiesta en la playa, y dice que serás muy bien recibido. Eben casi nunca da fiestas, pero ha dicho que ésta es para anunciarnos a todos un feliz acontecimiento. ¡Una celebración! Pero ¿de qué? ¿Nos anunciará una boda? Pero ¿la de quién? Espero que no sea él quien se case; las esposas no suelen permitir que los maridos salgan por ahí solos, y yo echaría de menos su compañía.

Tu amiga,

ISOLA

De Juliet a Sophie

7 de septiembre de 1946

Querida Sophie:

Finalmente me armé de valor y le dije a Amelia que quiero adoptar a Kit. Su opinión es muy importante para mí, porque ella quería mucho a Elizabeth, conoce muy bien a Kit y también me conoce bastante a mí. Estaba ansiosa por obtener su aprobación y tenía mucho miedo de que no me la diera. Me atraganté con el té, pero al final conseguí decir lo que había ido a decirle. Su expresión de alivio fue tan notoria que me quedé estupefacta. No me había dado cuenta de lo preocupada que estaba por el futuro de Kit.

Empezó diciendo: «Si yo tuviera...» Luego se interrumpió y empezó de nuevo: «Creo que sería maravilloso tanto para ella como para ti. Sería la mejor solución...»

De pronto dejó de hablar y sacó un pañuelo. Por supuesto, yo saqué otro.

Cuando las dos terminamos de llorar, empezamos a hacer planes. Me acompañará a ver al señor Dilwyn. «Lo conozco desde que llevaba pantalón corto —aseguró—. No se atreverá a decirme que no.» Tener a Amelia de tu parte es como contar con el apoyo del Tercer Ejército de la Primera Guerra Mundial.

Pero ha sucedido algo maravilloso, aún más maravilloso que obtener el beneplácito de Amelia. La última duda que me quedaba se ha reducido a un puntito insignificante.

¿Recuerdas que te hablé de la cajita que Kit solía llevar consigo, atada con un cordel, aquella en la que yo creía que guardaba un hurón muerto? Pues esta mañana ha entrado en mi habitación y se ha puesto a acariciarme la cara hasta que me he despertado. Llevaba la caja en las manos.

Sin decir nada, ha empezado a desatar el cordel, después ha levantado la tapa, ha apartado el papel de seda y me ha entregado la caja. Luego ha dado un paso atrás y ha observado mi expresión mientras yo iba sacando las cosas que había dentro y las iba depositando sobre la cama. Los objetos eran los siguientes: una almohada de bebé diminuta y bordada; una fotografía pequeña de Elizabeth cavando en el huerto y riendo en dirección a Dawsey; un pañuelo de mujer, de lino, con un perfume tenue a jazmín; un anillo de sello, de caballero, y un librito de poemas de Rilke encuadernado en piel con una dedicatoria que decía: «Para Elizabeth, que transforma en luz la oscuridad. Christian.»

Dentro del librito había un papel doblado muchas veces. Kit me ha hecho un gesto afirmativo con la cabeza, así que lo he abierto con mucho cuidado y lo he leído: «Amelia, dale un beso de mi parte cuando se despierte. Estaré de vuelta para las seis. Elizabeth. P.D.: ¿A que tiene unos piececitos preciosos?»

Debajo estaba la medalla que le concedieron a su abuelo en la Primera Guerra Mundial, la insignia mágica que Elizabeth le prendió a Eli en la ropa cuando iba a ser evacuado a Inglaterra. El bendito de Eli... debió de dársela a Kit.

Sophie, me estaba mostrando sus tesoros, sin apartar la vista de mi cara. Las dos nos hemos mostrado muy solemnes, y yo, por una vez, no me he echado a llorar; simplemente le he tendido los brazos. Kit se ha arrojado en ellos, luego se ha metido en la cama conmigo y se ha quedado dormida. Pero ¡yo no! No he podido. Estaba demasiado feliz planeando el resto de nuestra vida.

Ya no me apetece vivir en Londres, me encanta Guernsey y quiero quedarme aquí, incluso cuando termine el libro. No me imagino a Kit viviendo en la capital, llevando zapatos todo el rato, teniendo que caminar en vez de correr, sin cerdos a los que visitar. Sin ir a pescar con Eben y Eli, sin ir a ver a Amelia, sin preparar brebajes con Isola y, lo más importante de todo, sin salir a pasear, a pasar el día por ahí o a visitar a Dawsey.

Creo que si me convierto en la tutora de Kit podremos continuar viviendo en la casita de Elizabeth y reservar la Casa Grande como lugar de vacaciones para los ricos. Yo podría invertir los muchos ingresos que obtuve con *Izzy* en comprar un piso para Kit y para mí en Londres, para cuando vayamos de visita.

Su hogar está aquí, y también puede estar el mío. Los escritores pueden escribir en Guernsey, fíjate en Victor Hugo. Lo único que echaría verdaderamente de menos de Londres es a Sidney y Susan, la cercanía de Escocia, los estrenos de teatro y la sección de comida de Harrods.

Reza para que el señor Dilwyn tenga sentido común. Sé que lo tiene, sé que le caigo bien, sé que sabe que Kit es feliz viviendo conmigo y que soy lo bastante solvente para las dos, a ver quién puede ofrecer algo mejor en los tiempos decadentes que corren. Amelia cree que si me niega la adopción porque no tengo marido, de todas maneras me concederá la tutela.

Sidney vendrá otra vez a Guernsey la semana que viene. Ojalá vinieras tú también, te echo de menos.

Un abrazo,

JULIET

De Juliet a Sidney

8 de septiembre de 1946

Querido Sidney:

Kit y yo hemos estado merendando en el prado, mientras mirábamos a Dawsey, que ha empezado a restaurar la tapia de piedra de la casa de Elizabeth, que estaba desmoronada. Ha sido la excusa perfecta para espiarlo y observar su forma de abordar las tareas. Estudiaba las piedras una por una, las sopesaba en la mano, reflexionaba un instante y finalmente las colocaba en el muro. Si encajaban con la imagen que debía de haberse hecho mentalmente, sonreía; si no, las retiraba y buscaba otras. Ese hombre es un bálsamo para el alma.

Ha terminado por acostumbrarse tanto a nuestras miradas admirativas que en un gesto sin precedentes nos ha invitado a cenar a Kit y a mí. Ella ya había quedado con Amelia, pero yo he aceptado con una rapidez impropia y luego me he puesto nerviosísima al pensar que iba a estar a solas con él.

Los dos nos sentíamos un poco cohibidos cuando he llegado, pero él, por lo menos, podía concentrarse en preparar la cena y, tras rechazar mi ayuda, se ha refugiado en la cocina. Yo he aprovechado la oportunidad para fisgonear un poco sus libros. No tiene muchos, pero posee un gusto realmente exquisito: Dickens, Mark Twain, Balzac, Boswell y el querido Leigh Hunt. *Los papeles de sir Roger de Co-*

verley, varias novelas de Anne Brontë (me he preguntado por qué precisamente de Anne) y mi biografía sobre ella. No sabía que la tuviera, no me había dicho ni una palabra al respecto. A lo mejor es porque le parece horrorosa.

Durante la cena hemos hablado de Jonathan Swift, de cerdos y de los juicios de Núremberg. ¿No revela eso una amplitud de intereses impresionante? A mí me parece que sí. Hemos conversado de manera fluida, pero ninguno de los dos ha comido gran cosa, y eso que había preparado una sopa de acedera deliciosa (mucho mejor de la que sería capaz de preparar yo). Después del café, hemos ido dando un paseo hasta su granero para ver los cerdos. Los adultos no muestran mejor carácter a medida que se los va conociendo, en cambio los cochinillos son otra cosa: los de Dawsey son moteados, juguetones y traviesos. Todos los días cavan un agujero nuevo por debajo de la valla, aparentemente con la intención de escaparse, pero en realidad es sólo por la diversión de ver a Dawsey rellenándolo otra vez. Deberías haber visto cómo sonreían cuando él se ha acercado a la valla.

Dawsey tiene el granero limpísimo. Y las balas de heno apiladas con toda meticulosidad.

Me parece que me estoy volviendo patética.

Más aún: me parece que estoy enamorada de un hombre que cultiva flores, talla madera y trabaja de cantero, carpintero y criador de cerdos. No me lo parece; estoy segura. Puede que mañana me sienta una auténtica desgraciada pensando que él no me corresponde, pensando incluso que quien le interesa es Remy, pero ahora mismo sucumbo ante la euforia. Noto una sensación muy extraña en la cabeza y en el estómago.

Nos vemos el viernes. Adelante, puedes presumir de haber descubierto que estoy enamorada de Dawsey. Incluso puedes pavonearte en mi presencia. Por una vez vale, pero nunca más.

Un abrazo y muchos besos,

JULIET

Telegrama de Juliet a Sidney

11 de septiembre de 1946

SOY PROFUNDAMENTE DESGRACIADA. ESTA TARDE HE VISTO A DAWSEY EN ST. PETER PORT, COMPRANDO MALETA CON REMY DEL BRAZO. AMBOS SONREÍAN. ¿SERÁ PARA SU LUNA DE MIEL? SOY IDIOTA. LA CULPA ES TUYA. DESCONSOLADAMENTE, JULIET.

Notas de la investigación de la señorita Isola Pribby

Privado: no leer,
¡ni siquiera después de muerta!

DOMINGO

Este cuaderno pautado es de mi amigo Sidney Stark. Me llegó en el correo de ayer y en la tapa llevaba escrito: «*PENSÉES*» en letras doradas, pero las he raspado, porque es una palabra francesa que significa «pensamientos» y yo sólo voy a escribir en él hechos. Hechos que perciba con mis ojos y mis oídos. No espero gran cosa al principio, pero ya iré aprendiendo a observar mejor.

He aquí algunas de las observaciones que he hecho hoy: a Kit le encanta estar en compañía de Juliet, parece relajarse cuando la ve entrar en la habitación, y ya ha dejado de hacer muecas a espaldas de la gente. Además, ha aprendido a mover las orejas, algo que no sabía hacer antes de que llegara Juliet.

Mi amigo Sidney va a venir a Guernsey a leer las cartas de Oscar. Esta vez se alojará en casa de Juliet, ésta ha vaciado el trastero de Elizabeth y ha puesto allí una cama para él.

He visto a Daphne Post cavando un hoyo muy grande al pie del olmo del señor Ferre. Siempre lo hace cuando hay luna nueva. Creo que entre todos deberíamos comprarle una tetera de plata, para que deje ya el tema y se quede en casa por las noches.

LUNES

La señora Taylor tiene un sarpullido en los brazos. ¿Qué o quién se lo habrá causado? ¿Los tomates o su marido? Tendré que indagar más.

MARTES

Hoy no ha sucedido nada digno de mención.

MIÉRCOLES

Hoy tampoco.

JUEVES

Hoy ha venido a verme Remy. Me da los sellos franceses de las cartas que recibe, que son más coloridos que los ingleses, y ya los he pegado. Traía un sobre marrón con ventanilla, procedente del gobierno de Francia. Es la cuarta que le mandan, ¿qué querrán de ella? Lo averiguaré.

También he empezado a observar algo detrás del puesto que tiene el señor Salles en el mercado, pero se han interrumpido nada más verme. No importa, Eben dará su fiesta en la playa este sábado, así que seguro que allí podré observar cosas.

He estado hojeando un libro que trata de pintores y de cómo estudian la escena que desean pintar. Digamos que quieren pintar una naranja; ¿se centran en la forma de ésta? Pues no. Engañan al ojo y miran el plátano que hay al lado, o la miran del revés, con la cabeza entre las piernas. Contemplan la naranja de una manera nueva, distinta. A eso se le llama «tomar perspectiva». Así que yo también voy a probar una manera de mirar diferente, no me voy a poner boca abajo, pero tampoco voy a observar abiertamente ni en línea recta. Si mantengo los párpados un poco entornados, puedo mover los ojos con astucia. ¡¡¡Tengo que practicar!!!

VIERNES

Funciona. Lo de no mirar abiertamente funciona. He ido al aeródromo con Dawsey, Juliet, Remy y Kit, en la carreta de Dawsey, a recoger a mi querido Sidney.

Esto es lo que he observado: cuando ha llegado, Juliet le ha dado un abrazo y él se ha puesto a dar vueltas con ella como en un carrusel, igual que haría un hermano. Le ha gustado conocer a Remy y se le notaba que la miraba de reojo, igual que yo.

Dawsey le ha estrechado la mano, sin embargo, cuando hemos llegado a casa de Juliet, no ha querido entrar a tomar tarta de manzana. Le ha quedado un poco hundida en el centro, pero de sabor estaba bien.

He tenido que ponerme gotas en los ojos antes de irme a la cama; la verdad es que estar todo el tiempo mirando de soslayo los cansa mucho. Y también me duelen los párpados, de tanto entornarlos.

SÁBADO

Remy, Kit y Juliet han bajado conmigo a la playa a recoger leña para la fiesta de esta noche. Amelia también estaba allí, tomando el sol. Se la ve más descansada, hecho que me alegra. Dawsey, Sidney y Eli han cargado el enorme caldero de Eben entre los tres. Dawsey se muestra agradable y educado con Sidney en todo momento y Sidney lo trata con amabilidad, pero lo mira de forma un poco inquisitiva. ¿Por qué será?

Remy ha dejado la leña y ha ido a hablar con Eben, que le ha dado una palmadita en la espalda. ¿Por qué? Eben nunca ha sido de dar palmaditas en la espalda. Después han hablado un rato más, pero por desgracia estaban demasiado lejos para que yo los oyera.

Cuando ha llegado la hora de volver a casa para almorzar, Eli se ha ido a buscar cosas por la playa. Juliet y Sidney han cogido de la mano a Kit y se han ido a dar un paseo por el sendero del acantilado jugando a lo de «Un paso. Dos pasos. Tres pasos... ¡Arriba!».

Dawsey los ha visto ascender por el camino, pero no ha ido con ellos. Él ha bajado a la playa y se ha quedado allí, contemplando el mar. De repente he caído en que Dawsey es una persona solitaria. Puede que siempre haya estado solo, pero antes no le importaba y ahora sí. ¿Por qué será?

He visto algo en la fiesta, algo importante, y, al igual que Miss Marple, debo actuar al respecto. Hacía una noche fresca y el cielo parecía revuelto.

Sin embargo, nada de eso importaba, todos íbamos bien abrigados con chaquetas y jerséis, comíamos langosta y nos reíamos de las bromas de Booker, que se había subido a una roca y estaba dando un discurso como si fuera ese romano que lo tiene obsesionado. Booker me preocupa, ya va siendo hora de que lea otro libro. Me parece que voy a prestarle el de Jane Austen.

Yo estaba sentada junto a la fogata, alerta, con Sidney, Kit, Juliet y Amelia. Estábamos removiendo el fuego con unos palos, cuando de repente Dawsey y Remy se han acercado juntos a donde estaba Eben con el guiso de langosta. Remy le ha susurrado algo a Eben, que ha sonreído, ha agarrado el cucharón y ha dado unos golpes en el costado del caldero.

«Atención todos —ha dicho—. Tengo que comunicaros algo.»

Todos hemos guardado silencio, excepto Juliet, que ha tomado una bocanada de aire con tanta fuerza que la he oído. No lo ha expulsado de nuevo y se ha quedado con todo el cuerpo rígido, incluida la mandíbula. ¿Qué le pasaba? Me he preocupado tanto al verla —porque una vez me ocurrió a mí lo mismo, y fue cuando me dio el ataque de apendicitis— que me he perdido las primeras palabras de Eben:

«... así que lo de esta noche es una fiesta de despedida para Remy. Nos dejará el martes que viene para irse a París, a su nuevo hogar. Va a compartir piso con unas amigas y a trabajar como aprendiza del famoso pastelero Raoul Guillemaux. Ha prometido que volverá a Guernsey y que su segundo hogar estará con Eli y conmigo, así que podemos alegrarnos de su buena suerte.»

Todos hemos estallado en exclamaciones y vítores. Al momento, nos hemos apiñado alrededor de Remy y le hemos dado la enhorabuena. ¡Todos excepto Juliet, que ha soltado el aire con un fuerte bufido y se ha dejado caer sobre la arena, igual que un pescado!

He mirado alrededor pensando que debía observar a Dawsey. Él no ha ido a felicitar a Remy como el resto, y se lo veía muy triste. Así que, de repente, ¡lo he comprendido!, ¡lo he entendido todo!

Dawsey no quiere que Remy se marche, porque tiene miedo de que no vaya a volver. Está enamorado de ella, pero es demasiado tímido para decírselo.

Bien, pues yo no lo soy. Yo podría informarla de que Dawsey la quiere y luego ella, como es francesa, sabrá qué hacer. Podría dejar que él la cortejase. Después podrían casarse y así ella no tendría que marcharse a vivir a París. Es una suerte que yo no tenga imaginación y sea capaz de ver las cosas con claridad.

Sidney se ha acercado a Juliet y la ha rozado con el pie. Le ha preguntado si ya se sentía mejor. Ella ha contestado que sí, de modo que he dejado de preocuparme. Luego la ha acompañado a darle la enhorabuena a Remy. Kit se había quedado dormida en mi regazo, así que no me he movido de mi sitio, junto a la fogata, y he seguido cavilando.

Remy, como la mayoría de las francesas, es muy práctica. Seguramente querría tener una prueba de lo que Dawsey siente por ella antes de cambiar sus planes. Voy a tener que buscar la prueba que necesita.

Un poco más tarde, cuando han abierto una botella de vino para brindar, me he acercado a Dawsey y le he dicho: «Daws, me he dado cuenta de que el suelo de tu cocina está sucio. Quiero ir a tu casa a fregarlo. ¿Te viene bien el lunes?»

Él me ha mirado un tanto sorprendido, pero ha contestado que sí.

«Es un regalo de Navidad, por adelantado —he añadido—, de modo que no se te ocurra pensar en pagármelo. Deja la puerta abierta para que pueda entrar.»

Y así ha quedado arreglado, y les he dado las buenas noches a todos.

DOMINGO

Ya he trazado el plan de mañana. Estoy nerviosa.

Fregaré y barreré la casa de Dawsey, atenta por si encuentro alguna prueba de que está enamorado de Remy. A lo mejor me topo con un poema titulado «Oda a Remy», en un papel arrugado y arrojado al fondo de la papelera. O su nombre garabateado en la lista de la compra.

Las pruebas de que Dawsey siente algo por ella tienen que estar necesariamente (o casi necesariamente) a la vista. Miss Marple nunca fisgoneaba, así que yo tampoco voy a hacerlo, no pienso forzar ninguna cerradura.

Pero una vez que le haya entregado a Remy una prueba de su devoción, ella ya no se subirá el martes al avión de París. Sabrá lo que tiene que hacer, y Dawsey se pondrá muy contento.

LUNES, TODO EL DÍA: UN GRAVE ERROR, UNA NOCHE DICHOSA

Me he despertado demasiado temprano y he tenido que pasar un rato distrayéndome con las gallinas hasta la hora en que sabía que Dawsey se iba a trabajar a la Casa Grande. Entonces he ido directamente a su granja, y de camino he examinado el tronco de todos los árboles por si veía algún corazón grabado. No había ninguno.

Una vez que Dawsey se ha marchado, he entrado por la puerta de atrás con la mopa, el cubo y varios trapos. He pasado dos horas barriendo, fregando, limpiando el polvo y encerando... y no he encontrado nada. Estaba empezando a perder la esperanza cuando se me ha ocurrido mirar en los libros que tiene en la estantería. He ido abriéndolos para sacudirles el polvo, pero no he visto caer ningún papel. Ya casi había terminado cuando de pronto he visto su librito de color rojo, el que cuenta la vida de Charles Lamb. ¿Qué hacía allí? Lo había visto meterlo en el cofre de madera que le hizo Eli por su cumpleaños. Pero si el libro rojo estaba allí, en la estantería, ¿que había dentro del cofre? ¿Y dónde estaba? He dado unos golpecitos en las paredes. No ha sonado a hueco en ninguna parte. He metido el brazo en el saco de la harina y no he encontrado nada más que harina. ¿Lo tendría guardado en el granero? ¿Para que lo roan las ratas? De ninguna manera. ¿Qué me quedaba? ¡La cama, mirar debajo de la cama!

He corrido al dormitorio, he buscado debajo de la cama y he sacado el cofre. He levantado la tapa y he mirado dentro. Como no he visto nada que me llamase la atención, no he tenido más remedio que volcarlo todo encima de la cama. Pero no he encontrado nada: ni una nota de Remy, ni una foto suya, ni las entradas de cine de *Lo que el viento se llevó*, aunque sabía que la había llevado a verla. ¿Qué habrá hecho con ellas? Tampoco había ningún pañuelito con una «R» bordada en una esquina. Había uno, pero era de los pañuelos perfumados de Juliet y llevaba bordaba la letra «J». Debió de olvidarse de devolvérselo. Y había varias cosas más, aunque nada que guardara relación con Remy.

He vuelto a meterlo todo en el cofre y he estirado la cama. ¡Mi misión había fracasado! Remy se subiría a aquel avión al día siguiente y Dawsey se quedaría solo. Apenada, he recogido la mopa y el cubo y me he ido.

Volvía ya a casa con una profunda tristeza cuando he visto a Amelia y a Kit, que iban a observar pájaros. Me han pedido que las acompañara, pero yo sabía que ni siquiera el gorjeo de las aves iba a levantarme el ánimo.

En cambio he pensado que Juliet sí podría animarme, porque normalmente lo hace. No me quedaría mucho rato, pues no quería molestarla mientras estaba escribiendo, pero a lo mejor me invitaba a tomar un café. Sidney se ha marchado esta misma mañana, de modo que quizá también ella se sintiera sola. Así que he apretado el paso y he ido hacia su casa.

La he encontrado con el escritorio atestado de papeles, pero no estaba haciendo nada. Estaba sentada sin más, mirando por la ventana.

«¡Isola! —ha exclamado—. ¡Precisamente estaba echando de menos un poco de compañía! —Ha hecho ademán de levantarse y de pronto ha visto la mopa y el cubo—. ¿Has venido a limpiarme la casa? Olvídate de eso y tómate un café conmigo. —Pero luego me ha mirado con detenimiento y ha añadido—: ¿Qué te ocurre? ¿Estás enferma? Ven a sentarte.»

Su bondad ha sido demasiado para mi alma rota y, debo reconocerlo, me he echado a llorar a moco tendido.

«No, no, no estoy enferma. He fracasado, he fracasado en mi misión. Y ahora Dawsey seguirá siendo un desdichado.»

Juliet me ha llevado hasta el sofá y me ha dado unas palmaditas en la mano. Siempre me entra hipo cuando lloro, así que ha ido corriendo a traerme un vaso de agua para un remedio que según ella es infalible: te aprietas la nariz con los dos pulgares y al mismo tiempo te tapas los oídos con los demás dedos, mientras otra persona te hace beber el vaso de agua de un tirón. Cuando ya estás a punto de ahogarte, das una patada en el suelo y la otra persona aparta el vaso. Funciona siempre, es un verdadero milagro, el hipo desaparece.

«Bien, cuéntame: ¿en qué consistía tu misión? ¿Y por qué consideras que has fracasado?»

Así que se lo he contado todo: que estaba convencida de que Dawsey estaba enamorado de Remy, que había ido a limpiarle la casa con la intención de buscar alguna prueba. Y que si hubiera encontrado alguna, le habría dicho a Remy que Dawsey la amaba, con lo cual ella querría quedarse y puede que incluso le confesara también su amor, para allanarle el camino.

«Dawsey es muy tímido, Juliet. Desde siempre. Yo creo que nadie se ha enamorado nunca de él y él nunca se ha enamorado de nadie, por eso no sabe cómo actuar. Sería muy propio de él que se guardase algún recuerdo de la persona amada y que sin embargo no dijera ni una sola palabra. Ya he perdido la esperanza, de verdad.»

«Hay muchos hombres que no guardan recuerdos, Isola —me ha respondido ella—. No quieren tenerlos. Y eso no significa nada. ¿Se puede saber qué demonios estabas buscando?»

«Pruebas, como hace Miss Marple. Pero no he encontrado ninguna, ni siquiera una foto. Tiene montones de fotografías tuyas con Kit, y varias en las que apareces tú sola. En una estás envuelta en aquel visillo, haciendo de novia muerta. También guarda todas tus cartas, atadas con esa cinta azul para el pelo, la que creías que se te había perdido. En cambio, sé que escribió a Remy al asilo, y que ella debió de responderle, pero no he encontrado ni una sola carta. Ni siquiera un pañuelo... Ah, por lo visto, Dawsey encontró uno tuyo; puede que quieras recuperarlo, es muy bonito.»

Juliet se ha levantado y se ha acercado a su escritorio. Se ha quedado allí durante unos instantes y a continuación ha cogido ese objeto de cristal que tiene grabada una frase en latín, «*CARPE DIEM*» o algo parecido. Lo ha mirado fijamente.

«"Vive el momento" —ha dicho—. Es un pensamiento inspirador, ¿no te parece, Isola?»

«Supongo que sí —he contestado—. Si te gusta encontrar inspiración en una piedra.»

Entonces Juliet me ha sorprendido: se ha vuelto hacia mí con esa sonrisa de oreja a oreja tan suya, con la que me conquistó la primera vez que la vi.

«¿Dónde está Dawsey? En la Casa Grande, ¿verdad?»

Cuando he asentido con la cabeza, ha salido disparada por la puerta y ha echado a correr por el camino.

¡Ay, si es que es fantástica! Seguramente iba a decirle a Dawsey lo que pensaba de su cobardía a la hora de confesar sus sentimientos a Remy.

Miss Marple nunca va corriendo a ninguna parte, sino que camina despacio, como la dama que es. Y lo mismo he hecho yo. Cuando he llegado a la Casa Grande, Juliet ya estaba dentro.

He subido al porche de puntillas y me he pegado a la pared, junto a la biblioteca. Las puertas de cristal de la terraza estaban abiertas.

He oído que Juliet abría la puerta de la biblioteca.

«Buenos días, caballeros», ha saludado.

He oído la voz de Teddy Heckwith (un yesero) y la de Chester (un carpintero), que contestaban: «Buenos días, señorita Ashton.»

«Hola, Juliet», ha dicho Dawsey desde lo alto de la escalera de mano. Eso lo he sabido un poco más tarde, cuando se ha bajado de ella armando un escándalo tremendo.

Juliet ha dicho que quería hablar con Dawsey si los demás le concedían un momento. Han contestado que por supuesto y han salido de la habitación.

«¿Ocurre algo, Juliet? —le ha preguntado Dawsey—. ¿Kit está bien?»

«Kit está perfectamente. Soy yo... Quiero preguntarte una cosa.»

Pensaba que iba a decirle que no fuera un gallina. Que tenía que lanzarse y proponerle matrimonio a Remy de inmediato. Pero no ha dicho nada de eso sino lo siguiente: «¿Quieres casarte conmigo?»

Me he querido morir allí mismo.

Se ha hecho un silencio total. ¡No se oía ni una mosca! Ha durado muchísimo, ni una palabra, ni un suspiro. Pero Juliet ha proseguido sin alterarse. Su tono de voz era firme. En cambio yo... yo a duras penas podía respirar.

«Estoy enamorada de ti, así que se me ha ocurrido preguntártelo.»

Y entonces Dawsey, mi querido Dawsey, ha tomado el nombre de Dios en vano.

«¡Sí, por Dios!», ha exclamado, y al instante ha bajado de la escalera haciendo un ruido tremendo y sin pisar bien, razón por la cual se ha torcido un tobillo.

He tenido dos dedos de frente y me he contenido y no he mirado dentro de la habitación, aunque me he sentido tentada de hacerlo. He esperado. Y como se ha vuelto a quedar todo en silencio, he regresado a casa a pensar.

¿De qué me ha servido entrenar la vista si no soy capaz de ver las cosas? Me he equivocado en todo. En todo. Al final la historia ha terminado bien, muy bien, pero no ha sido gracias a mí. No tengo la capacidad de Miss Marple para leer los recovecos de la mente humana. Es triste, pero lo mejor es que lo reconozca.

Sir William me dijo que en Inglaterra se hacían carreras de motocicletas y que daban una copa de plata a los conductores más veloces, a los que destacaban en terreno difícil y a los que aguantaban sin caerse. Tal vez debería entrenarme para eso, porque la motocicleta ya la tengo. Lo único que me falta es un casco... y puede que unas gafas.

Por el momento, voy a invitar a Kit a cenar y a que esta noche se quede a dormir en casa, para que Juliet y Dawsey puedan disfrutar a sus anchas, igual que el señor Darcy y Elizabeth Bennet.

De Juliet a Sidney

17 de septiembre de 1946

Querido Sidney:

Lamento muchísimo hacerte dar media vuelta y que cruces de nuevo el canal, pero necesito que estés presente... en mi boda. Como ves, he aprovechado el día, y también la noche. ¿Podrías venir para entregarme en matrimonio en el jardín trasero de Amelia este sábado? El padrino será Eben, Isola será la dama de honor (se está haciendo un vestido para la ocasión) y Kit arrojará los pétalos de rosas.

El novio será Dawsey.

¿Te sorprende? Seguro que no, pero a mí sí. Últimamente vivo en un estado de sorpresa continua. De hecho, ahora que lo pienso, tan sólo llevo un día prometida, pero tengo la sensación de que mi vida entera cabe en las últimas veinticuatro horas. ¡Piénsalo! Podríamos haber pasado toda la eternidad anhelándonos el uno al otro y fingiendo que no nos dábamos cuenta. Esa obsesión por la dignidad es capaz de arruinarte la vida si se lo consientes.

¿Resulta inapropiado que me case tan deprisa? Es que no quiero esperar, quiero empezar inmediatamente. Toda mi vida he pensado que la historia terminaba cuando el chico y la chica del cuento se prometían; al fin y al cabo, si eso valía para Jane Austen también tenía que valer para cualquiera. Pero es mentira. La historia está a punto de empezar, y cada día será otro episodio más del argumento. Tal vez mi próximo libro trate de una pareja fascinante y de todas las cosas que van aprendiendo el uno del otro con el paso del tiempo. ¿No te impresiona el efecto beneficioso que pueda ejercer el matrimonio en mis libros?

Dawsey acaba de llegar de la Casa Grande y requiere mi atención inmediata. Su tan aclamada timidez se ha evaporado por completo, yo creo que era una estratagema para ganarse mi simpatía.

Un abrazo,

JULIET

P. D.: Hoy me he tropezado con Adelaide Addison en St. Peter Port. A modo de felicitación, me ha dicho lo siguiente: «Me he enterado de que usted y ese criador de cerdos van a regularizar su situación. ¡Alabado sea el Señor!»

Agradecimientos

La semilla de esta novela se plantó de forma bastante accidental. Yo había viajado a Inglaterra a documentarme para otro libro y durante mi estancia allí me hablaron de la ocupación alemana en las islas del Canal. Siguiendo un impulso, fui a Guernsey y me quedé fascinada por la breve visión que tuve de la historia y la belleza de dicha isla. De esa visita surgió esta novela, si bien muchos años después.

Por desgracia, los libros no brotan ya completamente formados de la mente del autor. Éste requirió varios años de investigación y de trabajo y, por encima de todo, la paciencia y el apoyo de mi marido, Dick Shaffer, y de mis hijas, Liz y Morgan, que me dicen que nunca dudaron de que lo terminaría, aunque yo sí dudé. Además de creer en mí, insistieron en que me sentara frente al ordenador y me pusiera a escribir, y fueron esas dos fuerzas en mi espalda las que me impulsaron e hicieron que la historia cobrara vida.

Además de este pequeño grupo de seguidores que tenía dentro de casa, conté con otro mucho más numeroso fuera de ella. En primer lugar, y en algunos sentidos el más importante, estuvieron mis amigas y también escritoras Sara Loyster y Julia Poppy, que me exigieron, embaucaron y engatusaron hasta que lograron leer los cinco primeros borradores de cabo a rabo. Este libro de ninguna manera habría sido posible sin ellas. El entusiasmo y el *savoir-faire* editorial de Pat Arrigoni también fueron fundamentales en las primeras etapas de la escritura. Mi hermana, Cynnie, siguiendo una larga tradición, me urgió a que me pusiera a trabajar en serio, y, en este caso, se lo agradezco.

Asimismo estoy agradecida a Lisa Drew por haber enviado el manuscrito a mi agente, Liza Dawson, una persona que reúne bondad, paciencia, conocimientos de edición de textos y experiencia en el mundo editorial en un grado que yo no creía posible. Su colega Anna Olswanger fue una fuente de ideas excelentes, por lo que estoy en deuda con ella. Gracias a ellas dos, mi manuscrito llegó a la mesa de la increíble Susan Kamil, una editora profundamente inteligente y humana a la vez. También estoy agradecida a Chandler Crawford, que primero llevó el libro a Bloomsbury Publishing y después lo convirtió en un fenómeno mundial, con ediciones en diez países.

Debo dar especialmente las gracias a mi sobrina Annie, que me ayudó a terminar el libro cuando unos problemas de salud inesperados me impidieron trabajar poco después de haber vendido el manuscrito. Sin pensárselo dos veces, dejó lo que ella estaba escribiendo, se remangó y se puso con mi obra. He tenido la gran suerte de contar con una escritora como Annie en la familia, y sin ella esta novela no habría sido posible.

Como mínimo, espero que estos personajes y su historia arrojen un poco de luz sobre los padecimientos que soportaron y la fortaleza que demostraron tener los habitantes de las islas del Canal durante la ocupación alemana. Espero también que el libro sirva para ilustrar mi convicción de que el amor por el arte —ya sea la poesía, la narrativa, la pintura, la escultura o la música— permite que las personas superen cualquier barrera levantada por el ser humano.

MARY ANN SHAFFER,
diciembre de 2007

Tuve la gran suerte de entrar en este proyecto pertrechada con las anécdotas que me había contado mi tía Mary Ann durante toda mi vida y con la agudeza editorial de Susan Kamil. La perspicacia de Susan resultó esencial para que este libro terminara siendo lo que debía ser, y me siento verdaderamente privilegiada por haber trabajado con ella. Quiero mencionar también a su valiosísimo ayudante, Noah Eaker.

Asimismo quiero dar las gracias al equipo de Bloomsbury Publishing. En particular a Alexandra Pringle, que ha sido un modelo de paciencia y buen humor, además de una fuente de información sobre cómo hay que dirigirse al descendiente de un duque. En especial le estoy agradecida a Mary Morris, que supo lidiar muy bien con una arpía, y a la maravillosa Antonia Till, sin la cual los personajes británicos parecerían sospechosamente americanos. En Guernsey me fueron de gran ayuda Lynne Ashton, del Museo y Galería de Arte de Guernsey, y también Clare Ogier.

Por último, doy especialmente las gracias a Liza Dawson, que hizo que todo saliera bien.

ANNIE BARROWS,
diciembre de 2007

Epílogo de Annie Barrows

Crecí en una familia de narradores y en la que no existen las respuestas simples, las preguntas que puedan contestarse con un «sí» o un «no», ni los hechos sin más. Ni siquiera se le puede pedir a alguien que te pase la mantequilla sin contar una anécdota, y las vacaciones importantes siempre terminan con las mujeres reunidas en torno a la mesa, llorando de risa, y los maridos en la habitación de al lado, sosteniéndose la cabeza.

Obviamente, con tanta práctica, en mi familia abundan los buenos narradores, pero la joya de la corona era mi tía Mary Ann Shaffer. ¿Qué tenía ella para saber narrar como lo hacía? Era una de las personas más inteligentes que he conocido, pero no era eso lo que constituía la esencia de su talento. Se expresaba de manera brillante, su ritmo era exquisito, su prosa muy bella y siempre una fuente de alegría; sin embargo, ninguna de estas cualidades constituía el núcleo de su encanto. Lo fundamental, en mi opinión, era que siempre estaba dispuesta a dejarse deleitar por las personas: por lo que decían, por sus flaquezas y por sus momentos fugaces de esplendor. A dicho deleite iba unido el impulso de contarlo; explicaba anécdotas para que los demás, al escucharlas, pudiéramos disfrutar con ella, y siempre lo conseguía, una vez tras otra.

Pero una cosa es contar algo y otra plasmarlo sobre el papel. Desde que tengo memoria, mi tía Mary Ann siempre estaba trabajando en algo, pero nunca terminó un libro a su entera satisfacción, por lo menos hasta que se embarcó en *La Sociedad Literaria del Pastel de Piel de Patata de Guernsey*.

La historia del proyecto comenzó en 1980, en plena fascinación de Mary Ann con Kathleen Scott, esposa del explorador de la Antártida Robert Falcon Scott. Con el fin de escribir su biografía, Mary Ann viajó a Cambridge, Inglaterra, donde se encontraban los archivos de la protagonista. Pero al llegar a su destino descubrió que lo que había allí principalmente eran fragmentos y notas muy viejos, escritos a lápiz e ilegibles. Muy disgustada, abandonó el proyecto, pero aún no estaba dispuesta a volver a casa. Así que, por razones que nunca sabremos del todo, decidió visitar la isla de Guernsey, situada en la parte más meridional del canal de la Mancha.

Mary Ann llegó allí en avión y, por supuesto, tenía que sucederle algo dramático. Nada más aterrizar, surgió del mar lo que ella describió como una «niebla terrible» que envolvió la isla en un manto de oscuridad. El servicio de transbordador se interrumpió, los vuelos no despegaban. Y el último taxi se marchó con un sonido que recordaba el deprimente traqueteo metálico de un puente levadizo que se cierra, dejándola a ella enclaustrada en el aeropuerto de Guernsey, aislada y helada hasta los huesos. (¿Van pillando ya el modo que tenía Mary Ann de contar anécdotas?) Allí, conforme iban pasando las horas, se acurrucó bajo el tenue calor del secamanos del aseo de caballeros (el del aseo de señoras estaba estropeado), luchando por mantener encendida la débil llama de la vida. Pero la débil llama de la vida no sólo requería alimento para el cuerpo (dulces que sacó de una máquina expendedora), sino también alimento espiritual, es decir, libros. Mary Ann no podía pasar un solo día sin leer, le resultaba tan necesario como comer, así que atacó las existencias de la librería del aeropuerto. En 1980, dicha librería era un importante punto de venta de libros sobre la ocupación de Guernsey por parte de los alemanes durante la Segunda Guerra Mundial. Así pues, cuando se levantó la niebla, Mary Ann abandonó la isla sin haber visto nada, pero cargada con un montón de títulos y animada por un interés incombustible hacia lo que se había vivido en Guernsey durante la guerra.

Pasaron aproximadamente veinte años hasta que, alentada por su círculo literario, empezó a escribir *La Sociedad Literaria del Pastel de Piel de Patata de Guernsey*. Tal como descubrieron los miembros de la sociedad literaria durante su dura experiencia, el hecho de estar acompañados puede ayudarnos a superar casi cualquier barrera, ya nos venga impuesta por otros, por nosotros mismos o sea imaginada. Del mismo modo, los amigos escritores de Mary Ann, a base de adularla, criticarla, admirarla y exigirle, la ayudaron a recorrer la carrera de obstáculos que es todo trabajo creativo y a cruzar la línea de meta, que no era otra que completar su primer manuscrito.

«Lo único que yo quería —dijo en una ocasión— era escribir un libro que a alguien le gustase tanto como para publicarlo.» Lo consiguió con creces, porque la reclamaron editoriales de todo el mundo, deseosas de comprar el original. Fue un triunfo para ella, por supuesto, pero también para los que llevábamos tanto tiempo escuchándola contar historias. Por fin teníamos una prueba de lo que habíamos sabido desde siempre: que nuestra Sherezade particular era capaz de embelesar al mundo. Nos sentimos rebosantes de orgullo.

Pero entonces, como si estuviéramos en una de esas horribles fábulas de premio y castigo, ese triunfo se dio la vuelta, porque la salud de Mary Ann empezó a fallar. Cuando poco después el editor le pidió ciertos cambios en el libro que requerían un trabajo sustancial de reescritura, Mary Ann supo que no tenía fuerzas suficientes para acometer dicha tarea y me preguntó si yo podía encargarme de ello, basándose en que era la otra escritora que había en la familia.

Naturalmente le contesté que sí. Los escritores rara vez somos la solución para ningún problema, y ésa era para mí una ocasión única de ayudar a una persona a la que quería. Pero me dije que iba ser imposible que yo asumiera la voz de mi tía, sus personajes, el ritmo que ella le daba al argumento.

Sin embargo, no había otro remedio, tenía que ponerme manos a la obra. Y una vez que lo hube hecho, descubrí una cosa: que me era fácil. Lo era porque me había criado escuchando las anécdotas de Mary Ann; eran el pan de cada día. Eran mi alimento. Después de todos aquellos años en los que sus anécdotas eran el papel pintado de mi vida, en los que el mero hecho de cruzar el comedor me hacía esbozar una mueca de extrañeza o sentir curiosidad por algo, su idea de la narrativa había ido volviéndose también la mía. Del mismo modo que la gente adquiere el acento y las ideas políticas de su entorno, yo adquiría relatos.

Así pues, trabajar en este libro fue como sentarme con Mary Ann. Sus personajes eran personas que yo conocía (a veces en sentido literal) y su manera irracional de comportarse tenía para mí una lógica que ya me resultaba familiar. Cuando Mary Ann falleció, a principios de 2008, esta novela supuso un consuelo, porque la contenía a ella. *La Sociedad Literaria del Pastel de Piel de Patata de Guernsey* constituye un testimonio de su talento, desde luego, pero es también la materialización de su generosidad. En esta obra nos ofrece, para nuestro deleite, un catálogo de lo que la deleitaba a ella: las rarezas que la fascinaban, las expresiones que la divertían y, sobre todo, los libros que adoraba.

Creo que Mary Ann sabía, antes de morir, que su novela iba a ser bien recibida, pero nadie puede estar del todo preparado para la avalancha de elogios que recibió tras su publicación. Cuando primero los libreros, después los críticos y por último los lectores la tuvieron en sus manos, nos dimos cuenta de que a menudo destacaban lo mismo: que era poco convencional, diferente de todas las otras, encantadora, vívida, ingeniosa... Dicho de otro modo, era como la propia

Mary Ann. De repente, el resto del mundo estaba sentado a la mesa en la que había comido yo toda mi vida y, al igual que en cualquier reunión familiar, se apiñaban alrededor de Mary Ann llorando de risa —o de tristeza— conforme iban desgranándose sus historias.

El único defecto de toda fiesta es que se acaba. Si pudiera pedir un deseo, sería que no acabase nunca, y parece ser que en eso coincide mucha gente. He recibido muchas, muchísimas cartas de lectores de todo el mundo en las que lamentan que el libro tenga un final. «Quiero que dure eternamente», me dicen. «Quiero ir a Guernsey y hacerme socio de un círculo literario.» «Quiero ser miembro de esa sociedad.» La buena noticia es que mientras no nos quedemos demasiado atrapados en el continuo espacio-tiempo, el libro sigue cada vez que un lector le habla de él a otro. La lista de miembros de la Sociedad Literaria del Pastel de Piel de Patata de Guernsey se hace más larga cada vez que alguien lee y disfruta el texto. Lo maravilloso de los libros —y lo que los convirtió en un refugio para los isleños durante la ocupación— es que nos sacan de nuestra época, de nuestro entorno y de nuestra forma de entender la vida, y nos transportan no sólo al mundo de la historia que nos están contando, sino también al de los otros lectores, que también tienen historias propias.

En los meses que siguieron a la publicación, hubo lectores que me dijeron que con él habían recordado lo que ellos vivieron durante la guerra. Un nativo de Guernsey me contó que fue evacuado a Inglaterra, junto con cientos de niños más, una semana antes de que los invadieran los alemanes. Según él, el momento más emocionante fue cuando vio por primera vez una vaca negra. No sabía que hubiera vacas de ese color. Otra mujer, que era una niña en Alemania durante la guerra, me explicó que le llevaba comida a un soldado francés que tenían escondido en el desván, porque ella era la única de su familia lo bastante pequeña como para colarse por la trampilla. Pero no todas son historias de la guerra. Hay gente que quiere saber si Mary Lamb de verdad mató a su madre con un cuchillo de cocina (¡sí!), personas que quieren aprender a preparar el pastel de piel de patata (no se lo recomiendo) y otras que quieren leer otro libro escrito en forma de cartas (lean *Papaíto piernas largas*).

Esta profusión de preguntas, exclamaciones y anécdotas es la nueva versión de la sociedad. Sus miembros se encuentran repartidos por el mundo, pero a todos los une su amor por los libros, por hablar de libros y por los demás lectores. Cada vez que prestamos un título, cada vez que preguntamos algo en relación con él, cada vez que decimos «Si te ha gustado ése, seguro que te gustará éste» nos transformamos —por arte de magia— en esa sociedad literaria. Siempre que estemos dispuestos a dejarnos deleitar y a contárselo a otros, como hacía Mary Ann, formaremos parte de la historia interminable de la Sociedad Literaria del Pastel de Piel de Patata de Guernsey.